KB234220

조벽암 시전집

趙碧巖詩全集

저자 · 조벽암(趙碧岩)

1908년 충북 진천 출생
본명은 중흡(重洽). 경성 제2고보, 경성제대 법문학부 졸업. 〈구인회〉 일원으로 활동. 해방 후 〈조선프롤레타리아문학동맹〉, 〈조선문학가동맹〉에서 활동. 해방 후 건설출판사를 설립하여 주보 『건설』 발행. 1949년 월북. 월북 후 〈조선작가동맹〉 중앙위원회 상무위원. 『조선문학』·『문학신문』 주필, 평양문학대학 학장 등 역임. 시집으로 『향수(鄕愁)』(1938)·『지열(地熱)』·『벽암시선』(1957) 등 발간. 1985년 11월 24일 사망.

편자 · 이동순(李東洵)

1950년 경북 김천 출생
경북대학교 국어국문학과 및 동 대학원 졸업
『동아일보』 신춘문예(1973) 시 당선, 『동아일보』 신춘문예(1989) 문학평론 당선
문학박사, 문학평론가
현재 영남대학교 문과대 한국학부 교수
주요 저서로 『민족시의 정신사』·『시정신을 찾아서』·『한국인의 세대별 문학의식』·『시와 시인 이야기』·『시가 있는 미국기행』 등이 있으며, 시집으로 『개밥풀』·『물의 노래』·『철조망 조국』·『봄의 설법』·『가시연꽃』·『아름다운 순간』 등 10권을, 최근 민족서사시 『홍범도』(전 5부작 10권)를 발간하였으며, 편저로 『백석시전집』·『권환시전집』·『조명암시전집』·『이찬 시전집』이 있다. 신동엽창작기금, 난고문학상, 시와시학상 등을 수상함.

편자 · 김석영(金錫永)

1965년 경북 경산 출생
영남대학교 국어국문학과 및 동 대학원 졸업. 문학박사. 현재 영남대학교 민족문화연구소 연구원. 논문으로 「신동엽 시의 탈식민성 연구」 등이 있다.

조벽암 시전집

1판 1쇄 인쇄 2004년 1월 10일
1판 1쇄 발행 2004년 1월 20일

엮은이 / 이동순 · 김석영
펴낸이 / 박성모
펴낸곳 / 소명출판
출판고문 / 김호영
등록 / 제13-522호
주소 / 137-878 서울시 서초구 서초동 1621-18 (란빌딩 1층)
대표전화 / (02) 585-7840
팩시밀리 / (02) 585-7848
somyong@korea.com / www.somyong.com

ⓒ 2004, 이동순 외

값 27,000원

ISBN 89-5626-062-1 03810

▲ 시집 『벽암시선』(1957)에 실린 조벽암의 모습

▲ 조벽암의 삼촌 조명희의 하바로프스크 시절(1934~1937) 모습

▲ 벽암의 가족사진. 좌로부터 백모 이구, 조명희의 장녀 조중숙, 조명희의 부인 민 식, 삼촌 조명희, 둘째백부 조경희, 조벽암, 할머니 정씨

『신동아』(1935.8)에 수록된 엄흥섭에게 보내는 서간문

（作家끼리 주고받는 글）

嚴興燮君에게 드림

——南風에 실려 보내는 愁想——

趙碧岩

▲『신동아』(1935.8)에 수록된 엄흥섭에게 보내는 서간문

旅愁

趙碧岩

해만 저물면 바다소금 처럼 잠조롱이 커진 旅愁

오늘도 나그네의 외로움을 病窓에 울기고

언제든 갓 떨어진 꽃 송아지 모양으로

안타가이 못 잊는 鄕愁를·哀怨하며

따스한 보금자리 그리워 포드득 날러붙고 싶어라

——(湖畔校草中에서)——

▲『조선문학』(1937.1)에 수록된 작품

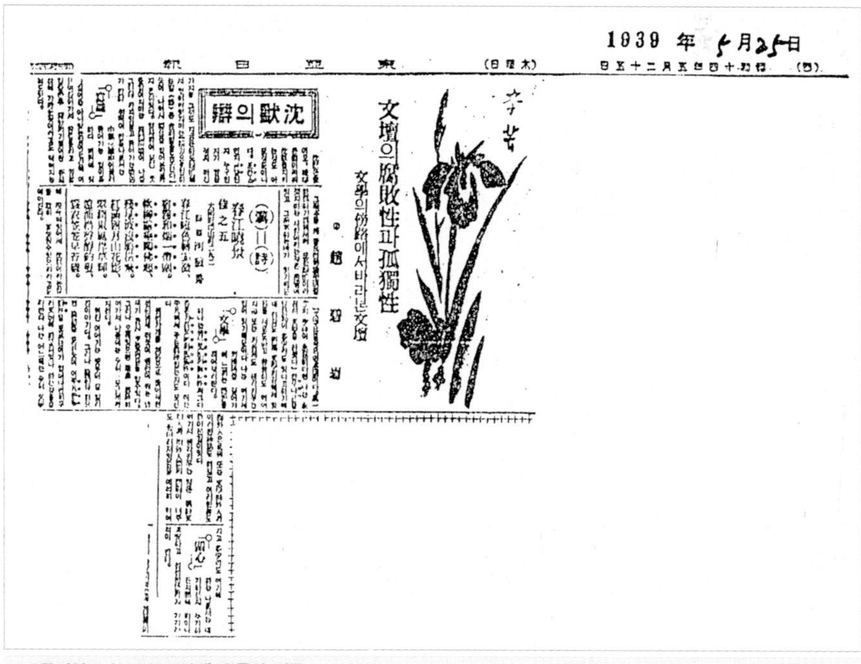

▲『동아일보』(1939.5.25)에 수록된 평론

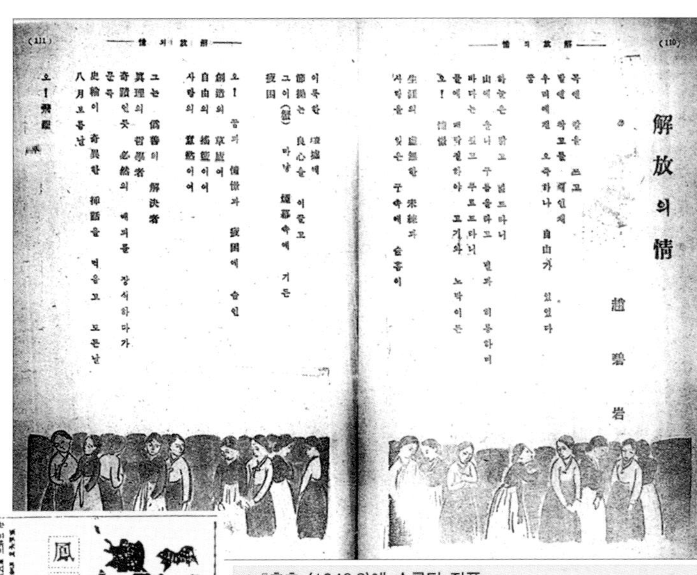

▲『춘추』(1946.2)에 수록된 작품

▼ 조벽암의 친필

◀『동아일보』(1937.9.15)에 수록된 작품

詩

조국은 새 아침을…

조 벽 암

여울목에서

略歷

趙重洽（明治四十一年十月九日生）

一、生年地 忠北 槐川
　　現住 京城府 鍾路 三丁目 相信商會

一、京城 第二公立高等普通學校 卒業。

一、京城 帝大 漢文學部 卒業。

一、松溪 課長으로 在勤中。

一、現在 相信迷銷店 穀物部 第一

一、作品으로 詩集「鄕愁」外 創作

詩稿 多有。

（以上）

춤골나루터 물소리

▲『조선문학』(1981.3)에 수록된 작품

▲ 포석 100주년 기념사업으로 동양일보사와 충북문인협회가 벽암의 생가터에 세운 표지비

▲ 시집 『지열』(1948) 겉표지

▲ 시집 『지열』 속표지

▲ 시집 『향수』(1938) 표지

▲ 시집 『벽암시선』(1957) 표지

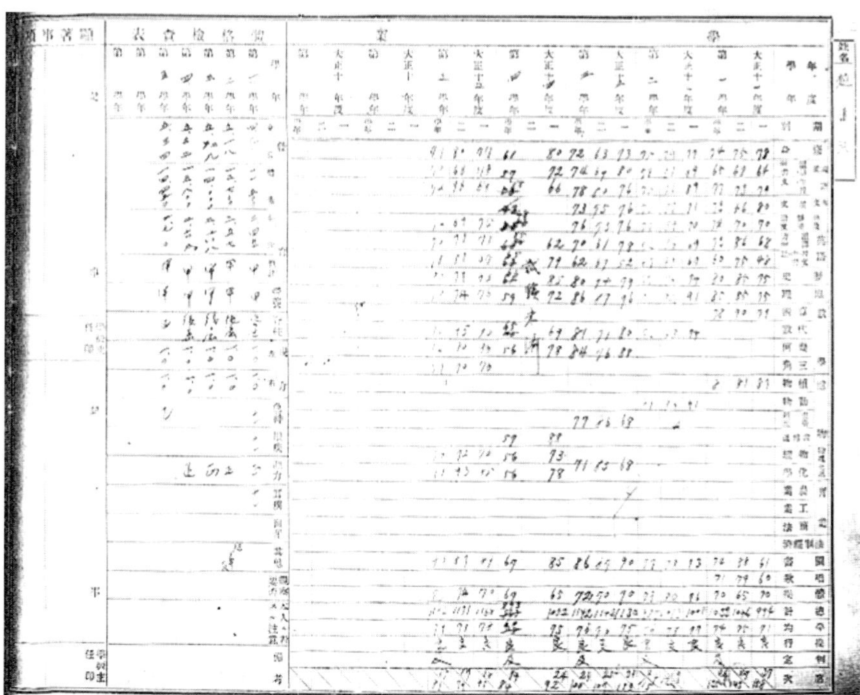

▲ 경성제2고보 생활기록부

▲ 경성제2고보 생활기록부에 실린 성적표

제 1027 호

졸 업 증 명 서

본 적

성 명　조중흡　　（趙重洽）

생년월일 19 16. 5. 19

졸업년월일 19 33. 3. 31

학 교 명　경성제국대학

졸업구분　법문학부

위 의 사 실 을 증 명 함

89. 4. 29.

서 울 대 학 교 　교 무 처

기록자
대조자

※ 기록자, 대조자인이 없으면 무효임

제1503호 취급자인
위와 같이 증명
1989. 4. 1
서울대학교

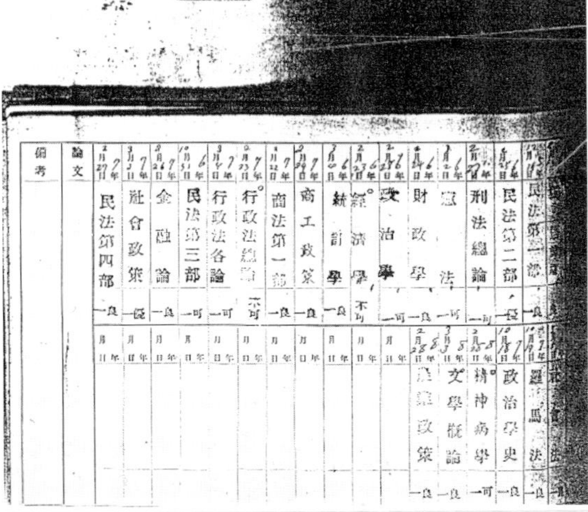

備考	論文	民法第四部	社會政策	金融論	民法第三部	行政法各論	行政法總論	商法第一部	商工政策	統計學	經濟學	政治學	財政學	憲法	刑法總論	民法第二部	民法第一部
		一良	一優	一良	一可	一可	一可	一良	一良	一良	不可	一良	一可	一可	一可	一良	一良
									民法政策	文學槪論	精神病學	政治學史	羅馬法				
									一良	一良	一可	一良	一良				

조벽암 시전집

趙碧巖詩全集

이동순(李東洵)·김석영(金錫永) 편

소명출판

일러두기

1. 이 전집은 『향수(鄕愁)』(이문당 서점, 1938)·『지열(地熱)』(아문각, 1948) 등과 당시의 신문·잡지 등에 실린 시작품을 원본으로 하였다.
2. 시의 배열은 『향수』 이전의 작품을 1부로 엮고, 『향수』는 2부에, 『지열』은 3부, 4부에서는 『지열』에 수록되지 않은 『향수』 이후의 작품과 북한에서 창작한 작품, 5부는 북한에서 발간한 『벽암시선』에 수록된 작품으로 나누어 실었다.
3. 표기는 주로 현대어 맞춤법에 준하되, 방언이나 속어, 어감이 달라진 말은 원문대로 실었다. 단, 북한에서 창작된 작품은 원문대로 표기하였다. (예 : 힌 → 흰, 욱어진 → 우거진)
4. 원문에 나타난 평범한 어휘의 한자어는 모두 한글로 바꾸었고, 문맥의 흐름상 꼭 필요한 경우는 괄호에 넣었다.
5. ×부호는 당시 검열과정에서 삭제된 표시이고, 해독 불가능한 부분은 ○으로 표시한다.
6. 부록으로 몇 편의 산문을 싣고 작가·작품연보, 참고문헌, 상세한 낱말풀이를 수록하였다.

이미 흘러가 버린 세월인 1970년대의 한 귀퉁이에서 고서점을 다니는 일에 몰두하던 시절이 있었다. 대구는 과거 한국전쟁 시기에 서울의 문학인들이 대거 피난해 내려와 머물던 곳으로서 그들이 애지중지 품고 왔다가 남기고 간 책들이 고서점에 많이 나와 있었다. 심지어는 유명 문학인이 친필로 직접 서명한 책들도 있었는데, 이런 고서를 구한 날은 무척 기쁘고 감격스러웠다.

그런데 어느 날 나는 내가 문학사에서 전혀 만나지 못했던 이름의 시인을 발견하였다. 조벽암(趙碧岩)! 누런 하드커버로 된 시집의 타이틀은 『향수(鄉愁)』였다. 이후 여러 권의 시집을 구하였는데 대개 문학사에는 그 이름이 나타나지 않는 시인들이었다. 그것이 분단 때문이었음을 알게 된 것은 그로부터 한참 뒤의 일이었다. 마음이 산란하고 살아가는 일이 힘에 부칠 때마다 등 표지가 누렇게 바랜 시집을 서가에서 꺼내어 펴들고 몇 작품을 읽으며 공연히 방안을 서성였다.

분단이 빚어낸 고통과 혼란은 참으로 큰 것이었다. 하나의 문학사가 둘로 나뉘어 서로의 체제에서 결코 용납하고 인정하지 않는 문학이 시퍼렇게 살아있었다. 상당한 기간 동안 그것을 글로 쓰거나 입에 담는 것조차 금기였다. 그들에 대해 책을 내는 것은 상상조차 할 수 없는 일이었다. 하지만 그 삼엄한 분위기도 슬금슬금 녹아들기 시작하여 이제는 해금(解禁)조치도 있었고, 많은 학자 비평가들이 본격적인 연구를 하고 있는 단계에 있음은 참으로 다행한 일이 아닐 수 없다. 이런 과정 속에서 우리는 분단 이후 최초로 백석의 시전집도 발간하였고, 권환의 시전집도 엮어 내었다. 이제 다음 단계로 우리는 성장 이후 그 이름을 처음 대했던 시인 조벽암의 작품을 모두 모아서 한 권의 시전집으로 엮어 문학사의 원래 자리에 조심스럽게 복원시키려 한다. 이로써 우리의 문학사는 그동안 잃어버렸던 시인 한 분을 다시 되찾게 되었으니, 아무쪼록 많은 독자들이 벽암의 시작품을 다시 읽고 새로운 관심을 가져 주기를 바라는 마음 간절하다.

조벽암은 1920년대의 대표적인 문학인이었던 포석 조명희의 조카이다. 일찍이 삼촌으로부터 자질을 인정받고 문학의 길에 뛰어들어 다수의 시와 소설, 비평 작품을 남겼다. 그 뒤 해방 시기를 거쳐 북한으로 올라가서 계속 활발한 활동을 펼쳤다. 모름지기 통일시대의 시전집이란 이름에 값하기 위해선 시인의 생애 전체를 통괄하는 작품을 담아내어야 한다는 것이 우리의 일관된 신념이다. 그리하여 북에서 발표한 시작품까지 모두 조사 정리하여 전집에 실었다. 가랑잎처럼 흩어진 벽암의 시작품을 찾아서 헤매 다닌 것이 어언 10여 개 성상이 흘렀다. 두툼한 원고 뭉치를 들고 출판을 하려 했으나 오래도록 뜻을 이루지 못하였다. 그러던 중 우리의 민족문학사를 위하여 진정한 독지가인 소명출판의 박성모 사장을 만나게 되었고, 출판의 흔쾌한 약속을 받았다. 여건이 어려운 중에도 귀한 결정을 해준 박 사장의 고귀한 뜻에 대하여 충심으로 감사와 경의를 드리고자 한다.

이 전집이 완성되기까지 각별한 관심과 배려를 베풀어주신 분들이 많았다. 귀한 자료를 제공해 주었고 따뜻한 격려를 아끼지 않으셨던 충북 청주의 조성호 님, 서울의 조재호 님께 깊은 감사를 드리고자 한다. 조재호 님은 벽암의 친아드님 되시고, 조성호 님은 벽암 시인의 조카이시다. 기초 자료 수집에 커다란 도움을 주었던 문학평론가 황선열 선생의 노력도 잊을 수 없다. 분단 반세기가 넘는 동안 전집조차 제대로 갖지 못했던 풍토에서 드디어 『조벽암 시전집』이 발간되는 감격을 우리는 조촐하게 자축하는 바이다.

2003년 12월

李東洵·金錫永

차례

제2부 향수(鄕愁)

나는 돌이 아니여

제3부 지열(地熱)

제4부 발자국

그리움을 두고

제5부 백암시선

부록—산문

1부

슬픈 모습

수향(愁鄕)

월조(越鳥)는 남지(南枝)를 사모할 즈음
이끼 앉은 웅산(雄山) 큰 몰
벼랑 깊은 백사천(白沙川)에
산비달기 물새될 때
잔뼈 굵던 요람이었네

골 깊은 두견의 울음
저녁 안개에 싸여돌고
소 모는 목동의 피리소리
물 이는 가시내 가슴 저릴 때
때늦은 봄볕이 사그러졌네

종달새 울음 찾을 즘
이즈러진 흔달이었고
지난밤 짧은 꿈 이울 즘
낯설은 꿈길을 다시 밟을 때
때이른 여름밤이 밝으랴 했네

옛 이슬 아들 딸
찬바람에 안겨오고
오동잎 뭇잎
구슬피 어미 앞에 몸부림할 때
때는 때 깊은밤 가을달이 밝기도 했네

청치마 흰꽃 피인
뒷동산 솔밭에는 산새가 울고
흰 두레 흰 설탕
용이 이뿐이 눈(雪)을 질길 때
때는 때 치운 낮 겨울 해가
따스기도 했네

호마(胡馬)는 북풍을 사모할 즈음
구름 돋는 깊은 골
나의 집 오막살이
옹기종기한 내 고향이야
차마야 잊을소냐
차마야 잊을소냐 차마야

밤

누이의 숨은 숨소리
나어린 동생은 잠꼬대하다
창백한 등(燈)앞에
나는 몇가지 그림을 그렸다
떡!
배암!
피!
나는 나 모르는 허상(虛像)이다
나는 나 모르는 허수아비여

암야(暗夜)
작은 상여를 따러가면서

동소문 밖 펀―한 길
어둠을 뚫고 백사와도 같이
구슬비 나리는 밤이외다

뭇 숨은 잠잠 눈 감었고
들촌(村)의 외로운 불 꺼지랴는 불
멀리 희미히
빗줄에 반사하야 어둠을 뚫는다

구름을 뚫고 오는 한줄기 울음
밤 두견의 군소리 님을 찾는듯이
뭇싹은 가만히 빗줄따라 제 키 클 때
몸서리 들이는 상여꾼 발자국 소리

우장속에서 숨어나오는
서너 넷 여령(鈴)소리 들리는듯
마는듯 상여민 이 안민 이
고요한 밤 비오는 밤 걷기만 하다

황천문(黃泉門) 밖 울음 터에
황천문 들어갈 이
황천문 떠나올 이
양주(楊州)길 펀한 길

어둠을 뚫고서 걷기만 하다

구진비 나리는 십구일밤
왼 악마에 싸인 일대(一隊)
어느덧 의정부(議政府) 닭소리 듣고
어둠밤 지내쳐 걸음 멈추다

굴속! 굴속! 굴속 같구나!

1

저 — 공장의 목쉬인 기적소리를 들으라
회색빛 황혼이 깨여지랴 할 때
왼 저자의 뭇 송장이 개꿈 일 때
저 — 공장의 식은 기적소리가
썩은 송장 냄새나는 모든 방안에 새여들 제
그래도 …… 눈뜬 자는 들으련마는
물체 — 그 모든 모순을 깨우랴 하는
거룩한 창조자를 잇는 자니라

2

저 — 노동자의 발자욱 소리를 들으라
회색빛 황혼이 이즈러지랴 할 때
왼 저자의 뭇 송장이 잠꼬대할 때
저 — 노동자의 발작 소리가
하수강 같은 골목골목에 숨어들 제
그래도 귀 큰 자는 들으련마는
죄악 — 그 모든 허위를 깨치랴 하는
거룩한 건설자를 잇는 자니라

3

벗이여! 그대의 괴로운 생을
조끔이런만 덜어주랴는 깊은
저 ― 공장의 목쉬인 기적 소리를
저 ― 노동자의 지친 발작 소리를
그 ― 창조의
그 ― 건설의
굳센 찬미의 부르짖음을
들으라 깨치라
아 ― 지리한 밤은 사그라졌건만
아 ― 소생의 햇빛은 비치였건만
굴속! 굴속! 굴속 같구나!

사시(四時)

봄

봄이 오노니 소생의 봄
꽃은 피노니 거룩한 봄
나비는 나노니 사랑의 봄
봄! 봄! 봄!

여름

여름이 드노니 성장의 여름
녹음은 깊노니 푸근한 여름
새는 부르노니 번성의 여름
여름! 여름! 여름!
성장! 푸근! 번성!

가을

가을이 오노니 위축의 가을
곡식은 익노니 두둑한 가을
낙엽은 지노니 허폐(墟廢)의 가을
가을! 가을! 가을!

위축! 두둑! 허폐(墟廢)!

겨울

겨울이 드노니 적막의 겨울
눈은 오노니 결백의 겨울
달은 빛나노니 고독의 겨울
겨울! 겨울! 겨울!
적막! 결백! 고독!

벗아! 동무야!!

벗아! 동무야!
들으라 저 — 모진 바람소리를
힘있게! 굳세게!
몰아쳐오는 저 — 바람소리를
만마(萬馬)의 발굽소리와도 같이
왼— 우주를 없애랴는듯이
골목 골목이 휘날리는
그는 동무의 굳센 숨소리니라

벗아! 동무야!
보라 저 우렁찬 물결을
힘있게! 굳세게!
파도쳐 오는 검은 물결을
주린 사자의 벌린 입과도 같이
왼— 천지를 삼키라는 듯이
이리 닿고 저리 닿는—
그—는 동무의 더운 눈물이니라

벗아! 동무야!
들었는가? 모진 바람소리를
굳센 숨소리를
벗아! 동무야!
보았는가? 우렁찬 물결을 더운 눈물을
바람이 이는 곳 물결이 용솟음치노니

눈물이 있는 곳 숨소리 요란하리

벗아! 동무야!
굳세인 팔을 뻗으라
힘있게! 굳세게!
벗아! 동무야!
힘차게 나가라
용맹하게! 꿋꿋하게!
바람이 이는 곳 물결이 용솟음치노니
눈물이 있는곳 숨소리 요란하리

어부의 딸

1

여름 오니 푸른 산 물에 잠기고
연한 물결 잠잠히 치는 바닷가
조개 줍는 적은 이 바닷가 시악시
대리석 같은 팔, 다리, 훨씬 걷고
부끄럽긴, 무에, 부끄러워 물에
잠겨서 물 깊이 조개 줍는 옆모양
아— 물가 시악씨여!

2

먼— 섬 지나 그린 선 수평선 넘어 아침 안개에 안기여 나아간 범선(帆船)엔 오빠며 삼룡(三龍)이 팔 센 젊은이 석양이 물에 녹아 수 놓을 적에도
소식이 아득하이 기다리는 마음
근심 반 희망에 넘치는
아— 물가 시악씨여!

3

바람소리 요란하고 물결소리 클 때

고기 못잡은 근심보다 더 큰 근심은
삼룡이 팔이 풀려 주저앉을까
오빠의 쥐인 범주(帆柱) 부러질가바
주오랴는 굽힌 허리 일으키면서
먼 하늘 아득하이 맘조리는
아 ― 물가 시악씨여!

4

오빠 삼룡이 잡어온 맛난 생선은
늙은 아버지 장에 가 좁쌀과 바꾸어 오고
시악씨 잡은 조개국 배들을 채우노니
팔 붙잡은 오빠며 눈짓한 삼룡이
가지 말란 그 ― 마음 아지 못했나
갈매기 깃(巢) 찾어 안개에 사라지고
별들은 하나 둘 애타는
아 ― 물가 시악씨여

경(鏡)

1

깨여진 조각 거울 허물어진 자최
골골이 흐르는 내 얼굴 주름살
희열! 비애!
번민! 쾌락!
희망! 절망!
흘러간 넷의 수많은 감정의 지나친 과거의 모든 삶의
허물어진 자최이러니
허물어진 자최이러니

2

나는 보았노라
기아의 혈적(血蹟)을
투쟁의 흔적을
분노의 자최를
반항의 숭터를
덧없는 때의 모든 희롱
넷터에 주슨 깨여진 조각거울
몽롱한 넷 나—러라

추 일야(秋 一夜)

구진 비 쓸쓸히 풀잎 물들이고
가을밤 집은 밤 꿈만 뀌누나

꿈나라 허매여 허덕일 적에
안개는 고요히 밤은 밝누나

효광(曉光)에 빛나는 구실 이슬은
꿈길 잊은 눈물인가 섧기도 하이

망상(忘想)

1

새벽! 새벽! 이른 새벽
내 맘은 나를 깨운다 소리도 없이
크는 청춘의 곤한 잠을
백열전광(白熱電光)보다도 더 밝게
밤을 낮삼어 잘줄 모르는
　　　괴로운 나를

2

내가 차라리 어부의 아들였던들
나는 그물지고 삭시집고
강가에 허매였으리라
바닷가에 돛 달었으리라
　　　이 청명한 이른 새벽에

3

오— 내가 차라리 공장의 아들였던들
나는 벌써 변또끼고 기름옷 입고

황혼의 저자를 걸었으리라
    이 슭직한 지새는 아침에

4

내가 차라리 물레방아지기였던들
돌고도는 물레방아간
쌀 찧기에 머리가 희였으리라
보리닦기에 땀이 흘렀으리라
    이 맑어가는 새힘의 새벽에

5

그러나 나는 농부의 아들도
그러나 나는 방랑의 나그네도
아니다 아니여
따뜻한 이불 속에서 둥글고 있는
    어리석은 자—

6

그만치 불쌍한 아들
흡혈귀의 권화(權化)
망상의 기계

나는 너만을 생각하는 순열정자(純熱情者)!
허영의 창조자 —

저기압아 오너라

보얗게 화장한 메트로폴리스의 얼기설기한 백사(白蛇)
수많은 인간의 오고가는 적은 길 큰 길
도시의 혈관 흐르는 상품교환의 사이에는
기마대 말굽소래 돌뿌리에 부스러지고
입체적×× 항공용사(航空勇士)는 창공에 떠 전초(前哨)한다

화려하다는 이십세기 전반기의 늙어빠진 도시의 주림살에
가득차 흐르는 도시인의 물결
꾀지지 흐르는 인조견(人造絹) — 분(粉)내 — 향수내
그들은 하마같이 몰려 다니는, 집씨의 무리
세기말 퇴폐의 슾직한 눈물들을 가졌다

(此間一行略)
날마다 혼잡한 매키한 내음새에 호흡하며
굶주린 이리처럼 움집굴을 드나드노니
찌는 듯한 여름날
남산을 핥어나리는 적열(赤熱)의 태양아
오 — 너는 하로바삐 저기압을 가져 오너라

이 혼혈아의 도시의 맥박속에
수많은 박테리아 — 유탕(遊蕩)의 무리들은
벌집 같은 저자를 죽은 듯한 정숙(靜肅)으로 지켜야 한다
(此間一行略)
북한(北漢)을 씻어 나리는 용맹한 선풍(旋風)아

오! 너는 하로바삐 저기압을 불러 오너라

시가(市街)

그는 떨고 있노라

벌거벗은 신경이 침울한 밤거리에 반사할 때
전율한 감개(感慨)는 봄이 그립노라

집중과 축적된 책말(責末)의 금융적 모형 — 뱅크의 철창
인육(人肉)과 상품을 도산매하는 데파트의 유기적 조직
화장품 광고의 전식등(電飾燈)은 적나라한 에로를 네모진
　쇼윈도 속에 난사한다

보신각의 때묻은 종 — 봉건(封建)의 유물은 역사적으로 잠들었고
아편의 몽롱한 마술 — 숭엄한 기도 속에 녹슬은 돈 거룩한
　하나님의 혜택으로 세운 마굴의 상아탑
　겨울이 짙은지 오래건만 봄노래 새이는 정통파 향락철리(享樂哲理)는
카페에서 흐른다

　따르릉하는 재즈러질 쇠소리를 지르며 사람 사람을 꼬매여 금붕어같
이 꼬리치는 자전거의 냉소

　이 거리의 철금(鐵金)같은 성벽속에 조화 못된 발효모(醱酵母) — 울첩
(鬱疊)한 모순속에
　벌거벗은 소크라테스가 몇몇
　향락! 기아! 멸망!
　역사적 변증법적 실증철인
　그는 안전지대에 섰다는 자본주의의 씨들에게 그로틱한 조소를 뿌린다.

침을 탁— 뱉는 무리
　그는 밉살머리스러운 이 시대의 허물어져가는 관념종파의 알몸같은
신앙자
　그는 털외투 자락을 여미면서 떨고 있노라 떨고 있노라.

초부(樵夫)의 아내

1

새벽 닭소리도 지쳐 들리고 아침 안개 후인―히 밝아오면
발서 남편의 도끼 가는 소리 고요히 들입네
젖 물은 어린 딸을 떼어 놓고 아침밥을 지을 땐
쿵―쿵 깊은 산등에서 남편의 나무 찍는 소리 ―
층암절벽의 산중을 정복하라는 용맹한 장사와 같이 끊임없이 나려 바
수는 그의 세찬 힘
부리나케 밥을 지어 산길을 감돌아 남편을 찾어가는 아내의 발걸음
빠르노라

낙락장송 쿵―하고 쓰러지는 소리가 들릴 땐
갈 길은 반도 못 왔는데 남편은 땀을 씻으며 시장하게 아침밥을 기다
리고 있겠지 ―
돌뿌리 억세고 칡넝쿨 엉기 붙고 억새풀은 날카로워
채이고 넘어지고 베이여 벌거벗은 맨발에서는 붉은 피가 흘러도
한시인들 빠르게 허기진 남편의 배를 채워주랴는 거룩한 마음
아 ― 초부의 아내는 깊은 산 울첩(鬱疊)한 삼림 사이를 꼬매여 달리노라

2

가을밤 초생달은 서녘 산림우에 반걸쳐 어슴푸레―하고

오늘밤도 부엉이는 돌담 너머 노송 그늘에 애끓게 우노니
바람결에 들려오는 남편의 나무찍는 도끼 소리도 그친지 오래인데 ―
어인 일고? 아버지를 기다리던 어린 딸은 그대로 잠들었고
굶주린 맹수의 울부짖는 목소리는 앞뒤 산에 몸서리 들리는데
어두어가는 밤과 같이 험상궂은 산속에 남편을 보낸 아내의 마음은
검어지노라

창에 걸친 달빛조차 사그러지고 방구석 귀떨어진 화로에서 끓는 된장
찌개 역시 자고 있을 때
어젠날 밤엔 늦게 돌아와 한집에 살면서 아버지의 얼굴조차 모르는
어린 딸에 뜨거운 뺨을 대여주던
남편의 고마운 안타까움
오늘밤엔 숫을 곳나 밤이 깊어도 돌아오지 않으니
북을 던져 한올 두올 짜다가 기다리다 못하야 베틀에서 나려와 찾아
나가는 아내의 마음 ―
낙엽소리 뜰앞에 부스러지고 가을 기러기 남으로 흘러 들리니 더욱
간절히
아 ― 초부의 아내의 초조한 마음 수풀 소리에 놀래며 무거워지노라

조도곡(弔悼曲)

석죽화(石竹花) 애매히 꺾이여 시드는 원한을 흐르는 때(時)에만 저주을 하올가

갈색 눈동자에 비치는 백동전(白銅錢) 동그란 구녁은 네모로 보이고

기만의 삼부곡(三部曲)의 노래가락은 주포(酒舖)의 채색 유리창 언홍빛 카―덴 틈에서만 새여 굴으는 줄 아지마라

서장(西臟)의 석척(蜥蜴) 껍덕이같은 어엽분 돌집 큰애기는 독사의 붉은 헤바닥으로 굿세인 이땅의 젊은이들을 도취시키노니

기로진에 이슬되여 목짤인 시체인들 원망의 검은 피가 기름진 땅속 깊이 물들지 않을소냐

하―얀 고양이는 지난날도 탐욕과 교회(狡獪)와 야심속에서

용맹한 구체(具體)의 기수와 가수들을 에나로드(碧玉)의 죽음과 정신병자로 수많이 보내놓고도

오날는에 포만과 의공(疑恐)과 시포(猜怖) 속에서

붉은 오로라을 끄랴는 어리석은 그들은 사항(麝香)의 연기 속에서 악쓰며 졸고 있노라

고전(苦戰)과 참투(慘鬪)의 피눈물의 십여 성상 역사를 가진 이땅의 종소래

울민(鬱悶)과 읍수(挹愁)와 의분 속에서 깨여오는 여민(黎民)의 은막이 되던 그대가

저무는 태양이 길게 그림자를 남기고 넘어가듯 이 향기롭고 찬란한 피흔적을 남기고 지내온 그대가

생의 전율를 부르며 만가적(輓歌的) 자멸의 구렁텅이에 들어간 줄 아

는가?

밥부게 부러가는 바람은 모순과 ××의 암시를 일러주며 반다시 오고 말 암흑의 연옥(煉獄)을 낙엽송 잎사귀에 매달고 흔들여 있노라

(以下三十六行略)

봄의 서곡

1

가자 가! 봄맞이 가자!!
 아지랑이 언덕에
　 묵은 잔디 싹트고
건너 비탈 뽕밭에
　 냉이 꽃은 피었나
군소리 그만두고
 보우니 얼싸안어
봄 담으러 가자나―

2

가자 가! 꿈꾸러 가자!!
 잠든 수풀 으스스
　 새 소래는 명랑코
봄 바람은 우수수
　 까치집은 헐린다
옴크린 가슴 펴고
 풀꽃밭에 둥그러
넷꿈 꾸러 가자나―

3

가자 가! 님찾아 가자!!
　버들피린 부풀어
　　　넷노래 불고지고
　강남 제빈 돌아와
　　　먼꿈을 속색인다
터진 입술 오무려
　휘파람 불고 불어
　새님 찾아 가자나—

4

가자 가! 물따러 가자!!
　눈 녹은 골짜기에
　　　이끼는 푸르고
　부풀은 수양버들
　　　금잉어를 낚는다
옷고름 씹지 말고
　분홍치마 돛 달어
　봄 실으러 가자나—

5

가자 가! 땅파러 가자!!

종달새 보리밭에
훗훗한 김 서리고
쟁기밥에 둥그는
　　흙냄샌 물씬하다
녹슬은 괭이 닦어
힘껏 찍어 깊이 파
씨 뿌리러 가자나 —

6

가자 가! 달맞이 가자!
봄동산 솔밭우에
　　짙은 안갠 덮였고
외로 선 참나무에
　　묵은 잎은 떨린다
소생의 저녁품 속
　　금슬(琴瑟)한 달빛 길에
풍년맞이 가자나 —

차라리 나는

차라리 나는
누더기가 낫더라
때묻은 비단쪽 안질(眼疾)이 나는 이보다는
동무야!
이 땅의 헐벗은 사태(살)에는
풀 한겹인들 덮인 줄 아니
그래도 그래
부끄럽지 않으냐

차라리 나는
된장국이 낫더라
비린내 나는 장국에 폐질(廢疾)이 드는 이보다는
동무야!
이 땅의 메마른 시내(창자)에는
물 한방울인들 흐르는 줄 아니
그래 그래도
부끄럽지 않으냐

차라리 나는
움집이 낫더라
해멀건 돌집에서 뇌장(腦漿)이 썩는 이보다는
동무야!
이 땅의 시퍼런 하늘 밑엔들
언제든 햇발이 안들 줄 아니

그래도 그래
부끄럽지 않으냐

차라리 나는 촌 큰애기가 낫더라
살찐 종아리에 말초증(末梢症)이 부푸는 이보다는
동무야!
이 땅의 진실한 어머니는 구두 끝에 흔들리는 줄 아니
그래 그래도
부끄럽지 않으냐

차라리 나는
목동이 낫더라
나팔바지에 허세를 부리는 이보다는
동무야!
이 땅의 굳세인 투사는
알록어리는 목도리에 몰감긴 줄 아니
그래도 그래
부끄럽지 않으냐

아픈게 낫더라
바직 바직 타는 심혈(心血)이 식는 이보다는
동무야!
이 땅의 젊은 가슴에는
뼈저린 사랑이 잠긴 줄 아니
그래 그래도
부끄럽지 않으냐

차라리 나는

달리는게 낫더라
지리지리한 권태에 자멸하는 이보다는
동무야!
이 땅의 여명의 화살은
주저의 굴레를 벗은 줄 아니
그래도 그래
부끄럽지 않으냐

차라리 나는
어둔 밤이 낫더라
징글징글한 사실에 소름이 끼치는 이보다는
동무야!
이 땅의 애달픈 현실에는
모든 것이 멜뚱멜뚱이 살러갈 줄 아니
그래 그래도
부끄럽지 않으냐

차라리 나는
우는게 낫더라
여호빛 웃음에 행락(幸樂)을 피우는 이보다는
동무야!
이 땅의 기맥힌 사정에
언제든 눈물이 마를 줄 아니
그래도 그래
부끄럽지 않으냐

차라리 나는
싸우는게 낫더라

무서운 모욕에 떨고 있는 이보다는
동무야!
이 땅의 깊은 한숨 속에는
선지피 눈물이 안섞인 줄 아니
그래 그래도
부끄럽지 않으냐

묘표(墓標)의 건설

빨간 피 속속들이 숨어 새긴 무거운 과거의 구차한 사실 —

보이지 않는 ××실에 억매여
날카로운 이빨에 물어 뜯겨
태양같은 열의 새별같은 빛의
세찬 대동맥에 맥박이 끊치고
강철같은 힘의 비수같은 날카로움의
굿센 뼈 마디 마디가 부러져

이 땅을 축여내린 거룩한 나그네여!

메마른 황토 우에 제대로 생긴 비석을 세워
찢어진 역사폭을 꼬매면서
타협 모르는 자유의 노래를 부르며
복받쳐 오르는 ××의 새힘을 모두아
미온(微溫)을 끄고 눈물을 씻을
새××의 여탑(黎塔)을 모으자

이 땅에 떨어져 우는 거룩한 새 아들이여!

묵은 낙엽속을 허집어
녹슬은 공상을 찾지말고
차디찬 얼음쪽이라도 품어 녹일
침통한 가슴을 허집어

×亡의 침묵보다는 나을
불초(不肖)한 시(詩)쪽에나마 시대를 울어라

이 땅을 새로 잡을 거룩한 용사여!

그리하여야 눈물의 사이사이에
깊숙히 파묻혔던 스핑크스는 살고
우리들을 실고가는 분류(奔流)에는
산산히 흐틀어진 현실이 떠오리라
산산히 흐틀어진 현실이 떠가리라
찢어진 기폭엔들 봄바람이 부르리라

묘표의 건설!

우리들이 죽거던 너희들이
너희들이 죽거던 우리들이
간지러운 속삭임보다는 나을
국직한 묘표를 세워
해골 덮힌 두던을 넘어
앞으로 앞으로

항구의 밤

해오라지 돛달고
닻줄을 감아
배 떠나는 징소리 멀리 사라지면
바다 낭군의 서글픈 마음
어찌 아니 아프리 차마 견딜 수 없으리

안타까운 청춘을
배우에 실고
조각구름 벗삼아 휘파람 불면
언제든 수랑(水郎)의 애달푼 마음
어찌 아니 외로리 차마 견딜 수 없으리

파도는 출렁출렁
비마자 오고
갈매긴 님 찾아 어둠에 울면
지나간 꿈자최 애처런 마음
어찌 아니 울으리 차마 견딜 수 없으리

해녀

거머룩한 남방의 아낙네여!
바다 새벽이 터져 때묻은 주머니에 매달린 님이 준 패물(貝物)에 아침 해가 떨이면
님의 품안을 떠나 안개를 뚫고 바다가로 나와
허리띠 하나로 왼갓 부끄러움을 감추고
만경창파 — 바다의 품안에 안기여 고래를 사랑하는 그대들의 힘은 크도다

통통한 남국의 어먼네여!
저녁 조수가 밀리고 찢어진 돗폭에 쪽떨어진 노를 저어 녹슬은 닻을 담그면
가재미만 잡아먹던 원시림 사이 썩어빠진 배조각으로 주어몬 오막살이에선
검둥이 어린 것이 울며 웃으며 뛰여나올 제
굳센 포옹 — 어먼네의 품안에 안기여 탐스러운 유방을 빠는 그대들의 사랑은 크도다

굳세인 강남의 까시네여!
어슴치레 달무레진 밤 간지르는 듯 물결소리 들리고 고기잡는 반딧불 멀리 하늘가에 어리면
모래를 밟고 춤추며 피로의 땀을 거둘 때
뱃전을 두드리며 콧노리 흥겨워 부르는 낭군의 웃음소리엔
짙은 평화 — 힘껏 일한 뒤에 찾아드는 노곤한 바다가에 기쁨은 크도다

튼튼한 남해의 부인네여!

바다에서 나서 바다에서 커 바다에서 살다가 바다로 사라진

모진 풍랑과 철아닌 폭우에 다시 돌아오지 못한 수랑(水郞)의 넋을 받
들어

님의 손때 앉은 놋조각을 거꾸로 세워 묘표를 만든 빈 무덤 앞에

녯의 추억 — 검푸른 하날과 바다를 바라다보며 덧없이 눈물짓는 원
한은 크도다

여광(黎光)을 찾아 오르라

원공(遠空)의 무덤에서 부르는 소생의 호소
새벽별의 경이(驚異)엔 한 옹큼 새힘이 움돋고
산양떼 묵은 풀뿌리엔 적은 생명 가질없게 웃어
고향을 그리는 까마득한 애수의 꿈속에
봄은 머지 않아 엠메 — 풋송아지 울어라
벗아! 땅속의 지렁이같이 암흑의 굴레를 벗어
밤꽃과 낮부엉이의 엄연한 모순속에
암중(尼僧)의 잔허리에 녹아버릴 이 봄을
함껏 부풀은 버들피리를 불고 취하야
안타까이 소생의 봄동산에 여광(黎光)을 찾아 오르라

끓는 피에 타버린 무서운 태양은
어여쁜 청룡(靑龍)허리 등말생이에 맺혀
무궁한 번영의 수많은 권태의 꿈을
열병에 헐떡이는 답답한 조바심 속에
여름은 머지않어 해오라지 땅속에 흐르리라
동무야! 열대의 사자같이 뜨거운 모래를 밟고
꿈과 현실의 우연한 연모(戀慕)속에
수박덩이 넝쿨에 매달려 익어가는 이 여름을
함껏 푸른 강물을 마시고 취하야
활발스리 왕성의 여름동산에 여광을 찾아 오르라

벙어리의 수많은 은하를 무찔러 버리고
고양이의 웃음같이 나무가지에 반 걸친 월세계

발— 떠는 병든 잎 중천에 사무쳐
짝잃은 기러기같이 광운(狂雲)에 하소하는
가을은 어느 때에 개벼운 연같이 떠돌리

벗아! 살맞은 범같이 부스러지는 낙엽을 밟고
허무와 애수의 심장(深藏)한 비통속에
무위(無爲)의 임종에 반성하는 실솔(蟋蟀)의 이 가을을
함껏 흘린 눈물을 씻고 비웃어
절통스러히 참회의 가을 동산에 여광을 찾아 오르라

바람은 무엇에 노하야 이다지도 날뛰여 있나뇨
이리떼의 굶주린 발자최 지기도 전에 발써 완전한 은세계
단순한 백색의 무덤속에 파묻힌 수없는 비밀
솔매를 이끌고 언손을 불며 바라보는 마음
곤히 잠들은 겨울은 어느 때 어데서 동트리

동무야! 모든 일은 이같이 일고 그쳐
비참한 반역과 화목속에
고목에 매달린 감 한 개 빨갛게 익어가는 이 겨울을
함껏 구원한 생명과 영원한 파멸을 주저(呪詛)하며
침묵스러히 한몽(寒夢)의 겨울 동산에 여광을 찾아 오르라

소

만추사경(晩秋四景) 1

누르던 들판은 검어지고
거미줄같은 시냇가 논두덩에 한가로이 소가 매였네

멀뚱한 눈동자엔 괴로움이 늙어
아우작 아우작 지나간 피로를 씹으며
저 크나큰 폐허를 서릿바람에 떨면서 홀로 지키는 들국화를 하염없이
바라보는 심정 —

맑게 흐르는 시냇물 소리같이 슾직이 무거워라

병든 태모(胎母)

역사의 치차(齒車)는 오날도 한 고개를 넘었다

날이 갈수록 걀강걀강한 태아는 커가고
밤이 깊을수록 새날의 말굽소리는 가차운데
잔사설(잔소리)을 저버린 태모(胎母)는 더욱 괴로워한다.

하고 싶은 일도 못하고
하기 싫은 일도 하여야 하고

완전한 희생속에서
새날의 기수를 얻을 수 있는
어머니는 커 —다란 책임이 있다
쓰라린 고통이 있다.

거룩하면서도 적은 무명의 창조자로서
크면서도 오죽지 않은 무명의 부상자로서
스스로는 긴하지도 않은 모든 괴로움속에서
밟아나가지 아니치 못할 참사랑의 당위(當爲)에서
왼갓 ×× 비난, 회욕……을 무릅쓰고
새 세기의
새 생활의
참 인간의 실금한 사품에 스미는 새 주인공을 빚이랴고
바락스런 어머이인들 몇번이나 졸도까지 한 줄 아느냐

현실의 사생아의
×도의 ×××의
참된 씨를 받아
찢어진 치마폭으로나마 강보를 준비하면서
새날의 여명이 오기 전의 암담과 정적을 뚫고
우렁찬 새힘을 안고 우나니

날이 갈수록 태아는 커가고
밤이 깊을수록 새날은 가차운데
어머니는 더욱 괴로워한다

산 마르택이로

모진 바람은 외로 늙은 솔가지를 분질렀다

치운 겨울
고전 그리스의 경기장같이
층층이 바람에 걸친 거적집들
산 모롱이 ― 지렁이 같은 실골목 모슬에
몬지 앉은 구멍가게 늙은 영감은
덜 팔린 봉지쌀과 단나무에 주름살을 굵게 그렸다
곰팽이 슬은 넙적과자는 깡마른 어린 놈들의 마음을 얼마나 달궜나

산등말생이에 올라선
시퍼렇게 질린 젊은이 하나
펼쳐진 몬지낀 거리의 바글바글 끓는 인간들을 나려다 보고
팔을 걷어 쳐들고 악을 쓰랴다
가슴을 어루만지고 발길을 돌린다
「왜 게딱지같은 집들은 산으로 산으로 기어오르지 않으면 아니 되는
지를」
「왜 넓은 삶의 쌈터에서 화살과 방패를 잊어버리고 쫓겨난 지를」
동무들을 찾어 따져보랴고 언덕배기 바람 골목을 꼬맨다
산 마르택이로
짓궂인 바람에 벌름거리는 썩은 생철 틈으로
넘나드는 잔별을 삼키며 동무를 부른다

맥묘(麥苗)

문들레 꽃잎에 맺인 이슬은
이 봄도 저무는 서른 푸념이러니

제법 우거진 못자리 푸설에
숨어 숨어 우짖던 뜸북새는
늦어빠진 황혼을 어지르면서
진종일 찾어봐도 그리운 님인가베

이 고요한 늦인봄 밤―
보리 거시럭이 태우는 냄새 동구안에 번지면
몰래 숨어 적시는 자진 군소리는
어느 큰애기의 옷고름을 씹어가며 부르는 어리석음인지

보리짚 가다듬어
내 몰래 곡조를 넘여 따라 부러볼 제
도로혀 그 군소리는 살그머니 끊쳐지고 말었네

내 어집잖은 고독에
부던 피리 씹어가며 홀로 우노니

산모롱 다랑배미 물꼬마다 넘치는 물소리만이
말씨없이 엎드린 고요한 이 땅 우에
철겨운 봄을 저주하옵네

땅을 깊이

대지는 고요히 잠들었었다
무엇 하나 그대의 것 됨이 아니고
무엇 하나 그대의 것 아님이 아님을
그대는 너무도 믿고서 죽은 듯이 잠들었었다

과연 조급히 서드른 지난 날은 고달펐었다
무엇 하나 애낌이 없이
무엇 하나 버림이 없이
어머이의 젖가슴같이 모든 것을 사랑했었더라니

이제 또다시 헤룬의 늘어진 쇠북(鐘)소리를 꿈꾸며
무엇 하나 꺼리낌 없이
무엇 하나 빠침이 없이
천애(天涯)의 방탕아는 새벽의 닭소리를 베고 운다

북원

호로 마차는
범선 모양으로 머언 지평선에 사라진지 오래고
갈대에 우는 황혼 바람은
철마구리같이 유난히도 처량하다

행인의 시체에서 떨어져 늦게 깃 찾아 날어가는 까마귀는
흐리터분한 하날가에 한 일자를 길게 그리고
원시적 평야에는 내 숨소리만이 요란하다

북녘 하날에 반짝하는 오즉 한낮의 별은
이 습지 방랑의 나그네의
발자욱에 고인 물속에 어슴푸레 잠겨 있다

어덴지 오월제 지내는 환세(歡世)의 무리의
목소리와 쇠북 소리도 들이련마는
사방은 고요하고 인가도 없는 듯
깜박이는 등잔조차 찾어지지 않노라

나는 이 들에 씨러져 하―얀 해골이
해와 달과 어둠속에서 속절없이 해여져 갈지라도
그여코 이 들을 건너리라
이상과 희망의 빛을 찾아

단장(斷章)

어린 놈이 하도 당황히 굴기에
나도 놀래여 쫓아가 보았드라니

거미란 놈이 잠자리를 얽어매고 있습디다
달은 처마와 처마 사이를 가로타 비치고

어둠은 발칙스럽게도 골목 밑을 먹같이 스며 흐르는
비 개인 여름 저녁

미운가 하야 생각하면 당연하고
당연튼가 하야 되눅이면 어쩐지 어색하고

손으로 턱을 고이고 심사(深思)에 무거운 추를 달아 봅니다
어린 놈은 발서 태연스리 동무들과 놀고 있습디다

나도 모른 척하고 도로 들어가 누워 볼까
그대로 막대같이 서서 이 빈틈 없는 흥정을 고누어 볼가
인간의 쇠잡한 방면에 폭넓은 신축(伸縮)을 견줘 봅니다

옛마을

아늑히 엎드린 야산을 등지고 앉은 마을
어스름 황혼에 저물어 고요히 잠들랴 하오

내 안개속에 감겨 휘파람 불어
서글픈 곡조에 전통의 눈물이 스미고
오랜 어릴 적의 녹슬은 추억을 더듬어

때 늦게 찾아 들은 잎 떨어진 느티나무
할아버지의 능청 맞은 옛얘기가 그립소

옛마을은 겨우살이도 갖추지 못하고
초라히 나를 애궂게 불러만 주었구려

씀바귀

씀바귀 캐느랴면
떠드는 생각
그대는 이제쯤 어디가 있을까

머슴살이 칠 년에 남은 것은 입은 옷 한 벌밖에 없다고
두덜대더니만 말없이 떠난 후론
해가 지고 달이 떠도 소식이 아득하고
싹이 트며 잎이 저도 간 곳조차 모르는 이 을순이는 남몰래
몇 번이나 옷깃을 쥐어짠줄 알우―

녹쓸고 이빠진 무딘 칼끝으로
질갱이 씀바귀 달래순을 염여드리다
무릎으로 턱을 고이고
하염없이 바라보면
먼곳에 하늘은 들을 안고
님 넘어가던 재 우엔
흰 구름이 섯플이 걸쳐 있수

아지랑이는 어른어른
두둑 사이에 모닥불을 지르면
부대끼는 가슴엔 답답이 차고
턱없는 한숨엔 탄하지 못할 설음이 스미고
멀둥이 뜬 눈자위엔 그리운 넋이 울어
흐르는 눈물은 끝이 없쇠다

도독 고양이 같이 이른봄 살바람이
아줏꽈리 냄새 풍기는 가랑머리를 타고 돌젠
군소리 하다말고 치마끈을 씹다가
김참봉네 벳더미에 참새떼가 넘나들면
손톱을 이빨로 물어뜯으며 지난 가을을 생각하우

머슴살이 싫증나 내여놓고 나오니
할 일이 무엇이 있었겠수
굶다 못해 떠난 님 가고 싶어 갔겠수

단 한번도 뽐내보지 못한 홍룡(興龍)이
가시덤불 속에서 썩어 문들어지는이보다는
기지개라도 우지직 힘껏 켜보랴고
입은 채로 그대로 고스란히 떠나지 않았겠수

씀바귀에 초지렁을 찔끔 쳐서
오빠 상에 무쳐 놓으면
마실 왔다 갈키밭같은 손가락으로 넘신 집어 먹어보던 그대어든
이젠들 오작이나 생각나겠수

돈벌러 가겠노라고
청승맞게 부던 피리 마저 찢어버리고
입술을 깨물으며 떠난 지 일년에도
어찌하야 소식조차 없는게우

추정(秋情)

넋을 잃고
촉촉히 이슬에 젖어 푸섶에 앉은 양이
하도 초라하기에
남몰래 규시(窺視)의 눈동자를 가다듬어
정익(靜謚)에 넘치는 응시에 침몰한 순간
이 얼마나 괴로움을 잊어버린 장엄한 만찬이요
불현듯 창공에 날러 숨은 고초짱이 한 마리
내 서운히 안타가워 간절히 허매여 찾었스되
그곳에 아모 것도 없다

푸르른 하늘 우상(偶像)의 바다만이
공허의 비애를 간직한 가을의 묘지같이
천고의 침묵을 사수(死守)하고
아무렇지도 않은 듯이 천연덕스럽게
소박한 무원(無遠)의 신비에 졸고 있노라

좀먹은 둠벙

언저리로, 즌덕어리로
가시덤불 울섶을 묶여 둘러
왼갖 짓것들이 ― 감히
것저지를 못할삼 하였건만,

가을은 얄미웁게도
살쾡이 마냥 찾아와
먼데, 드세게 서둘러
○然의 조부래기와
미련의 꼬투리들을
든적스럽게도 지분거리는 버르쟁이 있어

광녀(狂女)의 심사일랑 조흘사―라고
모치래기처럼 매댁질 하야
왼 들을 호정거린 후
인사도, 대꾸도 없이
살그마니 사라져 버릴 무렵엔
폐허는 아프도록 슬퍼,

한낮
조고맣고도 커―다란
나의 좀먹은 둠벙은
사(死)의 표정같이 무섭게도 저리고나

연두음(年頭吟)

여조(黎朝)의 창공을 바라보면
있는 듯 없는 듯
영원의 수수겨끼의 창이 붉게 열려
사색의 포말이 고수히 떠도는 동경

표정 잃은 여자의 운명처럼
지나간 쑥스러운 추억의 탑조각은
녹슬은 실망에 부동의 넋을 심고
눈(雪)속에 파묻힌 단풍마냥
설익어 되사리는 미련의 한 가닥
생애의 격류를 티같이 떠나가도다

하여튼 고대와 고대를 여며가는
조고만 역사의 치차(齒車)이나마
마디 마디가 고민의 물결 ―
허공을 기어오름이 인간의 욕망이거늘
고민은 언제든 우리의 죽마고우
고난은 언제든 앞날의 기름진 거름이어든

월몽(月夢)에 스미는 제야 만종의 여음(餘音)을 들으며
마음을 가다듬어 새해를 맞는 의욕(意慾)은
창백한 볼에다 명랑의 흡반(吸盤)을 모고
두 활개를 소담스리 훨―적 펴서
깊은 호흡으로 새날의 청명한 대기를 마셔

아리땁고 긍감스런 여몽(黎夢)을 배웁세

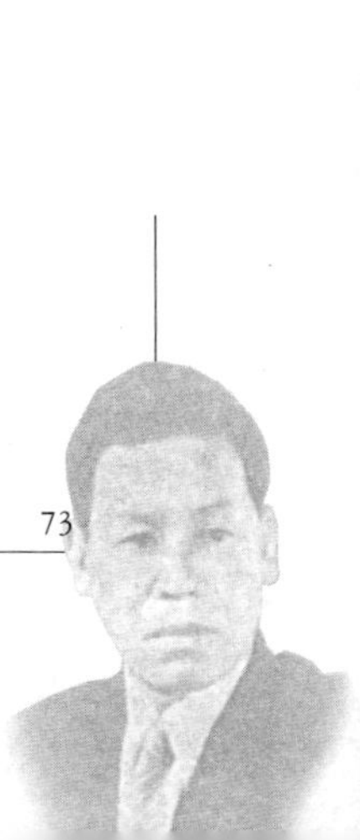

슬픈 모습

전설은
표정 잃은 어인네처럼
허술히 지쳐
잿빛 꿈길 마자 이그러진 저녁
뭉그러진 고성(古城) 기슭마냥
엄숙하고 깊이 슬픈
수수거기의 가닥 올올이
풀어 보려는 뒤늦은 초허(焦虛)여!

그— 발갛게 열렸던
동경의 창가엔
적료(寂蓼)는 배암같이 서리어 승없고
고독은 꼬추이랑 농익어 매웁노니
입으로 입으로 전해 나린
한가닥 굵은 전통의 흡반(吸盤)은
향기도
빛깔도
의욕도 잊어져
걸레쪽처럼 구겨 던져진 비통이여
세기의 초조에 꼬리를 단
조고만 향수의 키 잃은 범선은
고목의 둥크럭마냥
폐허에 가로 누어
비애의 줌을 때묻고 산양처럼 우나니

엉크러진 머릿단과
야윈 그의 얼골을
머 ― 나 먼 허망의 길은
수고로이 지쳐온………
하야
걸어 갈
불쌍한 나그네 ― 이 땅의 모습이러니

향수(鄕愁)

나는 돌이 아니여

침수(沈愁)

한 편엔 주석빛 어둠이 착 까부러지고
식다말은 불그레한 하날 밑 바다 우엔 범선이 놓여 있소

나는 활같이 휘인 밀물 들어잠긴 해변에 앉아
모래를 걸으며 잔조롭게 저녁을 꾸미는 해조음을 듣고 울다가

어느덧 송림의 무거운 침묵에 이끌리어
손을 호주머니에 찌르고 걷기를 시작하오

아무 줏대도 없는 사색에 잠겨
촛농같이 녹아버리는 황혼에 묻혀서

휘파람도 부지 않고 콧노래도 저바리고
이제는 외인손을 턱에 대이고 어데까진지도 모르고 걸어가오

이 얼어붙은 사색이 봄얼음처럼 풀어질 때까지
나는 이맘 때만 되면 홀로 말없이 이 짓을 거듭할게오

그러면 얼음 녹은 골짜기에 싹트는 이끼처럼
파―란 생명의 조고만 열매 하나가 꼭 찾아질 것만 같으오

동경은

동경은
진분홍에 정근 양
발갛게 타는 동백꽃의 심통

피어도 피어도
해파리처럼 문드러져
꺼—이 꺼—이
목놓아 울지도 못하는 편모자(片慕者) —

창고(創古)에 뿌리를 박고 흘러나린 시내 하나 있어
으상 권태의 쪼가리 하나를 띄이고
바다로 바다로 바다로 가느니

쪼가리에서 피여 나도는 애삭한 의욕은
무지개도
패랭이꽃도
사슴도
순(順)네도
슬며시 마실 올줄 알었던 빈 거적자리 하나 펼쳐져 있어

차라리 쑥지라도 있었더라면 쑥지라도 있었더라면
스스로
바람 바람 같었으러니
피여도 피여도

해파리처럼 문드러져
꺼―이 꺼―이
목놓아 울지도 못함이여

황성(荒城)의 가을

이끼 앉은 성돌엔 역사의 꿈 깊고
성(城)가 고송(古松)가지 우거진 우엔 하늘이 푸르르다

총부리 녹슬은 옛 용사의 넋은
추광(秋光)이 늙었으니 풀잎 이슬에 우는가

철 늦은 목동의 굵은 시상(詩想)에는
바람이 서러 울어 단풍에 피눈물 돋고

성적(城跡)에 우거진 비탈 밭가엔
허수아비 홀로 옛 위풍(威風)을 숭내 내누나

하늘에 멀리 몇 점 구름은
언제든 타는 가슴의 시원치 못한 연기런가

지하에 소리없이 느끼는 과거의 영화
오늘엔 끓는 피 가슴우에 맺어

뭉그러진 성 주추 힘껏 드디고 외치는 소리
아 — 이 소리 멀리 멀리 금으러라

담배

우수와 노닥거리는 양
담배 연기는 재롱덩이

보리밭 잔등을 넘어
바다는 아늑이 하늘에 녹아 닿고

바람도 갈매기도 그지없는 둔덕 우에
연신 착— 까부러진 해설피

정밀(靜謐)의 범람은
공포와 권태를 꾀이여

일어났단 되눕고
되누었다 또다시 일어나

우수는 들고 뒤볶을 줄만 알지
잠잘 줄도 꿈꿀 줄도 모르는 이기에

흠벅 빤 담배 연기를 길게 내뿜으오
또 뿜으오 뿜으오 자꾸 뿜으오

넌추리

넌추리 풀을 캐다 심어 놓고
아츰 저녁으로 물을 주며
아득히 기다리는 마음

그래도 나비 찾아 오려니 하고
이 쌍곡선친 유리창 안에 갇혀
속고 커온 작은 넌추리

번연이 그에게 나비 찾아 못 올 줄을 알면서도
굳이 물을 주어 길러온 나의 심사―
내 스스로 그에게 나비보단 낫군단들
그에게야 무슨 애정이 스미릿가

나도 세상과 같은 전율할 폭군(暴君)인가보―

차라리 나는 지금부터라도 그에게 물주기를 그치고
그의 피기도 전 시들어가는 꼴이 보고 싶으오

그러면
커다란 체경(體鏡) 없이도
내 스스로의 모양이 의연히 비쳐질 것만 같으오

촌 정거장

아드모스피아의 색갈은 사막의 모래빛
팔월의 표현은 어둠같이 무거운데
둠벙 밑에 엎드린 메기처럼
사뭇 따분히 졸고 있는
틉틉하게 허덕이는 태만의 포화상태 —

그곳은 정거장
조고만 촌 정거장

때로는 제법
먼 — 도시의 의욕을 실고와
금붕어 같은 조고만 아가리로
릭크삭크 걸머진 큰 애기들의
피래미 같은 종아리들을
왜무처럼
숙 — 숙 — 배알어 놓는 꼬락서니

그럴 제마다
역부(驛夫)의 낮짝은 순검같이 뻣내고
드멧내기들은 이상스런 꼬트리나 줏으랴고 서성대고 ……

잠시
새시댁거리는 도회 풍경이 흘러간 후론
다시 연잎처럼 고요하다

기차는 미꾸라지같이 매끄럽게 달어나
철교를 더듬은 뒤로는
노새의 울음처럼 하늘가에 단— 듯한 묘요(渺蓼)

전봇대 그림자만이 토끼처럼 옴츠라저 대낮을 견주고

다시 더듬어 눈에 걸치는 것은
대합실 문설주에 이붓자식 모양으로 매여달린 우체통
뚜껑마자 잊어버려, 입까지 딱— 버리고
꼬박 꼬박 조는 품이
으전 칠칠치도 못한 촌뜨기—

들을 사람도 없는 텅—빈 대합실 안에선
정직치도 못한 괘종이
뎅—, 뎅—
제멋대로 오후 두 시를 친다

이 따분한 구렁에서 떠나갈 무릅은
아직도 멀었느뇨

동경은 원체 고놈이 성미가 급하야
마음은 발서 재바르게 달아났고
몸만 우두머니 뒤처져
사랑하는 사람을 기다리는 것처럼
빠지지 타고 있는 초려(焦慮)여

이그러진 벤취에 무거운 몸을 털석 주저 앉히고
조고만 부채를 펴서

가슴을 식훈다
부리나케 벌덕이는 더운 가슴을 식훈다

추료(秋寥)

달빛은 토끼처럼 창 모슬에 엿보고
낙엽은 상장(喪章)같이 제대로 서먹일 제

고독을 즐기면서도 그 속에서만 못살게 구는
고—런 인생의 얄궂은 수수격이를

이 한밤 풀어보게 열쇠 끄러미를 빌려 주이소
남몰래 은근히 꿈이라도 꾸어 보오리다

봄비

대지에 부닺쳐 속삭이는 경이의 소리
폐허의 상처를 안으려보랴는 숭엄한 파댁임이어든
숭터 많은 이 가슴의 구석 구석엔
비 나리니 아쉰 감정 새로 부플으나

임 만나던 날도 보슬비 나리던 으스름이었고
임 보내던 적도 가는 비 나리던 밤이어든
비 오는 저녁이면 넋이 아파 가슴이 타는걸
봄과 같이 덧는 빗줄 더욱 못견디여라

묵은 등커럭에 싹트는 무렵이러니
나에겐 왜 그리 추억만이 무더기로 쌓이느뇨
봄을 보냈다 다시 맞는 인생이 애처러워
차라리 봄에 나 봄에 사라지는 나비 되고파라

바닷가

바닷가에 질그릇 조각을 주어
까마득히 떠나가는 범선을 노리고
언젠가 가버린 님 생각 간절해
힘껏 풀매질 하옴이여

서서 바라보던 묘망(渺望), 그대로 주저 앉어
실모래 걸으며 물결소리 곁들이면
언젠가 가슴밑에 서렸던 눈물
비오듯 서먹이는 쓰라림이여

홀로 말없이 떠나간 후로
젖은 꿈길 주스려 허매였으되
명랑했던 님 노래 찾을 길 없고
물에 비친 내 그림자만 무뚝뚝 하옴이여

청춘

포도청 뒷문처럼 적료(寂蓼)한
맘 한 송이
언제든 배암같이 붉은 헤바닥을 남실거리고

풀방구리에 번나드는 생쥐이냥
염체도 코체도, 그런다고
거짓도 없는 놈

남으라면 달빛같이 온순한 듯하면서도
개궂해
담너머를 훨—훨— 뛰어 닿고

남의 눈을 꺼리여 밤이 좋아라고
꼭 숨어 백였으면서도
외로움을 싫어하야 우는 자라러니

호박잎에 뛰여오르는 청개구리 마냥으로
언제든 신비속에 경이를 저지르면서
흑각 비녀 같은 검푸른 애수까지 지닐 줄 아는 놈

초생달

베니쓰 들창 밖에 떠도는 고전의 꿈아
물기는 푸르르고
노래는 고와

콘트라! 콘트라!
시인을 낳아준 너의 힘
청춘을 길러준 너의 빛갈

정월 초생의 밤하늘
푸른 바다에 뜬 달아
너는 그다지도 콘트라가 부럽더냐

달!
너는 누구를 태우랴고 그처럼 옴옥하고
너는 누구를 맞으랴고 그처럼 달이느뇨

미련에 맺힌 가슴을 부둥켜 안고
왜못 같이
잎진 나무가지를 휘여잡고 우두커니 서서
어린 아해 모양으로
시들은 벌판 우에 우울을 묻으랴
휘파람을 불어 불어
저윽히 달빛을 적슴이여

잊어버렸던 고향이 불연듯 생각키어
깨여진 종소리에 손고락을 깨물으며
옛 추억의 매디 매디
거짓였던 옛님은
왜 또다시 머리속에 떠오르나

이 밤— 초생달이 허수무레하던 추억의 이 밤
콘트라의 노래를
은빛깔 월광에 켜 보던 밤—
나무 껍질로 탱긴 키타의 슲직한 메로디 속에
아람 빠진 밤 꺽정이만이 후둑둑 떨어져
고슴도치 같은 몸두아리로
어머니(大地)의 삽품안에 숨어드던 소리
몸서리 치임네

아! 바람아 어데로 가랴느뇨
바다보다도 크고
하늘보다도 깊은
이 무서운 지내처 진 경이곡(驚異曲)을
도레미파소라시도의 모든 선율속에
다시 찾아온 봄동산을 꾸며 보렴으나

달!
초생달!
너는 누구를 할퀴랴고 그처럼 꼬부러지고
너는 누구를 베히랴고 그처럼 날카로우뇨

산 기슭을 휘돌아 감은 지렁이같은 비탈길에

약속이나 한 듯이 너를 따라 가는
사색의 무지개 —
임금 열린 원시림이 그립구나
지내처진 청춘이 아깝구나

달!
초생달!
너는 누구를 꾀이랴고 그처럼 햴금거리고
너는 누구를 속이랴고 그처럼 슬금하뇨
아! 나의 생명은 바야흐로 흐르는 시내물
나의 호흡만이 오직 안남(安南)의 금붕어를 닮어

러나
초생달은 차고
베니쓰 콘트라의 노래는 흔연히 멀ー구나

나는 돌이 아니여

나는 돌이 아니여
그러기에 잔디밭에 둥글어 울지

저— 크나큰 봄이
적은 잔디를 통하야 나에게 속삭여 줄 제
아! 지난 봄은 또다시 왔다마는

사랑 그러고
뭉그러진 사랑
너를 잃은 나의 생명은 명태마냥 말라빠져
실망이 아니라 오즉
권태와 발악

한번 그르친 청춘을
움 돋는 새싹에 몸부림하는 버릇이여

새야 우지마라
꽃아 피지마라

나는 이렇게 하소하련다
나는 이렇게 꾸짖으련다

단상(斷想)

부다칠 곳 없는 짬 모를 꿈이
땅풀이하는 봄비처럼 뒤볶이는 가슴 밑에 서리면
이 마음 다소곳이 가라앉지 못하고
야윈 구름쪽을 타고 거닌다

진종일 시달리다 저무는 날
올바른 말 한마디 변변히 하지 못하고
탐탁잖은 믿음성에 섣불리 속아
고생이 두려우랴마는 수고로운 마음

갈 이는 가야 한다 어서어서 가야 하느니
사랑을 여미고라도 동무를 버리고라도
그는 저윽히 성애튼 마음을 뵈일까 두려워
그윽고 먼 — 날세 흐린 곳으로 가랴만 한다

그런다고 울을 이 하나 없다
우리는 오로지 아픈 침묵 속에서
올곳잖은 인간을 여며 버리랴고
어리광 모르는 애기를 찾아가면 그만일다

춘호(春潮)

두둔 넙게 출렁이는 봄 파도 우에
두둥실 떠도는 조각 넋 하나

곰튼 고목 가지에 움 트듯
반갑고도 귀엽고도 대견하기도,

맥파(麥波)에 넘나드는 종달이같이
처렁코도 노곤코도 명랑하기도,

이슬밭에 빨래 축이는 풋각시처럼
깨끗고도 돌밉고도 서운하기도 하야,

엉거주춤 종잡을 수 없이 설레이는 양
말갈기 말갈기 말갈기 같아

혼자서 받어 드릴 수도 없고
꼭 꼬집어 내 뵐 수도 없고

꽈리 문듯 뾰루퉁 부풀어 본댓자
는실 난실 고연스리 서먹이는 마음

어느 장난꾸러기의 개궂한 짓 것인지
서리 병아리의 쭉지처럼 자꾸 근지러워 ……

남해의 기억

고스란히 간직하여 두었던 나의 추억은
눈을 감으니 불현듯 실오리같이 풀려 도누나

생선내며 미역내가 섞여 풍기는 먼―정서는
맞바람에 설레이는 돛대숲 포구

밀물 빠진 갯벌은 엎지러진 조청처럼 번즐―하고
갈매기 쭉지 밑에 덧없이 어지러지는 황혼
섬 색신 동백기름 바꾸러 나들이 오고
젊은 사공은 뱃노래가 솔방울같이 서글펐다

추억

1

동경은 구원(久遠)의 매력이요
추억은 미련의 음모이러니

전설보다 맑고 고흔 애기를 아로새기고
화향(花香)에 조각된 계절을 꾸민 이 오직 둘이 뿐

— 풋고추같이 매흠했던
   그 시절의 흠모가 꿈이었다면
   이별은 안타가이 꿈을 깨우는
   오로지 자명종 시계오리다 —

2

사랑은 동경의 미소이요
눈물은 추억의 사도(使徒)이러니

이 봄철은 태고같이 정적도 하오면서도
설익은 앵도알처—럼 또다시 명랑하온데

— 묵은 잔디를 뜯어 뜯어

입에 물고 질긋이 씹어를 본 후
추억의 벼랑우에 띄워보노니
어연간 두 눈이 더워옵니다ー

거울

깨여진 조각 거울 허물어진 자취
골골이 흐르는 내 얼골 주름살—
희열과 비통
동경과 번뇌
모욕과 증오
흘러간 옛의 수많은 감정의
지나친 과거의 모든 삶의
허물어진 자취이러니
끼치고 간 상처이러니

나는 보아 잘 안다
기아의 혈적(血跡)을
분노의 흔적을
투쟁의 승터를
참회의 주름을
덧없는 때의 모든 희롱들

옛터에 줏은 깨여진 조각 거울
몽롱한 옛 나러라

향수(鄕愁)

해만 저물면 바닷물처럼 짭조름이 저린 여수(旅愁)
오늘도 나그네의 외로움을 차창에 맡기고

언제든 갓 떨어진 풋송아지 모양으로
안타가이 못잊는 향수를 반추(反芻)하며

아늑히 살 어둠 깃들인 안개 마을이면
따스한 보금자리 그리워 포드득 날러들고 싶어라

동춘(童春)

토끼같이 둥글며 문들레 꺾던

솜발처럼 피여오르는 버들개지같은 동심이여

그대는 이미 남의 안해가 되고

나는 외로이 나그네의 고수(孤愁)에 잼기고

물에 걸친 가을

맑은 시내 징검다리 건너다 말고
걸친 스름은
어릴 적의 콧노래 간절하온데

물은 흘러 흘러
푸른 하늘에 녹아 흘러
슲직한 폐허의 자연을 홀로 도느나

아! 몇번을
가을은 이 가슴 우에 맺혀
덩—달아 우노니

내 홀로 처량스리
희파람 불어 불어
애달픈 고독을 잊으랴 해도

서릿발 사이엔 들국화 간드러지고
바삭대는 갈대 잎새
두던우에 감아득히 하늘을 켜고 있고

벼랑 따라 나는 기러기
어드멘지 멀리 사라지면
찾아드는 황혼마자 쓸쓸해

아! 가을이라 설은겐지
내 외로워 구슬픈지
이 발길 떨리고만 있구만

소

자비도 연민도 없는 고로(苦勞)의 해협을
숙명처럼 침묵하고
암야(闇夜)의 여사(旅舍)속에 백치같이
까풀진 눈동자를 얼띠게 끔벅이는 양

차돌 백이 등넘어
우거진 푸섶속에
헌질하게 더플대던
꽃다지가 그리워라

차라리 원한이라면
날카로운 두각(頭角)의 싸워보지 못한 헛된 위세이요
차라리 자탄이라면
질박히 코끝에 꾀여매인 목쇄(木鎖)의 치욕이라

어느 때엔 녹색 목장의
드높이 해맑은 푸른 하늘을 하염없이 우르러
목메게 부르짖어
그리운 임이나마 애끝에 이바지 하고픈 마음

슬― 눈을 감으면
투색한 추억이 그래도 애착스리
반추를 거듭 새기노니
이윽고 덧없는 한숨은 지심(地心)을 뚫을 듯하구나

안동 차료(安東 茶寮)

정경은 심히 온화한 듯 하면서도
속으로 차갑게 슬픈 저류가 스미고

탁자위 개나리는 제법 맑게 봄을 꾸미는데
이국 까시내 — 다—샤—는 실없이 갈대처럼 시드나부다

찌그러진 호궁(胡弓)이나마 녹슬은 전통을 엿들으러 온 곳에
마실 줄 모르는 웍카—를 기우리는 초조

화톳불처럼 달은 뺨을 대리석 탁자 우에 대이고
침묵의 심연에 동경의 낚시를 정거 보노니

만취하면 어쩌려니 울—듯 울—듯 싶구나
이렇게 이대로 영영 방랑의 길이 떠나고 싶구나

낙조

석양천(夕陽天) 붉은 노을
실개천 벼랑에 매댁질할 무렵
새 모는 허수아비 그 아들 모양으로
나홀로 느껴 울 제

저녁 연기 새여 들리는
바람결 먼-절 종소리
임 누운 풀밭에
이 날도 저무누마

제야(除夜)

기름 냄새 풍기는 여사(旅舍)의 제야는
서캐처럼 질근 질근 향수를 간지르고

한등(寒燈)은 짖궂게 고전의 행티를 부리노니
추억의 방랑속에 애탄(哀嘆)이나 맬기고저

어둠 마자 동굴같이 깃들인 창 모슬에
객심(客心)은 처연히 요요(嫋嫋)한 고독을 쥐여짜고

명일의 유향(乳香)속에 퇴색한 옛을 묻으랴고
만종(晩鐘)의 침륜(沈倫)처럼 밤새도록 울고저

여로(旅勞)

들갓은 묘망(渺望)히 하늘에 잠겨 있고
소면(沼面)은 주석같이 여영(余映)에 스며 비처
함촉이 젖어 가라앉은 야촌(野村)의 들창엔
호젓한 산제당(山祭堂)의 젯불처럼 외로 무섭다

김서린 차창을 닦아
이마를 부벼대고
추억의 밭기슭에
망향의 넋을 심어 보노니

기차는 노새같이 허덕여도
이젯 날도 고향에 돌아갈 길 하염없고
여수만이 덧없이 고달푸구나

소리개란 놈만이 우유 빛깔 하늘에
띠같이 동—동— 떠도누나

새벽 점경(點景)

새벽이 엷게 지새랴면
쇠방울 절렁 절렁
먼산 나무새 가는 돌쇠가 따르고

물 푸는 바가지에 새벽별이 잼기면
서급허
점분(点粉)이는 또아리 끈을 씹고

일근 떠논 맑은 물동이에
사철나무 이파리가 날러들면
돌쇠의 장난이 벌어져

이슬 젖은 쇠방울
쩔렁 쩔렁 수얼찮이
소만 제대로 걸어가고 ……

초가을

궁구재 재넘어 설레이는 바람결
초가을이 외로워

어둠 속에 태우는 권련 불은
아장 아장 우수를 눈동자 삼아

게느리게 되새기는 추억이여
안타가이 얼먹은 애상이여

반월산성(半月山城) 1

입으로 입으로 흘러나린
사향(麝香) 풍기는 신비속에
의장(意匠)없이 꾸며진 전설 하나

세기는 멀리 단군의 후예를 점쳐
확실성도 없이 아물이 삼천년을 헤이고

석고같이 고흔 살결과
호심(湖心)처럼 맑은 눈동자며
폭포같이 빗긴 긴 머리딴으로
한 우상(偶象)을 비진 화실속에
이 산성 옹주(翁主)의 자태가 그대로 아름답다

갈미봉(葛美峰) 밑 드멧 산골의
무딘 촌남(村男)이 그리워
어스름 초생달 밤에 꾸며진 사랑
비극은 이로부터 막이 열려 ……

영주격인 다른 성주 ― 폭군의 분(憤)을 돋아
악착스레 싸워 뭉그러진 성이러니

아! 언제든
사랑은 이처럼 굳고 고흐며
질투는 사자같이 상구나운가

폐허의 미궁속에 숨어 남은 애회(愛懷)는
실솔(蟋蟀)의 비수(悲愁)처럼 까마득히 서급흐고

미련은 구진비처럼 성돌에 아롱지노니
주인 잃은 초생달은 흔연히 찾아와
번나드는 외론 나그네 마자 괴롭히누니

반월산성 2

이끼 덮인 옛 성터 허물어지고
이즈러진 달 그림 새여 비치면
소쪽 소쪽 소쪽샌 멀리서 운다

하염 없는 옛 생각 간절하옵고
멋갈 없는 생애에 한숨이 돌면
바름바름 더듬어 성돌에 운다

높고 낮은 산천은 여전하온데
아리따운 옛심정 어데로 갔나
소쪽소쪽 소쪽샌 슬피도 운다

안주 성적(安州 城跡)

살수(薩水)로 빗긴 양지바지 골짜기에
성영(城影)을 울장 삼아
실과밭이 아담하게 째여 있고—

말쑥히 빗겨진 사태 비탈에 굼시르는 늦은 봄볕은
모래 감는 암닭같이 무더워도 뵈이고—

백상루(百祥樓), 칠불사(七佛寺)의 험상궂은 소상(塑像)은
찌그러진 감투처럼 옛꿈에 이즈러졌고—

노가지나무 그늘에 쭈그린 과수원 수직군네 오막살이는
다—들 어데들 갔는지
빈 마당 지키는 삽살개 모양으로 따분히 졸고 있고—

어쩌면 이다지도 조용히 가라앉아
밀감(蜜柑)껍질과도 같이 망각과 추억의 수제(愁祭)를 읊조리노

이럴제면 고연스리 노곤한게
병든 체네의 앙가슴같이
아슬히 서운키만 하옵소

맨드라미

농촌 삼추(三秋) 1

울섶안 장독 모슬에 홀로 붉은 맨드라미는
엊그저께 시집간 큰 아기의 심어 길은 넋이러니

옛이야기 얽어맨 호박 넝쿨 거두면서 쉬는 한숨엔
구름으로 씻은 가을 하늘같이 맑게 차구워라

메뚜기
농촌 삼추(三秋) 2

날애를 믿는 잠자리 부러워
넙적다리에 힘주는 메뚜기 —

톡! 톡! 비약을 흘리고
왼들을 놀이며 가을을 마시네

저 — 헤넓게 푸르른 하날 밑이
웬통 됨박 속 같나베

메물밭

농촌 삼추(三秋) 3

군소리 여며가며 메물 비는 까시네들
산비탈에 매달린 듯 오늘 해도 다 넘읍네

여므르면 여믈수록 붉어가는 메물대에
한숨 짓고 돌아서니 골자구니 안개꼈네

등말생이 쟁끼소린 어느 낭군 짓 것이뇨
인생의 길손인 듯 머루알을 따고퍼라

연해선(沿海船)

남포 삼정(南浦 三情) 1

늙은 할멍구는 큼직한 보따리를 이고
조심스러히 배다리(船梯)를 오르오
손이라고는 오즉 나하고 둘 뿐
적료한 바다가의 오후
나는 할멍구의 보따리를 부축하야 나려주오
그는 땀을 씻으며 고맙다는 인사 대신에
주림살 잡힌 얼골을 부스러트리며 웃어 보이오
문득 떠오르는 어머니의 생각
까마득히 향수에 젖은 마음
선창 넘어 멀―리 수평선 위
구름더미만이 아른이 뭉겨 있소
어느 사이에 떠나버렸는지도 모르는
그러고
멀―리도 갈 줄 모르는 조고마한 까소링선(船)은
안타깝게 아쉰 나그네의 가슴과도 같이
폭폭어리며
남쪽 바다의 포구머리를 감돌아 나섰소

바다로 향한 창

남포 삼정(南浦 三情) 2

불현듯 책상에서 일어나
기지개를 켜고 창에 기대여
하염없이 바깥을 내다보오

어둠 흐르는 그곳에는 아모 것도 보이지 않소
그러니 더욱 깊고 머—르오

내 항상 바라보기에 가루 고치던 섬과
꺼리키든 수평선도 없소

어린아이같은 나의 심정에 사색의 돛을 달아
임의대로 이 어둔 밤바다를 떠나 보내오

그런다고 임을 아쉽게 그리는 배도 아니요
뜻을 뚜렷이 세우고 싶어하는 배도 아니련마는
무언지 아지 못하게 외로움에 지쳐
한없이 보내고 싶어하는 마음

나는 발닥이는 가슴을 어루만지던 손바닥으로
어둔 유리창을 더듬어 닦으오

마도로스

남포 삼정(南浦 三情) 3

마스트 꼭대기에 켜졌던 남포가 떨어져 깨진 후
해여진 걸레쪽같은 만국기만이 세차게 펄렁인다

폭풍은 아직도 그치지 않았다

물결은 배 변두리와
돌 축대와 그리고
물결과 물결이 서로 부다쳐 어둠을 흔든다

이국의 낯 설은 포구에 불시(不時)의 닻을 나리고
소연(騷然)한 폭풍의 밤은 가슴이 저리도록 비었구나

노령(老齡) 화물선의 기름에 저른 선원들은
금붕어의 입같은 퍼-런 등 달린 골목으로 몰켜 간다

챙 없는 모자에 손을 대여 군인같이 인사를 하고
껄 껄 껄 너털웃음을 치며 홍랑(紅娘)을 얼싸 안어
요행히도 돌아와 닿은 이 날의 행복을 노래한다

마도로스!
부라보!
노래를 불러라
술을 마셔라

이 탁자! 이곳에는 시계가 없느
말 없이 짙어가는 밤—
밖에는 아직도 바람이 세고
비까지 창을 두다린다

초조

우수 삼제(憂愁 三題) 1

너윗 바람 쓸쓸히 빈 마당 훔칠 제
낙엽하나 살-살- 피해 도누나

파이푸 연기 되서려 눈이 매우니
핑계 삼어 울고 싶은 가을의 황혼

쪼그리고 앉었다 벌떡 일어를 서면
누구를 어쩔텐가 어리석기도 하지

다 탄 골통 털어버리니 도로 서운해
희연(囍煙)가루 꼬깃 꼬깃 꾸어 박누나

실책(失策)

우수 삼제(憂愁 三題) 2

평범한 사람
하나이
지나쳐 간 발자최 우에
고―히 흘려진 엄청난 진리가
얼마나 많이 매장된 줄 아니

참회의 눈물에 저려
표백된 마음씨가
눈오는 밤같이 깨끗이 덮여가는
이 무서운 가능성

고양이의 눈동자처럼 얄밉게도 말동말동한
아깝고도 가엾은 이 (조물주의) 실책 하나가
생동생동 풋내가 나는 체로 고대―로
냉정한 달빛같이 영원히 흘러가는 서름

무제(無題)

우수 삼제(憂愁 三題) 3

애급(埃及)의 폐허처럼 옛티도 없고
호궁(胡弓)의 애조같이 침통도 없으며
추월색(秋月色) 드높은 명랑도 없는……
걸레쪽 물에 정근 양
찌프린 얼골―

험상궂인 상판대기 보기 싫다고
그악스리 짖든 개도 목 쉬였고
날세 흐린 포구의 둔덕 우에는
그나마 붉은 경등(警燈)마자 꺼지고 말었구나

빨리 달아나랴고만 하는 영리와
꾹― 참으랴고만 하는 자존(自尊)은
한바퀴 돌면은 승화되는 박쥐……

어지러진 쑥대밭에
연문(戀文)이 당한 게며
피골이 상접한데
뭇거리가 소용있냐

화병에다 조화(造花)만 꼽지 말고
귀 떨어진 툭배기에 아욱씨라도 뿌려보자
손톱만 잘기잘기 뜯어먹는 맛이야

누구는 모를 줄 아니
손톱 밑 땟국만이 침울(沈鬱)의 순이란다

2부

향수(鄕愁)

어둠아 가거라

실제(失題)

단상 삼절(斷想 三折) 1

낮에는 감성의 권외(圈外)에 방축(放逐)된 소가 되고
저물면 어둠을 녹크하야 저주와 우울을 슴여버려
고―히 앉아 인생의 체온을 맥짚어 보노니
조희우에 펜을 집고 떠도는 사색의 수풀
주저와 피로는 이밤도 북해(北海)의 조난선같이
책상 우에 뺨을 대이게 하고
죄스럽게 또다시 쓸쓸합니다

꽃이거든

단상 삼절(斷想 三折) 2

꽃이거든 꺾고
달이거든 품어라

그러고 후회가 되거든
참으로 후회가 되거든 섧게 울어라

피이거든 흘리고
맘이거든 태워라

그러고 아깝거든
지극히 아깝거든 실컷 그리워 보아라

하곺거든 하고
말곺거든 말어라

그러고 네가 할일이거든
당연히 할일이거든 뼈라도 갈아 보아라

묘상초(墓上草)

단상 삼절(斷想 三折) 3

어인 일이뇨 인생의 벌판 우에
풀들만이 뫼 우에 푸르렀으니

너를 보니 가슴 밑에 엉킨 상처
옛의 푸른 감정 아프기만 하오니

어린 풀싹 너는 으전 옛님 같구나
그 사람도 너와같이 순하기만 하였더라니

내 눈물 흘려 흘려 뿌리 축여 길러주면
너 역시 임과 같이 가고 말 것을……

아! 어찌도 그다지도 서투른 목수가
관답지 못한 관을 짜 주었더란 말이뇨

빈집

만추 삼경 1

삼봉(三奉)이네 외딴집 지붕 우에 널린 얼마 안되는 다홍 고초와,
울섶 사이에 끼어자란 잎 떨어진 감나무에 남은 언시 몇개는
그— 초라한 꼬락서니가 이 땅의 염통같애

다 쓰러진 울섶하며
뭉그러진 지붕하며
쓸쓸한 토방하며
거미줄 낀 굴뚝하며

이 집 식구들은 다 어디들 갔나
농사 지은 것은 다 어찌 하였노

바람만 뜰 모슬에 이저리 낙엽을 훔치고 있네

허수아비
만추 삼경 2

부러진 팔둑하며
해어진 옷자락하며
빈들을 지키는 가을의 폐병(廢兵)은 너무도 외로웨

어느 길을 가다가 쉬는 참샐런지
허수아비 머리 우에 쪼그리고 앉아
지나간 날에 속아버린 푸념을 종알거리네

러다 말고 훌적 날러 물결쳐 가는 곳—
버들숲은 까칠하게 키만 크고
나락 터는 동리안은 아즉도 시끄러웨

폐병(廢兵)은 언제든 이렇게 서러운가

철뚝

만추 삼경 3

쇠바퀴 소리 굴러 들리면 서그픈 마음
순희는 지금 어디가 사나

이들의 혈관같이 가오고 오가는
두 줄로 뻐친 편—한 길 쇠길

사랑도 담어 가고
먹을 것도 담어 가고,

철뚝 변두리 갈대푸섶 떨리면 새삼스리 쓸쓸해
차라리 이 길을 따라 정처없이 가보올가

길은 길은 찾아갈 길은 이처럼 멀은가

와편(瓦片)

낙랑 삼회(樂浪 三懷) 1

한많던 이야기
즐겁던 이야기
서급던 이야기

이야기! 이야기! 이야기!
밑없이 끝없이 그— 수–많은 이야기!

왼몸에 그처럼 상처를 받고서도
꼭— 다물고 지켜온 그대의 절조(節操)

뜻은 이처럼 매서운 것이런가
침묵은 이처럼 무거운 것이런가

나는 오날도 그대를 달래여
옛 이야기를 조르고 있노니

고분(古墳)

낙랑 삼회(樂浪 三懷) 2

사람의 미련이란 이처럼 억울할가
차마 못-잊는 정을
철따라 찾아와 운-이 그 몇이리

풍상이 섞어나려 거듭한 지 여러 번
민숭히 뭉그러진 봉오리는 옛자취 바이 없고
밭머리 논이랑에 은연히 남은 심정의 자개같은 오점이여

그 뉘라서 가을 소반의 갈대푸섶같이
그윽히 서그플 뒷날의 애서(哀緒)를 빚이랴고
이 숭엄한 탑을 모으기 비롯했고

그 뉘라서 잠들은 처녀 앙가슴을 해부한 것같이
너무도 악착스리
이 침묵의 탑을 허물기 시작했소

그 시절의 영화야 미련에게 물으면 모른다겠소
그 고장의 비애야 애정에게 맡긴들 대답 못할 것이며
낙랑의 고은 자태야 산수에게 눈짓한들 범연히 하오리까

모혼(暮昏)

낙랑 삼회(樂浪 三懷) 3

하마 보얗게 젖은 안개 나려 깔리고
무거운 침묵이 굳게 닫혀진 빈터에
담쟁이 넝쿨같은 사색의 열쇠꾸러미를 더듬어
천년 낙랑의 머루알을 따먹어 보노니
문득 대님을 풀어 팔매질하야
까마득히 역사의 호심(湖心)을 향하야 가라앉히는 회고(懷古)
아! 낙랑 옛벌에 날이 저무니 더욱 서급허

도하(都下)의 침묵자

해는 피뢰침 꼭대기에 타고
우울한 덩어리는 삘딩 그늘에 등그노니

함정같이 뚫린 편—한 길
하늘은 푸른 뚜껑을 덮고
흰 개미떼같은 무리들은
두더지같이 수심에 차 기어다니네

두 줄기 뻗힌 궤도 우에는
세기의 마물(魔物)이 백사(白蛇)의 배때기를 가르고 있노니

가오고 오가는
풀기없는 심술에는 방랑의 노래가 흐르고
시들버들 말러가는 현실에는 절망의 소름이 끼치며
안타가운 희망에는 간지러운 서름이 잠기네

땡볕을 쪼개는 오포(午砲) 소리 마자
철창에 갇힌 보신각 종을 녹슬은 추억에 띄우노니

아! 얼음보다도 더— 찬 냉정을 안고
유령보다도 더— 무서운 고독에 잠겨
삶의 화살과 방패를 잃어버린 자는
때에 출렁이며 쓰디쓴 침묵을 삼키고 있네

메마른 침묵을 씹는 자여
그대의 이름은 우울한 병자이러니

구름같이 뜬 마음을 바람에 실려 보내고
물같이 흐르는 서름을 바다에 던져
가을 달밤 기러기같이 훨—훨— 날어다니며
이 늙은 어머니를 보살피지 않으려니

시금석(試金石)

술먹고 부리던 너의 호걸(豪傑)
너를 한 꺼풀 강철로 씌웠으되
네 자신을 속이는 마쳐제니라

레포를 너에게 주고 악수를 청할 제
네의 손은 유난히도 떨리더라
힘도 없더라

늙고 외로운 어머니와 헐벗고 굶주린 병든 처자를 생각하고
네가 도중(途中)에서 집으로 돌아가 레포를 펴볼 때
그는 백지인 줄을 알았으리라

백지도 의심하고 등잔불에 사르는 네 마음
보─얀 재 보─얀 재

기아에 허매는 부모 처자를
너는 보─얀 재 속에 파묻고
강가에 헛되인 운명을 찾어 보아라
너의 혈관에는 빨간 피가 말러 버리고
너의 몸에는 굳은 뼈가 다 녹어 버린 것을

오! 네에게만 늙은 어머니가 있는 줄 아느냐
병든 처자가 있는 줄 아느냐

송화강상(松花江上)의 애수

쟁! 얼음장 터지는 소리
바람은 멀리 총소리를 듣고 온다

때도 모를 목전의 사실도 모를
밤! 검은 밤은 깊어만 간다

오늘밤도 찬 얼음에 얼어붙을 핏덩어리들
이 밤에 까마귀는 울어 울어 어둠을 찢는다

새장 속에서는 여호빛 웃음이 흐르고
그러고 깜박이는 촛불

오! 혼낭(紅娘)의 눈속에 파묻힌
멀ー리 그립고 깊이 섧고 아득히 졸린 애수ー

어젯밤엔 떨어지는 월몽(月夢)을 품고
병든 가슴에 눈물이 서리고

아츰이면 또다시 가을의 찬 이슬을 눈에다 파묻고
진주같은 웃음을 뱉는

너의 눈물은 끝없이 흐르는 송화강이라
너의 슬픔은 끝없이 흐르는 인생의 방랑이다

지극히 그리운 네 고향의 하늘
멀리 남방의 반도(半島)까

네가 즐기는 용안육(龍眼肉)을 실은 화방(華舫)이 모른 척하고 송화강을
돛달아 가고 오면
구포(龜浦)벌에 펄렁이던 너의 아버지의 돛난배 ― 쓰리도록 옛이 그립지

네 몸에 감은 청녀(淸女)의 때문은 단자복(緞子服)
네 몸에 꼬인 도금한 알호슨(귀고리)

귀고리를 만지적 만지적 너를 썩혀가는 철학은
삼기(三期)에 헐덕이는 만성(慢性)이 지냈다

구리 동전은 동―그란데 병든 마음은 나무가지에 발― 떠노니
내일을 약속못할 나그네의 병사(兵士)를 꼭― 품고

어깨를 물어뜯으며 시화조(時花調) 부르는 네 성미
가슴의 매서운 서릿발에 울다가 아버이가 그리워

송화강을 가로막은 이상한 무지개에 찬 웃음 띄울 제 입술을 깨물어
피를 흘려서
부서진 호궁을 켜는 늙은 거러지에게 혈타(血唾)이나 뱉어주렴

기러기는 길게 울어 강물따라 흐르는데
「혼냥」은 오늘도 새장 속에 반달을 품고 찬 눈(雪)을 덮고 잠들랴는 애수―

송화강상 적은 촌이 어드메드냐―고
너는 모를 적이 좋아라고 조선의 큰애기였지

무제

고독의 화병이 기적처럼 깨여져
이성(理性)의 화분(花紛)이 파닥여 떨을 제
잔인의 독아(毒牙)를 빌린 수심(獸心)은
악화(惡華)의 심연 속에 숙명처럼 나부끼네

한번 웃고 찡그리는데 죄악의 씨를 뿌리고
천당과 지옥을 한꺼번에 품은 눈동자로
뭇 사나이들의 결사대를 함몰시키는
늙은 매춘부의 썩어빠진 유방도 좋으렸다

미친 개처럼 전율과 공포의 밀림 속에서
깊이 모를 현실의 참혹을 덜고
근수(斤數) 모를 세기의 중압이 위안된다면
차라리 그가 악의 요정이라도 좋다

러나, 피눈물 듣는 응시의 상장(喪章)에 쌓인
저주와 실망의 명경(明鏡)은 소심(沼心)같이 흐리고
오장(汚穢)의 풍속도를 두루마지 같이 펼치여
회한(悔恨)이 괴물처럼 엄습하노니

아! 괴로워라
공허의 해저(海底)에서
이럴 수도 저럴 수도 없는
인간의 심호(心湖)에 떠도는 오뇌여!

차라리 귀엽지 않으뇨
양심에 연다른 고민의 가지가지
침묵하여라 그리고
늦춰진 나사못을 되게 되틀어 박는게 낫지 않으리

여름 풍경

빌딩 창모슬에 담긴 풍경은
열도가 사뭇 범람한 공포—

전차가 게느리게 카—부를 돌고
노—란 파라솔이 하나 거리를 비낄 뿐……

정료(靜寥)는 싯누르게 가로(街路)를 모욕하다.

오로지 조고만 위무(慰撫)가 있다면
이대로 다비(茶毘) 하고픈 창백한 의도—

폐허라는건 으레건 서러우면서도
꽃다지의 새싹이 제법 신선할게거늘……

마음은 새삼스리 풍요한 식욕에 차다

눈은 다시 구름도 없는 무색의 하늘을 더듬어
오점같이 백인 아드바른의 정지(靜止)를 딴다—

멀고 맑으니 너그럽고 가라앉는 것을
초조는 금단의 비극을 꾸미고 있어……

호흡은 가쁘게 침울한 반추를 새기다

고독

복받치는 울분과
참을 수 없는 번뇌를 잊으랴고
망각의 화살을 힘껏 뽑아
이름 모를 독주와, 그리고
미요(美妖)의 빨간 볼따구니를 물어 뜯어 보랼 제
허튼 만용은 그나마도 사라지고 마는
한낱 마음의 유약한 방랑자여!

이 멋갈없이 미만(彌滿)된 악류(惡類)의 상징을
살려 버일 열정의 불꽃은
어나 곳에서 캄파스를 견주고
실없은 해학가(諧謔家) 모양으로
수많은 조소(嘲笑)와 연민을 뿌리며
험상궂은 초상화를 그리고 있느뇨

회의(懷疑)는 착살맞게도
거머리처럼 떨어지지 않고
권태는 지리 지리
허물어진 폐허 같은데
고독은 흔연히
난파선의 돛대 같구나

방랑의 노래

맺힌 데 하나 없이 흘러다니던 대지도
이제는 셋 치밖에 못되는 가슴 우에 서리고

날개 없이 떠돌던 흔적없는 넋도
오늘엔 한 옴큼도 못되는 마음 우에 허매이네

몹시 사색하던 나의 번뇌는
지금엔 운명의 배암에게 돌감기었고

여광을 바라고 온 나의 이상은
이제음은 추억의 사해(死骸) 우에 미치랴는 마음뿐이네

그렇게도 그립든 임자 없는 요람의 하늘빛은
이제 날엔 패배자의 만가(挽歌)만이 슬프노니

어머니에게서 나서 어머니에게로 돌아갈 우리언마는
오늘엔 나그네의 간장이 녹아버리는게 도로혀 나으리

시계는 어데로인지 쓸며 가는지
지금엔 끝없는 황무지 변두리에 날마자 저물어

사람은 멀리 가면 갈수록 오래 되면 될수록 애끓는 향수를
오늘도 두견소리 얼마처 휘파람이나 불어 보오리

절망의 노래

우거진 역구풀 같은 번민의 푸섭을 더듬어
알밤을 고스란히 잠 못들고 동터우던 날 이침
박쥐처럼 깔축없이 나래를 걷우고
또다시 탈을 쓰고 거리로 나가랴는
가슴 안에 설레이는 설은 울음은
암야의 침묵 속에 숨어 흐르는 물소리 같다

생애의 촛불은 반 넘어 닳고
타다 남은 열정의 끄름 마자 사그러져
동백기름에 저린 진분홍 댕기처럼
피로와 초조와 군색과 참회에 빠져
초라히 강말은 주먹을 쥐어보노니
파경(破鏡)쪽같이 살란한 환상은 제대로 아련하다

팔짱을 끼고 담 모퉁이에 서서
흔연히 바라보는 응시는
살을 맞고 떠는 촉새의 절망된 꿈길이 맵고
선들이는 가을 바람은 실없이 굴어
해여진 옷자락을 낙엽같이 흔드노니
눈두덩은 왜 덩달아 뜨거워지느뇨

고민

아침에 골은 배는 저녁에 저주를 맺고
밤새 못이룬 유랑의 꿈길엔 별빛조차 찰 제
강물은 병든 피같이 초라한 이 땅을 흐르고
부―연 안개는 불안한 골짜기에 설레이네

독한 화주(火酒)에 시드는 발악의 품이나
나어린 매춘부에게 안기는 향락의 꼴이나
네거리에서 춤추는 광인의 해여진 조소이나
저울추같이 고개를 떨어뜨리고 걷는 무리의 주저하는 한숨이나

다같이
영겁(永劫)을 자랑하는 태양도
골은 닭알같이 설익어 뵈이고
무원(無遠)한 하늘빛도 상여 뚜껑처럼 펄렁이네

아 이 침울한 곳에
몬지도 냄새도 일대로 저려
신비로운 전통의 칠현금(七絃琴)마자 앗어진
이 땅의 목쉰 노래여 ― 그대는 애달푼 폐허의 고민이다

새 설계도

돌집, 헤드라이트, 몬지, 녹등(綠燈), 광인, 거지, 호외(號外), 라디오, 여
자뺨우에베니, 오포(午砲)소리에열리는변도뚜껑, 대패로민듯한궤도, 골목
을꼬매는만주장사의북소리, 징소리, 수채구녁은행낭으로뚫렸느니, 물조
개젓드렁사려, 썩은생철틈으로별이보인다고오막살이어린아이들은손벽
을친다 ……

이 어수선스런 파노라마를
젊은 맘 있는 설계자가 본다면
혀를 차고 돌아서 새파랗게 질리리라
그러고 개책(改策)할 여지(餘地)를 발견치 못하고
다시 백지 우에 연필을 날리리라

우선 새 설계도 우엔
한 구퉁이에 공동묘지를 커다랗게 만들어
그나마도 묘표를 세우고
한 구퉁이엔 커다란 쓰레기통을 만들어
멋갈없이 썩혀바리고

가운데에는
큼직한 유아원을 만들어
엉거름 간 생활폭을 꼬매가며 가르치리라

팔월의 황혼가(黃昏街)

몬지에 취해 저무는 해는
육교 저편에 아련―하고
돌담 밑을 걷는 우울한 응시는
망상의 희생을 두려워하네

바다같은 하늘의 몇점 쪼각 구름 사이를
간사스리 꼬매는 백조는 흰 솔매를 지치고
진종일 시달린 저주와 피로에는
호―마의 일컫는 「사영」(死影)보다도 무서운 절망이 찝히네

간지럽게 헬금거리는 가로수의 푸름은
삼년 묵은 파나마 챙보다도 더럽고
어쩐지 빈 마음으로 돌아가는 길은
제도의 사생아를 또다시 울리고야 마네

오후 일곱시 반 쯤만 되면
긴할 일도 없이 으레껀 울리는 만종(晩鐘)의 파편은
바다를 어지르는 저녁 갈매기의 울음같이
이 대답도 없는 도시에 한숨만을 끼얹어 주네

불 대리미로 문지르는 팔월에도
주름살 한 번 펴보지 못하고 설익는 마음
때 낀 현실의 구겨진 과녁을
기아를 무릅쓰고 겨누랴니 괴로웁네

우거진 수풀에도 바람끼 한 점 없고
미꾸리같은 요염한 얼굴에도 졸음이 잠겼나니
이 이즈러져 가는 세기의 고민과 발악에는
녹슬은 열쇠 꾸러미를 만지적 만지적 쓰디쓴 침묵에 젖네

어둠과 밝음의 새벽녘은 지금이러니
이상과 현실의 분수령엔 희생과 오직 사기 뿐……
이날도 저물어 얇은 황혼을 밟는 그림자는
정밀(靜謐)한 꿈도 찾을 길 없이 가슴 저린 분노만이 타네

추색(秋索)

호박색(琥珀色)의 백양(白楊)은 어제보다도 희게 까칠하야
누루구레한 이파리의 감각은 히스테릭하게 팔랑이고

철 늦은 궂은비에 범람(汎濫)한 골자구니 물 우엔
익다 말은 열매 하나 떠나러 가오

유현(幽玄)한 생명이 죄스러운 방향으로 유랑하야 가는 맥박
퇴색한 추억이 축만(蓄滿)된 고저(庫底)를 다독이면서도
그래도 모자래서 약탈의 비극을 꾸미고 있소

멋대로 지저귀는 실솔(蟋蟀)의 에레지는 진람(眞藍)의 호심(湖心)보다도 맑고
태엽 풀린 사색의 실오리는 애달푼 초조의 북을 넣으며

맑아야 할 가을 하늘도 지푸지지 서릿발을 머금어
태고의 촉루(髑髏)를 고증하랴는듯 폐허의 전야(前夜)를 뱃(胎)오

피편(皮鞭)에 부닥기면서도 현실과 이상을 얽어매랴던 의망(意望)은
깊은 체념을 실으며 멀리 유적(流謫)의 길을 더듬어
단두대에 오르랴는 용사같이 가을 지평선을 향하야 걸어가오

저 — 지나간 크나 컸던 영화를
홀로 지키랴는 한 송이 들국화를 보면

나는 차라리 아모 것도 생각지 않으랴오마는
괴연스리 이 좁은 가슴 밑이 부풀어 오르는 걸 어찌겠소

그대여! 다시 두 번 묻지 말어 주이소
왜! 이리도 서급허만 가는지는
헐덕이는 이 세기를 그대의 양심 우에 비쳐보면 알리다

어둠아 가거라

어둠아 가거라
모든 죄악을 낳는 어둠아 가거라
침체와 주저를 기르는 어둠아 가거라

악몽에 떠는 돌부처는 진땀을 흘리고
악마를 부르는 물소리는 소름이 끼친다
무덤의 망령이 울부짖는 어둠아
이 밤을 태우든 유황불은 꺼진지 오랜데
광명을 가져올 폭탄은 어느 구석에 묻혔느냐

지리지리한 밤
공동묘지 우에서 제비 춤추는 해골아
느끼느끼한 권태에 게욱질 나거든
투명한 파―란 크라쓰에 넘치는 빨간 술에
고추가루를 타서 마셔 보아라

그 속엔 허무가 창백하고
꾀죄죄 흐르는 개기름 속속드린
찢어진 코묻은 동전에 에로가 피비린내 나리니

이 가증스러운 궤도우에
까! 까!
까마귀는 이밤의 어둠의 임종을 재촉할대
세멘트 굴뚝에는 여명의 대포알이

터질 듯 터질 듯

이 밤을 깨치는 무리
어둠을 부시는 무리
너는 의지에 철갑을 입고
너는 입에다 폭탄을 물고
돌격의 원리 우에 탄환을 구어라

새아침

밤새 점쳐온 새날 아침을
겨을 묵은 사색 속에 찾어보랴고
두려운 꿈을 웅켜쥐고 들로 나갑네

하날은 푸르르고
들판은 흰눈에 멀—고
나뭇가지 끝에 매달린 철마구리 간열필 제
불쑥 솟은 새날의 햇발은
천고의 미소를 뿌려주네
힘껏 마시지 않으려나
공기는 발서 기쁨의 냄새가 도네

아!
외마디 소리를 치고 줄달음질 치고 싶은 마음
그러나 나는 눈물이 나네
울렁거리는 가슴을 어루누르니 나는 더운 눈물이 나네

미꾸리같이 어머니(過去)의 가슴에 울던
묵은 등크럭에 미련이 남어 나는 서러웁네

차라리
어머니의 어머니인 저 대지에 안기지 않으려니
거짓 하나 없이 어두운 꿈에 깨여 새날을 맞는 그의 기쁨은
잠잠한 침묵 속에 새꿈을 준비하나니

눈 벌판을 뚫고 흐르는 시내의 얼음을 꺼서
물속에 비친 나그네가 가여워 세수를 하고
차디찬 얼음쪽(冷情)으로 옛꿈을 여며버려
무섭게 움켜쥐고 들로 나온
두려운 꿈을 손아귀에 뭉크려 버리세

그러고
조용히 정한 마음을 녹아 흘려
인간은 무엇을 하지 않으면 아니될지를
인간은 무엇을 얻으랴는지를
인간은 자연의 아들이라는 것을
인간은 허무하니 크다는 것을
크니 또한 적다는 것을
부끄러움없이 찾어보지 않으려니

석연(夕宴)

오후 네시 반만 되면
삘딩가의 육전대(陸戰隊)는
금시에 안경 빛이 달려져 ……

식량은 요량했으니
이제
차래도 한 잔 피로를 묻어보련!

바― 은령(銀鈴) 안의
쇼파―의 동요는 잠간 질거워
담배 한 대 의젓이 피어 물고 ……

사색의 열매는 언제든지
설익어
되사리는 침울의 씨알머리여!

그 곳은 부지푸르의 식민지 ―
코피 젖는 사시 끝으로
생활의 둔중한 둠벙을 어지러 볼건가?
글쎄?!
그렇게 홀홀히 ……

백동전 한 닢을 인조 대리석 탁자 우에 던지니
쇳소리의 천성이 애처럽구나

푸로테스탄트의 존재는 참기름 같아
침묵의 밀도 속에 도아를 민다

날은 너윗너윗 엉그름이 스미고
이제는 어느 곳에서 향수를 찾어볼고?

자장가의 보금자리는 오로지 오막살이로……
시외촌 실골목까지 풍겨 들리는
씨나리오넷트는
저 혼자만의 황혼도심(黃昏都心)의 애탄자(哀嘆者)같이
하늘가에 하늘가에 흐르누나

어느 날 저녁

어린 놈이 하도 당황이 굴기에
놀래어 좇아가 보았드라니
거미란 놈이 매미를 얽어매고 있습디다

달은 처마와 처마 사이를 가르타 비치고
어둠은 발칙스럽게도 골목을 사뭇 스며들고

미운가 하야 생각하면 당연코
당연한가 되뇍이면 어짠지 어색해
손으로 턱을 고이고
심사(深思)의 소심(沼心)에 낚시를 정거 봅니다

모른 척 하고 도로 들어가 누워볼가
그대로 서서
이 빈틈 없는 흥정을 고누어 보올가

그러한 쇠잡한 방향에 낚시를 끊니다

어린 놈은 발서
동무들과 태연스리 놀고 있습디다

무제

어제를 추억하고 우는 인간이
오늘을 향락하고 웃는 인간이
내일을 희망하고 사는 인간이

어제에서 오늘에 이워 지내는
아침에서 저녁에 연해 흐르는
오늘에서 내일로 가고말 삶을

허위에 속어서 미쳐 허매며
순간을 무지에 파묻으면서
희망에 낚이여 참어가도다

우울한 심정

마음은 쓰리고
가슴은 아파
어제도 외로이
호반에 떠돌아
조약돌 힘껏 던져본 마음

그는 전비애(全悲哀)의 발악이니라

뼈는 제리고
살은 떨려
오늘도 홀로
잔디밭에 앉어
어린 풀싹 얄궂게 뜯어보는 마음

그는 전추억(全追憶)의 고민이니라

눈은 바시고
머리는 쑤셔
내일도 심심히
험산을 더듬어
부신 태양 구시 쏘아볼 마음

그는 전생명(全生命)의 반항이니라

배는 고프고
목은 말라
언제든 홀로
저자를 거닐며
삘딩과 거러지를 비웃는 마음

그는 전분노(全憤怒)의 상징이니라

뼈를 분질고
살을 찢고
가슴을 저미고
머리를 뻐개면
쏟아져 나올 선지필 그리는 마음

그는 전목적(全目的)의 발포(發砲)이니라

소녀

이른 봄 진달래같이
띄이기만 하면 반갑고

이야까시 그늘처럼
곁만 돌면 향기롭다

노을진 바다 돌아오는 범선같이
아―믈한 네 마음새 깨끗도 하고

별 뜬 고성(古城)가 엄숙한 그늘처럼
너의 숨은 신비야 거룩도 하도다

이끼 성긴 옹달샘 모양으로
너는 깊은 비애의 눈을 가졌고

달빛에 부스러지는 호수 물결처럼
희디힌― 네 웃음 아―슬도 하도다

스밀도 부러우랴
네 뺨엔 오목히 샘이 패고

삭은 동아바 같다는 옛사람의 말
참아 부스러트릴가 두려워하다

나는 보아 잘 아노라
밤마다 밤마다
코쓰모쓰처럼 외로운 가삼에서
포도독 날러가는 비둘기 한 마리
푸른 하늘에 구원(久遠)의 소녀를 찾아
호수에 비치는 영겁의 여성을 따라
대공(大空)을 향하야 떠나가는 것을……

비련

라이푸지히 면도로 서먹 베여진
두 조각의 심통은
미련과 원한

흘러나리는 피를 닦으며
검은 눈썹 가진 여인이 그리워
운―답네

구르몬의 말맛다나
여자는 반추동물(反芻動物)
깨끼 접저고리 깃처럼
아상스럽게 추억을 여며가며
천연듯이
볼다구니에 새 웃음을 스미는게
얄―밉다네

사랑은 외가닥이어든
갈러 꾸밀 수 없고
청춘은 서슴지 않고 가랴노니
달래어 붙잡을 수 없거늘
낙엽속에 파묻힐
무너진 탑조각이 애처러워
슬―답네

가을 아침

소름치며 바라보는 산너머 하늘가
오소소한 가을 기분

돌돌돌 시내물 소리마자 차구워라

그리움

같은 길을 걸었으면서도
깨우치지 못하는
인간은 그렇게도 미련둥이

수많은 할아버지와
할아버지의 할아버지들이
울던
고─대로의 설음을
되 고파 우는 버르쟁이

원체 고놈이
고초씨 같이 매워
으장 달밖에 친할 줄 모르거든……

만추의 애상

가로수에 건질 해여진 여름은 까칠하고
서울 변두리 굽은 골목을 꼬매는 나그네는 초라도 히오

단조롭게 누어, 다소곳이 귀뜨라미 엿들으며 우던 것도 옛일이요
달 밝은 밤 느지막이, 다듬이 소리 청승맞게 귀담아 듣던 것도 고향
적 일이라오

의지를 밟고 애끊는 뜻을 굳히랴고
큰길을 건너 골목을 새여 짝없이 헤매이는 마음

그런다고 알아줄 이 하나 없고 또 바라지도 않으면서
쳇바퀴 도는 개아미 모양, 오날도 조소와 연민을 홀릴 뿐이오

가을 바람은 쓸쓸히도 앙큼하게도 왼갓 것을 무찌르고 있소마는
내 마음만은 발악에 찬 단풍보다도 더 붉게 타고 있다오

아! 차라리 골삭으랴거든 하로바삐 썩어 문드러지든지
찌푸지지 흐린 날세이거든 쏘낙비라도 나려 퍼붓고 말었으면 낫겠소

잊어버린 별

별을 따보랴
달래 뿌리처럼
소담스러이 안긴 꿈이여

늙은 소모양
게느렸던 의욕이면서
살도마뱀처럼
재재빠렀던 환영이여

바람도 이잖는 어느 밤
마늘종 모양으로 쭝긋이 뽑어 오른
동경의 싹은 웅크러져
올에 부닺쳤던 파도같이
벽파리(碧玻璃) 깊은 밤으로
별은 스사로 사라졌노니
우연히 잊어버린 마음 하나

찾어보랴고
뼈무른지도 여러 번
그리고 오래면서도
수수이삭처럼 설레이는 마음 하나
옥다한(玉茶汗)처럼 끈적이는 또 다른 마음 하나

하늘이 되고파

나는 하늘이 되고파

그는
심심풀이로 구름장도 띄워보고
오렌지 베니 칠한 노을도 아로사기며
밤과 낮을 번갈아 꾸미여
청복(靑服)한 대지와
출렁이는 바다들을
품안에 힘껏 안아보는 열정

그는
쪽달과 찬별의 찬란한 패물을 자랑하다
부끄러우면 낯설은 처녀처럼
해어진 행주치마 폭으로 얼골을 가리고
안타가운 심금(心琴)을 더듬어
참다 못하면
울고 마는 열적은 정이

그는
모든 게 하나요
모든 게 친구요
모든 게 휘―안제요
그리고
모든 게의 산파(産婆)요

모든 게의 약방이요

그는
과거도 모르는 현재에
미래도 모르는 현재에
그만치 추억도 없이
그만치 번민도 없이
제 갈 길만 가고 있소
제 할 일만 하고 있소

그는
주름살 하나 없이
에누리 하나 없이
죽음도 모르고 영원히
변함도 모르고 무궁히
됨박속 같은 누리 속에
왼갖 것의 재롱을 보고 있소

그는
말이이 하나 없이
시킬이 하나 없이
조기알처럼 자질고레한 진자(振子)들을
속력과 각도와 위치를 빈틈없이
묘하게 꾸미는 조화자(調和者)
여뿌게 빛이는 걸작자(傑作者)

아 ― 나는 하늘이 되고파

새벽

시퍼—런 매춘부의 헤멀건 눈동자가
당황한 듯
허트러진 침대우에 떨고 있노라

밉쌀머리스러운 밤의 희롱—

몽유병자의 엉그러진 머리카락의
카락 카락에 부스러진 꿈길을
사뭇 진한 거먹치마에 싸서
과거의 영성(領城)에 방축(放逐)하려는 예절

슾직코도 향기롭고도 그리고
엄숙하기도 하야
시원섭섭한 지새랴는 매력

돌미운 처녀의 앙가슴에 잠겨 있는
수없는 창생력—
타래꽃같은 동경이여

새벽의 기맥(氣脈)은 언제든 갓 목욕한 애기 같아
정경은 항상
순결과 명랑에 떠돌아라

가노매라 오노매라

이별과 만남이 이처럼 정숙하면서
짤ー하는 신비로운 교착(交錯) 우에
깨여나는 병아리가 몇 마리

무언의 운명녀는 긴 치마폭을 끌고
사포ー시 조심스리 사포ー시
침대에서 나려와
창을 열고
들에 나려
오즉 한낮 별을 따라
수풀 속으로 사라지누나
사라지누나

한 감경(感景)

슬프다고 하면서도
창넘어 살구꽃은 반갑기도 하다

시계추같이 오락가락하는 고민 속에
무엇인지 꽉— 하나 붙잡으랴는 욕망—

그는 발서 지나쳐간 모든 인간의 청춘과도 같이
내에게도 빠치지 않고 가버린 안타가움이러니

아침에 일어서다 요 우에 쓰러져 웃던 웃음이
저녁에는 가슴에 불이 되여 타고 이노라

얼음 냉수같이 이 답답함이 가실 수 있다면
나는 그게 독약이래도 감히 마실 것만 같다

봄

크라씩한 물레방아 구르는 사이사이
봄 노래 들려오고
바위에 흐르는 눈물에는
이끼가 싹터 온다

물결같은 훈더운 바람이 간지르면
종교적 신화속에 잔디는 푸르르고
달빛처럼 나긋나긋한 햇살이 실개천에 차면
병아리 버들개지가 흠뻑 머금는다

삐족히 움트는
녹두알 같은 적은 새싹들이
저 — 크나큰 봄을
감히 이바지하랴는 거룩함이여!

러나 너무도 일다
피리소리 처량코
큰 애기의 군소리 숨어 들려
물 건너 뽕밭에 냉이 역시 드므을 쯤
봄이란 웬 말이뇨

벌거벗은 산모롱이
떼 못 입힌 무덤에는
굶주림과 헐벗음의

도안(圖案)같은 세상사가 어지러워
봄빛조차 쓸쓸하고
어머이마자 묻고 떠난 총각
어데메서 젖어 있노

함것 화창한 하늘에는 종달이 헤염처
옛노래 구슬피 울부짖고
겨울을 조상하는 듯 흰 나비는
꽃 피랴며 허물어져 가는 촌락에 나부낀다

이럴수록 우리는 눈물 속에서 마음을 가다듬어야 하느니
지구는 순례자
겨울이 지나면 봄이 온다는
세월도
커―다란 하나의 순례자―

그여히 오고만 봄이어든
싹트는 가지만 휘여잡고 흐늑일 것이 아니라
갓난 아이 모양으로 두 활개를 훨씬 펴
서슴지 말고
인자로운 어머니의 사품에 뛰여안겨
힘껏 자라지 않으려니
굳세게 싸우지 않으려니

실연곡

나는 그여코 울고 말 것을
나는 그여코 웃고 말 것을
왜? 쓰디 쓴 침만 삼키며
괴로운 침묵을 지켜 왔던뇨

쓰라린 가슴을 여미는 깊은 밤 찬달
너는 으전 쥐를 노리는 고양이 같아
순진했던 정열을 식혀버려
상처 많은 넋을 비웃고 있고나

노래야 가거라
너는 옛님의 거짓의 잔해이며
꿈아 가거라
너는 옛님의 흘리고 간 유물이러니

사바(娑婆)는 오즉 사기의 수라장―

악마!

사랑하던 너를 악마라고 부르고
이를 갈고 피를 품는
오! 내가 울으면 시원하여
오! 내가 웃으면　×××××

그러나 나는 아니 울 수도 없고
그러나 나는 아니 웃을 수도 없다
그러기에 나는 실컷 울고
그러기에 나는 실컷 웃으련다

그리하야

니히리쯤 속에 파묻힌 별을 파버리려
곡괭이를 힘껏 둘러 미련다
아이예 화산을 찍을가 두려워 않고
아이예 폭탄을 찍을가 주저치 않고

별은 운명의 씨이요
별은 추억의 흔적이여
별은 주저의 싹이요
별은 눈물의 혼이기에 ……

지지하게 속아버린 청춘의 사해(死骸)를
아깝게 흙덩이로 덮는 쓰라림아
차라리 너는 칼을 가는 게 낫지 않으리
차라리 너는 힘을 굳히는 게 낫지 않으리

가람의 물은 여전히 맑고
뫼우에 하늘은 여전히 푸르르되
그 놈의 눈동자만은 오로지 희여
번득일 제마다 뭇 용사가 수지같이 구겨지는 꼴

오— 너의 눈에 파묻힌 새파란 독아!

오― 너의 웃음에 숨긴 하―얀 넋아!
나는 일즉이 독사 혜바닥의 가증스런 무서움을 알아
차라리 표범의 날카로운 발톱을 귀해 했느니

러나 나도 언제까지든 담배만 피우랴
복수
그는 패배의 발악이면서
그는 반역의 정혼(精魂)이어든……

3부

지열(地熱)

지열(地熱)

웅어리는 소리
웅어리는 소리 들린다

네에게서도
내에게서도
땅에서도
웅어리는 소리 들린다

산울림
산울림 울린다

네에게서도
내에게서도
땅덩이에서도
산울림 울린다

속에서 소리없이 웅어리는 것
웅어리어 산울리는 것
산 울리어 어울리는 것
어울리어 일어서는 것
수물거린다
이글거린다

엉길 줄도

뽐을 줄도 아는

위엄도
관대도 한

그런다고 서슴시도
사양치도 않는

너도, 나도, 산도, 들도,
모두 다
태울 수 있는
달굴 수 있는
꽃 피울 수 있는

불.
불이다.

심지를 맞대인 것이다
올곧한 촉이다
이 땅의 숨결이다

눈 나리는 밤

고-이
눈 나리는 밤이 있다
나의 마음 우에
눈 나리는 밤이 있다

온갖 흠과
모든 자랑을
말없이 덮어주는
조용한 밤이 있다

오래도록 짜들은
검푸른 피가
하-얀 눈이 나려 앉으면
말갛게 걸러지는
느긋한 밤이 있다

한군데로 뿜어 나갈
피의 화살을
똑바로 겨눠 주는
흐뭇한 밤이 있다

한없이
눈 나리는 밤이 있다
서슴지 않고

눈 나리는 밤이 있다

침정(沈靜)

들창 너머 푸른 하늘에
층운(層雲)이 섬섬이 떠있는 날

꽉 째인 정지의 판도 속에
모다귀를 꾸어박는 응시는
아프도록 무서운데
몸은 음산한 방구석에 던져져
모닥불을 지른다

꺼졌단 일고
일었단 되사그러져
답답은 무시로 쌓이기만 하는건가

벌떡 일어서려다 웅등그려져
눈을 감으니

메시꼬운 속에
사뭇 무거운 추에 달려
깊이 깊이 가라앉는
덩어리 하나 있어라

거리

거리다
큰 거리다
풍성치도 못하면서 흥그러운 거리다.

숱하게 걸어보던 길목이언만
마음이 종시 번지지 않아
낯설은 항구에 오른 것 같다.

모두다 쳐다보는 것만 같고
아무도 쳐다보지 않는 것만 같고……
챙기름 방울모양
외로 차가운 거리다.

색스러운 치마자락이랑
어깨 넓은 시체 맵시랑
낚궈지는 눈동자는 철없이 다사로우나
연신 마음은 천길 늪 속에 가라앉아
차라리 어둔 골목으로 빠지려는데
가로 막고 흘러가는 자동차 자동차
연달으는 자동차 떼들이다.

마군(馬軍)도
전차도
한 아름씩 안고

어디로인지 간다.

오! 하나도
헐벗고 굶주린 이 황폐한 조국을 위하여
조바이게 바삐 싸 다니는 것 같이 않구나.

남으로 서로
떼지어 가오는 무리들은
미끼에 모대기는
물고기의 쏘알거림인가.

으전 상갓집 개모양 쇠잔한 눈시울에
소금 가마인양 짜디짠 김이 엉기면
쥐어진 두 주먹에 흥건히 진땀은 솟고
울렁이는 심장은 쇳물처럼 달아
툭―툭― 튀는 불똥

오― 하늘은 유난히도 음산히 흐려
금시에 눈이라도 퍼불 것만 같구나.

낯설은 청년

캐프을 세 번 벗었다 쓰는 그대와
기침을 세 번 하는 내가
우리의 동무의 커다란 믿음을 믿고
꽉 쥐어지는 손아귀
정다운 손아귀

잠간 떨리는 듯
말문이 막힌
낯설은 청년아!

나는 그대의 말하려는 마음을 안다
벅차게 끓어 오르는 정열을 억누르고
말하지 않는 그대의 또한 마음도 나는 안다.

이 묵묵한 속에 잠긴 젊은 청춘이
어찌하다 그리 우리에겐 서러우냐.

종이 쪽을 넘기고
쪽지를 받아 들고
섭섭하다 하리만치 묵례(默禮) 속에 돌아서 걷는
이 햇창 밝은 달 밤이
왜 이처럼 우리에겐 무서우냐.

두군두군 뛰는 가슴 속에

흔연히 들려오는
헐벗은 조국의 헐떡이는 소리

아직도 풀리지 않은 차가운 바람을 막으려
외투 깃을 세워 여미고
재빠르게 조바이는 발자국 소리
다져지는 다져지는 이 땅의 발자국 소리
오! 낯설은 청년의 발자국 소리

새아침

고요 고요한 새벽이다
지새려는 숨결에 파도치는 것.

주검 속에
오롯한 삶의 광맥이 있다.

우리의 어깨는
지금
무거운 중압을 느낀다.

모대기다 일어서는 것
모대기다 모대기다 일어서는 것.

항시
비수(匕首) 아래 단련된
혁명가의 늠름한 모습이
선뜻 눈 앞에 선다.

슬플 줄도 아는
뚜렷한 정의의 깃발이
새아침
푸른 하늘에
휘날린다.

온통
휘젓는다

불

비는 나리는가
마음은 타는데
비는 자꾸 나리는가

번지려다간
꺼진 듯
꺼진 듯하다가는
되살아 ……

풍기는 고장에는
항시
시월이
삼월이
진달래처럼 피는가

원체 심지는
이미
기름에 닿았거늘
꺼질리 없고
날은
장근
흐리기만 할 건가

굼실으는 불은

연신 속으로 탄다
속으로 번진다

갈 이는 가라
우리 다같이
몸둥아리를 비벼대고
불심지가 되련다

비는 나리는가
불은 노상 타는데
비는 자꾸 나리는가

골목은

골목은
우리들의 것이다

가등도 없는
실골목을 걸으면
녹슬은 생철 집
판장 두른 왜(倭) 기와집
건너편 구멍가게
비슷 비슷한 집들

다시 휘돌아
어둠을 뚫으면
쓰레한 삽짝문
뭉그러진 돌 담 집
거적 달린 토막
고물 고물한 집들

골목을 꼬매면 꼬맬수록
고욤(梬)처럼
주렁주렁 달린
버섯같은 오막살이들
초라는 할 망정
반지빠른 자
감히 것저지를 못하는 곳

비록 옹송거리고는 있을 망정
더운 숨결이
속으로 부풀어 오르는 곳

골목은 골목은
우리들의 혈관이다
골목은 골목은
개도 짖지 않는
우리들의 것이다

고개 넘어

고개 넘어 꽃 있는 줄
번연히 알건만
이 고개 더듬 더듬
어찌 그리 험하온가

고개 넘어 꿈 있는 줄
완연히 알건만
이 고개 고비 고비
어찌 그리 고되온가

고개 넘어 임 있는 줄
흔연히 알건만
이 고개 바름 바름
어찌 그리 높으온가

촌길

빛깔 다른 옷 속에
서로 통하는 마음이 갇혀 있다

누가 하나 소리를 지르면
터져 나올 화산맥이다

조상들이 빨리던 논두렁에 앉아
아직도 피땀을 바쳐야 하는 촌 영감

어찌 되는 셈이냐고 물어 놓고는
두리번거리는 땅이 있다

자갈 물린 촌길 우에도 해는 그대로 저물어
고양이처럼 울고 싶은 날이다

기다림

몹시 그리웁다
이처럼 외롭고 고달프면
더욱 그대가 그립다

눈보라는 창모슬에 몰아치고
어둠은 사뭇 굴속같이 무거운데
그대 기다려지는 초조한 마음

옹송거리고 앉아
왼밤을 고스란히 샌 지도 이미 여러 번
훤히 동트는 새벽과 같이 옴즉도 하련만

혹야 그대인가 하여
김 서린 유리창을 더듬어 닦아
야윈 뺨을 비벼대 본다

그러다가도 실심히 주저앉아
상기된 눈이 감기면
가슴엔 또다시 무거운 한숨이 꺼진다

몹시 그리웁다
이처럼 외롭고 고달프면
더욱 그대가 그립다

깍지를 끼고*

나무 뿌리모양
숨어 숨어 얽어진
얼굴들
반가운 얼굴들

어려운 살림살이에
몹시 찌들었으련만
씩씩한 모습들

추잡한 대지를
깨끗히 덮어준
차가운 눈우에
구메 구메
다들
많이 모였구나

우리의 하나 하나는
동 떨어진
돌이 아니다

꼭 꼭 맺어진
그물코

---

*「스크람을 짜고」(『문학비평』, 1947년 6월호)를 약간 개작한 작품임.

전체의 하나인 것

고함을 메기고
되받고
뜻을 주고
받고

오랫동안
귀도
발도
시린 줄 모르는
사람 사람들 우에는
무럭 무럭
아지랑이같은 더운 김이
피어 오른다
끓어 오른다

절차가 끝나자
성도
이름도
모르는
낯설은 동무의
깍지를 끼고
뛰며
외치며
물굽이 치는
한 가닥 커―다란
피의 흐름 우에
깃발은

붉은 태양은
뻘겋게 타고 있구나

어둠

어둠에서 밀려왔단
부스러져
쓸리어 가고

어둠으로 쓸리어 갔단
밀려와
부스러지고 ……

바다와
육지와
어울리지 않는
두 숨결이
부딪치는 곳

아우성은 일어

어둠을 헤젓고
고요를 뒤흔들고
부대끼며
부대끼며
헐떡이는 양

하여
짙어가는

암암한 어둠 속에
묻힌 태양
파헤치려는 손톱 밑에
줄줄이 흐르는 피들

불덩이 같은 열을 품고
바윗덩이 같은 답답을 안고

어둠에
모대기고
모대기어
간다

지새는 새벽

새벽이다
지새는 새벽이다

회리바람이 숲을 스친 다음
착 까부러진 고요 속에
멀리서 웅어리는 소리

종소리보다도 의성지게
북소리보다도 고즈넉이
잔칫날을 맞이한 처녀의 앙가슴에
두려움마저 곁들여
기쁘기도 하고
슬프기도 하고……

들리는 듯 들리는 듯 서먹임 속에
불현듯
말발굽 소리 들려 온다

두드락 두드락
빈 마차를 달고 오는 소리
러나, 아직도
착고에 채이고
사슬에 묶인 채
매만지지 못한 헌 누더기가 한아름

이제껏 마차 탈 차비도 못차렸는데
말발굽 소린 점점 가차워 온다

바작바작 타는 조바심 속에
비 맞은 짐승처럼
어느덧
눈물은 흘러 뺨을 스치고
진땀은 흥건히 온몸을 적신다

오! 그 소리 가차이 오면 올수록
빈 가슴에는 당황히
펄떡 펄떡 피는 뛴다
펄떡 펄떡 피는 뛴다

강을 건너며

으스름 달빛이 강물에 흐늘거리던 밤
갈바람에도 서먹 가슴은 조바인다

고요를 쪼개는 소리에
젓던 노 멈추고
넋없이 얼러 붙은 몸

무거히 입은 닫혀진 채
상기된 눈은 남쪽 하늘에 못을 박는다
황폐한 고토의 수많은 백성을 위하여
고이 받들인 거룩한 피의 술잔

뉘를 위하여
어느 뉘를 물리쳐야 한다는 것을
역력히 아는
범구도 칠성이도 그외 여러 여럿이

밀며 밀리며
영마루 영모롱이에
진히 흘려진 핏방울 방울들

명일을 위하여
물러서는 길 우에 듣는 눈물은
무거히 지심(地心)을 뚫는구나

같이 따르는 나 어린 동무
돌쇠야!
무푸레 몽둥이 들었던 손을 쥐어보자

불덩이 이는 눈과 눈이 서로 부딪치는 순간,
줄— 더운 눈물은 흘러
우리
서로 쥔 손아귀가 영영 펴지지 않는구나

연신 서리는 차거히 나리는데
상기도 소리는 멎지 않는구나
아직도 우리의 둘 없는 동무와 가족을 ×나보다.

쭉— 끼쳐지는 몸서리

죽는 것은 영영 죽는 것일까
사는 것은 영영 사는 것일까

역사는 피로 짜인 길쌈이어늘
우리는 다음의 바디를 위하여
비굴의 쓰디 쓴 침에 목이 메어
이 강을 건너야 하는 건가

돌쇠야!
우리 아래 웃니 사이에 억물린 분노와,
두 주먹에 움켜쥔인 정의의 쇠물을 녹여
굿자
기어이 가지고 돌아 올 것을 굿자

커가는 태양

시달리고
부대끼고
얻어맞고……
그럴수록
닳고
여물고
앙토라져
꿋꿋이 지켜온 절조

자유와 사랑을 향하여
입에 칼을 물고
꾸준히 걸어온 길

느끼며
울며
소리 없이 눌리어
길이 참아 온 울분

폭풍이 불어도
파도가 쳐도
날릴 이 없고
쓸릴 이 없다

러나 아직도 이 고장엔

불 없는 난로 가에
군더더기 녹이 슬어 있고

무거운 치차(齒車)를 돌리려는
자칭 영웅들이
사막으로 사라지는 시냇물처럼
흔연히 없어질 박쥐들과
손을 마주 잡고
해괴히 제비 춤추는
새아침의 어지러운 날씨여

하여, 조국은 바야흐로 황폐해 가
도탄에 든 백성은
분에 차
폭탄처럼 터지는가

오! 그 눈동자 속에 파묻힌
소박하고도 거세인
진실하고도 무서운
노한 불길
한 덩어리로
한 덩어리로 어울리어
커가는 태양아

오! 나의 사랑하는
이 땅의 올바른 상징아!

삼월이 오네

봄이 오네 삼월이 오네
싹이 트는 봄이 오네
삼월이라 초하로
만세 부른 날이 오네

봄이 오네 삼월이 오네
새가 우는 봄이 오네
방방곡곡 원한이
터져 오른 날이 오네

봄이 오네 삼월이 오네
꽃이 피는 봄이 오네
붉은 피로 물들인
해방 찾던 날이 오네

비바람 성긴 밤

어둠의 빛갈이 점점 짙어와
나의 마음의 구석 구석에 연신 스며와
먹장같은 암담은 납덩이가 되어
사뭇 무거운 추를 달다

빗소리 어둠에 번지어
넋은 고요히 눈물에 젖고
바람은 멀리 서먹이어
또한 마음은 흐느껴 떤다

비, 바람 성긴 이 밤이
짙어가면 갈수록
사삭의 웅덩이에 잠근
괴로움의 누더기여

희망은 샛별처럼 빛나나
길은 깃발모양 나부끼고
위선은 배암의 창자같이 길구나

멀리, 멀리서 불어온 바람은
마음을
마음의 언저리까지도 휩쓸고
또다시
멀리 멀리로 길 떠나 가는가

먼데내기나
가차운내기나
다같이 짐승이구나
저만 아는 짐승이구나

저물어 가는 건 세월이요
황폐해 가는 건 조국이어니
비, 바람 성긴 이 밤이
짙어지면 질수록
사삭의 호심(湖心)에 잠근
괴로움의 누더기는 과연 섧구나

고토(故土)

갈매기 덧없이 우짖는 포구
산 설고 물 다른 이역의 황혼
홀로 말없이 떠도는 넋은
한많은 고토(故土)의 숨결이라네

가고 가고 끝없이 가
멀어지면 질수록 그리운 고국
참고 참고 한없이 참아
오래 되면 될수록 사무치는 정

소쩍 소쩍 소쩍새는 밤새껏 울고
얼룩배기 늙은 황소 게-느리게 우는 곳
그곳은 우리의 고토
주름살 잡힌 어머니가 홀로 기다리시는 곳

영차(靈車)는 가다

핏방울 방울 듣는 원령(寃靈)은 가다
눈물 방울 방울 듣는 영차(靈車)는 가다

호면에 떨어진 젊은 조약돌 셋
설음은 넓게 넓게 번지는 파도

호심을 향하여 가라앉는 꽃봉오리들
넋은 깊게 깊게 사무치는 원한

보내는 이, 맞는 이, 경건히 모자를 벗고
언저리는 비창(悲愴)히 커다란 원광(圓光)에 쌓여

철렁철렁이 넘치는 피눈물의 둠벙들 사이로
바작바작이 타오르는 의분의 모닥불들 사이로

고요히 고요히 따 우에 무겁게 스쳐
한 마음의 곳이에 꿰인 대열은 따라

핏방울 방울 듣는 원령(寃靈)은 가다
눈물 방울 방울 듣는 영차(靈車)는 가다

족사(族史)의 단상(斷想)

온 지표를 덮던
세기의 높은 기상이
답답한 이 땅의 맥박에 어울리어
속에서 가슴패기 속에서
뚝 터진 봇물처럼
세굿차게 흐른
긴 사폭(史幅)에 영롱히 굽이친 물결

삼월이라 초하로
억울히도 잊어진 강산을
의당히 찾아야 할
정의의 나팔소리가
들, 들녘에 번지고
골, 골짜기에 퍼지어
기약이나 한 듯

왼 통
항거의 시내에
녹아 흘러
여울을 거쳐
움벙을 지나
벌떼처럼 일어난
오롯한 전통의 불길

힘은 모자라고
때는 어그러져
독을 뿜는
악마의 창끝에
무참히도
줄―줄이 흐른 피를
메마른 이 땅 깊이
물들이면서 외친 소리
민사(民史)의 거룩한 혈훈(血訓)이어

해는 돌아 돌아 서른 여섯 해
계절의 고대가 넘을 제마다
오직 쓰디 쓴 원한만 품고
애틋히 가슴에 불을 달구며
속으로 속으로
숨어 흐른
동경의 눈물
자유에 목마른 노래어

이제 한숨을 돌리고
만세 소리에
독립 만세 소리에
꼬리를 달고 가라앉는
우리의 뜨거운 추억은
오래 잊었던
어머이를 맞는 것처럼
그대로 주저앉아
엉―엉― 울고 싶고나

그대로 엎드려
엉―엉― 울고 싶고나

환희의 날

푸른 벨을 쓴 천녀(天女)
동방을 향하여 오던 날 아침

환희의 조수(潮水)는 집동처럼 밀리고
감개(感慨)는 물 끓듯이 용숫음 치고

웃음과 눈물이 한 목 어울린
엄청나게 고마운 비약의 계단이여

오! 진정으로 뼈 아팠던 넋아
오! 돌아올 데로 돌아온 거룩한 사랑아

감격은 사축(史軸)의 마디를 장식하고
인민은 앞에서 역사의 수레를 이끄노니

이제는 그대가 타고 온 말께
공포와 주저를 실려 보내고

그대가 찾아 오느라고 애달은 이야기와
그대를 맞으려고 괴로웠던 회포를

차근 차근 기임없이 풀어가며
길이 길이 다같이 살아갈 차비를 차리자

움벙

아늑한 움벙 하나 있어
가스론 대찔레 섶까지 우거져 있어

온갖 짓것들이 감히
것저지를 못할삼 하였건만

재빠른 동아배암 달아나듯
고요히 그리고 곱살스리
초생달이 비쳤다 지면
미련이랑
동경이랑
애수랑
그러러한 조무래기들이

탐방거리는 메추리 닮아
왼 물을 흐정거려 놓는 버릇

오— 걷잡을 수 없이 출렁이는
나의 움벙의 조끔만 꿈들이어
나의 움벙에 스민 열적은 눈물이어

돌아올 줄 몰러

운명이 열쇠라면
넌직시 헤여지이다

아렴풋히 깨달은 미련이
자그마한 인정이라면
설움은
배암처럼 서리오리다

씨앗을 까 먹고
움을 따 먹고
날라 간 새는
여껴워
돌아올 줄 몰러

여울목 외로 서
그리워한 꿈길
철 늦은 메꽃되어
매무즐상 싶잖고

하여
후줄이 젖어 있쇠다

비분(悲憤)의 행렬

눈물의 골짜기로 골짜기로 사람은 가다
동경의 천사를 찾아 사람은 가다

잉경은 울어 사람의 마음에 어울러
깃발을 날리며 자꾸 앞으로 가다

다만 빈 주먹엔 정열과 설음
오직 주검으로 외치는 피섞인 함성

칼보다 날카롭고 폭탄보다 무서워라
단결과 동경은 우리들의 무기와 고향

눈물 어린 행렬이어, 분에 넘친 고함이어,
한 덩어리로 엉긴 피의 가람이어

잉경은 울어 사람의 마음에 어울러
깃발을 날리며 자꾸 앞으로 가다

비분(悲憤)의 가곡(街谷)으로 가곡으로 사람은 가다
자유의 천사를 찾아 사람은 가다

기러기

들
넓은 들
눈 덮인 벌판
흰 곰이 거니는 북국의 나라
시베리아 시베리아

흰 눈 위
소캐 같은 하—얀 털에 쌓여
주먹 같은 뽀—얀 알이 깨어질 제
붉은 피가 돌더라
너의 창생(創生)의 빨간 피가

빠이칼 호반에 얼음이 두텁고
백색의 세계
썰매 타고 마실 가는
너의 고향 소비에트의 나라
볼가— 강에 흐름이 그치고
북극의 바다에 파도가 잠잘 때
페치카 앞 찌그러진 때묻은 탁자에서
웟카—의 병마개 빼는
해방의 무리
자유의 백성
마홀카 태우면서
이 저녁 이 밤을

평안히 쉬이리라

위원회에서 헤여진
마야코프스키는
콤소몰의 노래를 부르며
산양 털 안 넣은 루바시카를 헤치고
썰매 타고
들을 달려
고개를 넘어

진홍의 심장 — 뛰는 혈관 속에
태양같은 열을 가뜩이 품고
기쁨에 차
집으로 달린다, 달린다
썰매 소리와 개 짖는 소리에

붉은 처녀지의
새로운 세계의
젊은 적위대(赤衛隊)

네가 끼-욱 하고
먼 — 남국의 길을 떠나올 제
아-니
우다루니크의 대오(隊伍)를 맞출 때

초가을의 밤
왼 남국의 하늘을 엄습할 제
너의 사랑스런 콤미니씀

굳세인 그대들의 거룩한 임무
귀한 우리들의 먼 — 손님
다와다시지 — 오! 동무여!

그는 이 미적지근한 온대의
참깨같이 짜이고
북어같이 마르는
주검같은 침묵 속에
황소의 울음 소리만이 엄메 — 하고 나는
오! 침체의 고장에
깨우쳐 주는
얼마나 아리따운 선물이냐

그러나,
우리에게도
화약보다도 무서운 불평과 불만
의분과 눈물이 있다

우리에게도
반 만 년 역사의 오랜 전통과
남 부럽지 않은 높은 문화가 있다

우리에게도
붉은 피를, 아니 빨간 피를
흘릴 수 있는 용기가 있다

깨어라! 동무야
나서라! 동무야

멀―리 동무는 찾아 와
때는 이미 홍시처럼 익고
우리의 주장과 권리는 응당하다

밤
별조차 없는 어둔 밤
네 소리 끼―욱
궁방(穹房)에 차면
가슴엔 쿵, 쿵, 쿵, 피가 뛴다
가슴엔 쿵, 쿵, 쿵, 피가 뛴다

실망*

마음은 멀리 바다에 허매이되
몸은 지지리 해협에 껴돌고

따쩌구리 마냥 썩은 전통을 쫓되
얻음은 없이 쓸쓸히 허황함이여

고비를 더듬어 허리를 펴면
그곳도 산에 껴눌려 해협에 고달프고

또한 고대를 감돌아 허덕여도
그곳도 또한 어리석게 속은 슬픔일러라

생은 실없이 이처럼 고달퍼 흐르고
뜻만 외로이 샛별처럼 끔벅이는 판도

휠적 터져올 바다 새날의 여명을
바랬던 넋은 텅-빈 침실이냥 서글프더라

---

* 1939년 1월 22일 『동아일보』에 발표한 「희망」과 같은 작품.

찾아온 동무

그대도 말이 없고
나 역 말이 없으나
다— 안다
병들어 누운 이 고장을
찾아와 준 그대의 뜻을……

저녁이나 얻어 먹었느냐—니까
어름 어름 대답없는 양
도리어 미안하구나
나에게는 지금
그대를 대접할 아무 것도 없다

전등불마저 꺼진 어둠속에
빈 화로를 끼고 서로 앉았으면서도
야윘으련만 그립던 얼굴도 볼 수 없구나

그러나 나는 듣는다
그대의 가슴 속에 피끓는 소리를……
그대도 들으리라
내 가슴 속에 복다기는 소리를……

이야기가 끝나자
부스스 일어나 가려는 그대에게
잘 데나 있느냐—니까

전에 자던 데라는 시원치 못한 목소리

오— 그대는 또, 다시 그리로 가려는가
그 다리 옆 창고 속으로

이 차가운 방이나마
우리 서로 애인처럼
몸뚱아리를 비벼대고 누면
그곳만이야 못하랴마는 ……

그대는 가야 한다
또 다녀 갈 데가 있으니
그여히 가야만 하는구나

어둠 속에서 더듬어 쥐인 손아귀
꼭 쥐여진 손아귀
우리는 언제까지 그 믿음 속에 살아야 하는건가

눈보라치는 어둠 속을
서슴지 않고 뛰어 나가는
나 어린 동무의 뒷모양

때맞추
산비탈에 매여 달린
이 도시 변두리 오막살이를
뒤흔들고 지나가는
기관차 소리

무거운 짐을 실고 허덕이는 소리
어둠을 뚫고 달리는 소리
눈보라를 허치고 내닫는 소리

그대의 발자국 소리와 함께
괴로워 누운 이 병든 가슴 위를
연신 지나간다
자꾸 자꾸 지나간다

초석(礎石)
학도대상(學徒隊喪) 옆에서

고드름처럼 얼어붙었던 정이
휠—쩍 펴지던 날개 죽지 밑에
심혈(心血)은 겨레의 시내에 닿아
출렁 출렁 넘쳐 흐르는 약동의 범람 속에

너와 나를 잊어버리고 엉긴 순간
함성은 하늘 가에 차—고
인내와 굴욕에 창혈된 한은
복수에 사무쳐 홍시마냥 부풀은 땅에

힘은 내달아 사자같고
목소린 우렁차 범같되
묵묵히 밑에 들어 이바지한
아리따운 청춘의 조약돌 하나

그대의 깨끗한 피가 이 땅 깊이 스며,
정의의 깃발을 붉게 물들일 제
건설의 치차(齒車)는 지축처럼 돌아
거룩하게 얽어진 사화(史話)의 꾸러미어!

그대가 무명(無名)이기에 청춘이기에
커다란 설음과 무한한 명예를 이바지하노라
오! 아리따운 무언의 용사여!
커다란 건설에 숨은 주춧돌이어!

가사(家史)

아베는 두더지 닮아
어느 때는 금점판
어느 때는 절간
어느 때는 일터로
어느 때는 감옥
두루 두루
돌아다닌다는 소문

집안은 나날이 파뿌리 같이 문드러져
일가붙이 하나 돌보지 않고

어메는 적수공권
어느 때는 바느질 품
어느 때는 바비아치
어느 때는 방물장사
두루 두루
천덕궁이

소박더기라 비웃는 소리
못생겼다 꾀우는 소리
그러나
청실 홍실 늘인
붉은 밀초 녹아나리던 밤
새명주 이불 냄새가

여꺼워 풍기던 날 밤
정이 든 듯 만 듯
한사코
그 밤을 지켜온 마음

철없을 적에
얻은 듯
열적게 낳은
도토리 같은 남매
기어이 길러 놀 결심

어느 때는 아베를 무척 원망도 했고
어느 때는 아베를 도리어 고맙게도 여기고

길가 조악돌 모양
제멋대로 뒹굴머 커가는
어느 날 저녁
입은 채로 누워 자는
아들과 딸의 볼 우에
넌지시 얹는 어메의 입가엔
오래 잊었던 웃음이 솟다간
불현듯 솟구쳐
창 모슬에 걸친 달빛을 붙잡고
곰곰이 떠오르는 생각
접동새는 왜 그리 구슬피도 울고 가는가
눈시울은 시룩 시룩
혼자 서러웠다

이렇도록
무럭무럭 커가는 딸 아들
탐탁하기 그지없어
아베는 영 영
잊어버리고도 살 것만 같았던 때
하늘이 무너지고
땅이 꺼지는듯
아들은 징병으로
딸은 징용으로

뻔질 뻔질 놀고만 있는
면장집 딸과
술도갓집 아들은
고스란히 그대로 두고

고생살이에 쪼들려 큰
어메의 불쌍한 아들은
붙들려 가
남쪽으로 갔다기도 하고
북쪽으로 갔다기도 하고

천덕구리로 큰
어메의 가여운 딸은
끌리어 가
서울로 갔다기도 하고
만주로 갔다기도 하고

아 ― 이 어찌된 셈인지 몰라

어메는 미친듯 울었고
어메는 죽을듯 몸부림치고

그러나 결코 죽지 않으려니 하는 신념과
꼭 살아 돌아오려니 하는 기다림과

어메는 왼밤을 고스란히 새며
정화수 떠놓고
촛불 켜놓고
합장 재배
비옵는 축원

여름이라 한가위
팔월에도 보름날

어메는 영문도 모르고
좋다 말아 울었소
덩달아 손들어 만세를 불렀소

이런 소문 저런 소문이
홍수모양 사뭇 밀려오던 며칠 후
딸은 하이얀 얼굴로 돌아왔고
또 며칠이 지난 후
아들은 우리 군대에 있다는 소문
또 며칠 후에는
아베는 연해주에 있다는 소문

어메는 꿈인가 했소

어메는 생시인가 했소
어디서 막혔다 쏟아지는지
뜨거운 눈물이 연신 흐르고
어디에 갇혔다 나오는지
웃음은 주책도 없이 자꾸 웃겨지고

웃으며 울으며
울으며 웃으며
어메는 덩실덩실 춤이라도 추고 싶었소

이제껏 싫어했던 사람이 친절한 척하고
이제껏 무시하던 구장이 다 찾아 오고
이제껏 푸대접하던 일가가 알은 척하고

그러나 새삼스리 칭송하고
어연듯이 위해주는 것도 물리치고
맑은 창공을
우두머니 쳐다보는
어메의 눈동자는 별같이 반득였소

아베가 돌아올 제까지
아들이 돌아올 제까지
때국 묻은 행주치마 바람으로 기다렸다가는
눈에는 함껏 더운 눈물을 짓고
입에는 함껏 웃음을 띄고
천연듯이 맞이려 했소

오늘이라 섣달 그믐께

정화수 떠놓고
촛불 켜놓고
합장 재배
아베와 아들을 축원하는 가는 목소리

발자국

그리움을 두고

우울한 묘혈(墓穴)

지축에 연착(淵着)하야
운명에 유혹되고

세기에 추방되어
침묵에 정화되다

전통에 잠항(潛航)하야
습속(習俗)에 냉정하고

황혼에 초조하야
우울에 침몰하다

요동(遼東)들의 새벽

엷은 안개 머금고 동트는 새벽
금(金) 풀은 유방같이 부드럽고
대지는 멋드린 꿈길에 부풀어 슬퍼라

무섭게 까라 앉은 고요 속에
얼 먹은 넋은
외로워 서글픈 향수일러라

물거품 같이 사라질 백운(白雲) 한덩이
밝은 한울 가에 덩그리 떠 돌다
나그네의 안타까운 휘파람이 식더라

해방의 정

목엔 칼을 쓰고
발엔 착고를 채인 채
우리에겐 오즉 하나 자유가 있었다
꿈

하늘은 맑고 넓더라니
산에 올라 구름을 타고 별과 희롱하며
바다는 깊고 푸르더라니
물에 매닥질하야 고기와 노닥이던
오! 동경

생애의 허무한 미련과
사랑을 잊은 구속에 설음이
이룩한 폐허에
절조는 양심을 이끌고
그 이(蟹)마냥 연막(煙幕) 속에 기던
피곤

오! 꿈과 동경과 피곤에 스민
창조의 초로(草盧)여
자유의 요람이여
사랑의 의욕이여

그는 위선의 해결자

진리의 철학자
기적인 듯 필연의 매듸를 장식하다가
문득
사륜(史輪)이 기이한 삽화을 머금고 도든날
팔월 보름날

오! 비약(飛躍)
현실도
꿈도
깨여져 혼합된 순간
격동의 폭포는 기름가마같이 끓을제
소처럼 침묵속에 저며가는
때의 발자취
오! 과도기여

그대는 기쁨도 설음도 없는
격정의 방랑자 —
열은 고도(高度)
새털같이 가벼운 죽음과 삶의 분수령

그러나
우리는 생각의 회랑(廻廊)을 갖었나니
우리는 평원을 달리는 해방이 아니라
고개를 넘어야할 고난의 자유일다

남보다 험한 길을
남보다 몇 곱절 무거운 짐을 지고
남보다 몇 배 빨리

넘어야 할
꼭 넘어가야만 할
지극히 그리운 귀향의 길이다
생장의 길이 여기 있다

아니 가랴는 자
편하랴는 자
이(利)보랴는 자
훼방노랴는 자
울고 그래도 달래보자
달래도 아니듣거든
옛사람 마냥 울며 마직(馬稷)의 머리를 베자

순결!
그는 명위(名位)의 향상이고
절개와 정의의 해후이다

이제 우리에겐 머리를 식홀 노선이 왔다
삼십칠도 평온(平溫)으로
그리하야
토룡의 음모를 비판하자

인민과 영웅
그는 하나며 둘이고
둘이며 하나다

이 수수격기 같은 진리의 창공에
오즉 하나여야 되는 참된 샛별을 향하야

우리는 한 마리의 노새가 되자

오! 해방된 조선아
오! 사랑하는 겨레야

오! 해방된 조선아
오! 사랑하는 겨레야

침체(沈滯)

추위에 옹송거리고 종종걸음을 쳐도
기적은 이 잔을 것 같구나

좋다고 떠들어 본 지 이미 오래나
자리싸움에 험악한 꼬락서니

허황되이 흐르는 탄식에
입술을 지그시 깨물어 본다

매연(煤煙)에 저무는 도시 가장자리로
허위적거리며 돌아가는 모습들

둔중한 침체가 공허한 넋 속에 그득 찼고
가끔 가다가 더워지는 눈두덕을 달래인다

거머리처럼 들어붙어 겨우 살어가는 무리들
제법 띄여 놓는 발자욱 소린 의젓하다만

살얼음 빙판에 나둥그라지려는
세기말의 아들들 해방 조선의 거관들

으전 내 모양 같은 앞서가는 개털 외투에
나는 가벼이 쓰디쓴 미소를 던진다

눈-발 섞인 서녁 하늘에 발서
초생달이 비스듬히 기울어 지린다

피는 엉키어 때는 익도다

노들강상에 달은 저 고요하고
북한(北漢)의 묏부리에 눈은 덮여 차거―나
이 강산 따스고 고흔 품 안엔
향기 풍기는 꽃방울 송이 송이
아릿다운 내일을 꿈꾸는 새벽에
그대, 아처러이 지단 말가
오랜 년간(年間) 공허한 벌판에
가증스런 채측에 부닥기며
이 땅의 고흔 넋을 가다듬던 그대가
도수정에 끌려가는 소 모양으로
서급히 떠나간 후
사선(死線)을 넘어 넘어 몇 고비
뜻아닌 고초를 겪은지 몇몇 차례
기적인 듯 살어
꿈인 듯 돌아온 그대는
기쁨에 넘쳐 넘쳐
이 땅에 그대로 엎드려
엉―엉― 목놓아 울었더니라.

그 숭엄한 감격의 눈물이 채 마르기도 전에
그대 순결한 더운 피를 그대로 식후다니
오! 그대의 진한 피를 식후고 웃는 자 그 누구뇨?
이 땅의 해방을 집거워 하던 자이더뇨?
이 땅의 해방을 무서워하던 자이더뇨?

때는 고요히 정의의 칼을 갈도다
동경의 장미 속에 둥지를 짓고
아리다운 홍안에 웃음을 띄고
얄미웁도록 수려한 눈동자에
자유와 정의의 별을 품어
태양처럼 스스로 태우던
오! 젊은 그대 청춘이여
눈 나린 겨울 밤에 새봄을 기다리며
그대의 옷자락을 꼬매던 누이는 흐늑여 울고
어깨를 가즈런히 견주고 사선(死線)을 넘던
그대의 형과 아우는 입술을 깨물거늘
그대의 뜨거운 피 흘려
억만 겨레의 넋에 녹아 닿아
커—다란 건설의 사축(史軸)이 돌을 제
그대만이 미워서 월위진 일이 아니어든
원한은 사무쳐 천추에 남고
피는 엉키어 심판의 때는 무르익도다

추상(追想)
삼일절을 맞으며

눌리우다 눌리우다
치미는 것
불똥은 튀여
오래 오래 찌른
기름에 댕겨
활 활 타
걷잡을 수 없이 타
뫼를 넘고
들을 건너
곳곳이
구석 구석이
번진 불

영예를 바람일까
재화를 탐함일까
오롯
죽음에 닿은 진실 속에
편—히 뚫인 길
자유의 길

타다 타다
심지 마저 잦아 붙어
기진해 쓰러질 제면

꺼름에 끄실인
검푸른 선지피가
흥근히
땅을 축이곤 축이곤
거름처럼 축이곤
돌쇠도 갔다
영영 돌아오지 못할 길을
서슴지 않고
갔다

매양 삼월 초승이 오면
어머니가 된
월순 엄마는
목이 메어
또다시
참아야 하는 무게 밑에
등생이 넘어 양지바지
투태 밭고랑에
풋나물을 캐단
고양이처럼 눈을 감고
돌쇠의 모습을 흔연히
그려보는 버릇이 자랬다

바다의 여인

새벽의 맑은 여명(黎明)이 구름 사이에 엿뵈면, 뱃노래, 닻소리에 파도성(波濤聲)을 깨치며 떠나가고.

저녁의 늙은 황혼이 안개에 싸이어 사라질 때면, 부러진 돛대에 찢어진 돛폭을 휘날리며 돌아오는 남편을

하룻밤 배가 멀리 가 저윽히 늦게 돌아오지 않으면,

행여나 고래의 꿈을 깨워 쪽배에 물이 넘쳤을까바,

행여나 풍랑이 노호(怒號)하여 돛대가 부러질까바,

어린놈 둘쳐없고 바닷가에 나아가,

굳세게 쳐오는 파도에 물어 보면, 파도는 갯가에 부딪쳐 부스러져 버리고,

모래에 털썩 앉아 낭군이 남기고 간 발자취 찾아 보면, 모래 역시 파도 속에 숨어 버리니,

어둠에 울고 가는 보이지 않는 새 몇 마리, 갈매기도 아니어든, 물어 볼 길 바이 없다.

지난 날 무서운 밤 천만 장(千萬丈) 깊은 해저 신비로운 곳에 바다의 나그네 수많은 넋이 울고 갔으려니,

오! 바다 용사의 아내 가슴에 타는 불 걷잡질 못하노라.

생각하면 애처롭고 안타까워 분함이 사모치는 걸 —

남편이 잡아 온 맛난 큰 생선은 다 빼앗기고, 좁쌀밥 방게국에 그는 그것도 모자라서,

이른 아침 새벽 그믐달이 수평선 위에 날카로운 유혹의 검은 미소를 띄우면,

사랑하는 동무들과 침묵의 노래를 부르며 배 떠나간 어부의 낭군,

그들에게는 운명적 생활 속에 피로의 하루가 다 가고,

유현(幽玄)한 바다의 광폭한 위협에 떨면서 사라지는 저녁별을 보고는,
아, 오늘도 수랑(水郎)의 아내는 바닷가를 헤매며 기다리고 있노라. 애
타고 있노라.

광장에서

우리 오늘을 위하여
오래동안 목청을 가다듬었고
우리 이 날을 즐기기 위하여
끓는 심장을 안고
수령을 뵈우러 왔거니

원쑤의 맹폭에 길길이 패였던 자리를
말끔히 닦은 광장에
그이와 함께 싸워 이겨낸 우리 ……
이렇게 한데 모인 영광의 날에
어찌 외치지 않으리

우리 그이를 따라
태산 준령도 넘었고
물결 센 강하도 건너
물 불도 헤아리지 않았다

그럴 때마다 우리는
이 날 있기를 기약했거니
어찌 우리
그이 앞에 설레이는 가슴을 누를 수 있으랴

눈물과 웃음이 한데 엉기고
감사와 기쁨이 한데 어울려

폭탄인양 터져나오는 함성
원쑤의 심장을 뚫으라
온 세계에 퍼져나가라!

우리는 듣는다
수령의 말씀을 ……

그이의 힘찬 목소리,
그 말씀 마디 마디에서
우리는 간고한 세월을 돌이켜 자랑하며
억만의 폭탄으로도 꺾을 수 없던
우리의 투지를 자랑한다

그 말씀 구절 구절에서
다시 우리는
끓어넘치는 정열과 함께
우리의 아름다운 미래를 본다

그이 오 펼치신 설계도는
한시가 바쁜 복구와 건설 ……
바로 그것이 우리의 찬란한 생활―

그가 가리키시는 곳
거기에서는 평화와 행복과 자유의
새 노래 소리가 들려온다
광명의 창들이 열린다

가자 늦춤 없이 똑바로

조국과 당과 수령의 부름을 받들어 ……

영웅의 도시의
빛나는 승리의 광장은
지금
새 노래로 가득 차 있다
우리의 아름다운 강산은
새 힘이 넘쳐 흐른다

오늘 우리는
모든 희망과 새로운 승리가 담긴
수령의 말씀을 들으며
모두가 영광스러운
그이의 전사로, 이 광장에 섰다

승리의 十월

十월이 올적마다 마음을 가다듬어
북쪽 하늘을 우러르면
붉은 깃발이 나붓낀다

로동자 농민을 착취한 원쑤—
전제 짜리를 물리치고
전우의 타협없는 피로써
인류의 새 력사의 기원을 이룩한
승리의 깃발이여!

그를 우러를적마다
우리의 힘은 솟구치고
결의가 새로워지는 十월
그 十월이 되돌아온 이 날,
우리의 긍지와 자신과 새 결의를
온 세상에 소리 높이 부르짖고 싶구나

간악한 일제의 폭압 아래
시달리던 인민의 가슴 속 깊이
커다란 불을 켜주며
十월의 붉은 심장을 안고
백두의 령봉에 원쑤와 싸워
영명하신 우리 수령은
존귀한 우리의 전통을 이뤘나니

그러기에 위대한 쓰딸린의 이들 딸들이
피로써 열어준 八一五의 아침은
더 한층 빛났고

인간 권리의 진한 피로써 씌여진
성스러운 十월의 찬란한 력사와
영웅 도시 쓰탈린그라드의 장엄한 서사시를
우리는 력력히 알기에
원쑤 미제와의 가혹한 싸움 속에서도
우리는 꿋꿋이 싸워 이기여
조국 고지의 웅대한 전설을 꾸몄고
세계 평화의 영광스런 「돌격대」의
자랑스런 영예를 지켰다

전화에 타고 포연에 끄슬은 무한한 증오로 하여
잿데미 속에서도
민주 기지의 웅장한 건설이 더 한층 일어선다

당시는 적위병이며 공청원이던
위대한 쏘련의 로력 위훈자들이
찬란히 솟아 오른 거리와 농촌을 자랑하듯

우리도 자랑하자
조국을 목숨으로 지켜 영용한
꽃다운 청춘들의 이름들과 함께
공장과 들판
광산과 바다
이 모든 복구와 건설장으로 달려가는

로동자 농민들의 투지와 정열을……

우리는 새 결의를 다진다
오늘의 땀 한 방울은
원쑤를 밟고 넘어설 래일의
철근 무거운 철퇴가 되고
승리의 포탄이 됨을……

十월의 깃발, 붉은 깃발은
혁명의 끓는 정열로 우러르는
우리의 뜨거운 심장이러니

그 아래 서로 피로써 맺아진
국제 전우들과 함께
그 깃발 가슴에 날리며
우리는 오늘 또다시 돌격한다
인민의 위력을 시위하는
十월의 길, 승리의 길
민주 건설의 고지를 향하여……

소성로에 불은 지폈다

○○쎄멘트 공장 화입식에서

이렇게 큰 로를 보지 못한 사람은
잠간 내 말에 귀를 기울이라

―길이는 전봇대 셋 사이
　一백 五십 메타 二십
둘레는 여섯 아람도 넘고
무게는 一천 五백톤
놀래지 말라!
이 육중한 물체가 공중에 떠있음을……

그러나 원쑤의 폭탄에
그 중턱은 부러져
남으로 밀렸음을……

전선에서 몸으로 적의 화구를 막아
조국의 고지를 지키듯이
원쑤의 불비 속에서도 이 곳을 지켜
스라크(대용 쎄멘트)를 구어 내던 동무들―
승리의 나팔 소리와 함께
수령의 호소 드높이 앞을 다투어
협의회에 모여든 그들―

회의는 열두 시간이 넘었어도

부족한 것은 하도 많아
이렇다 할 성안을 얻지 못했을 때
정 만준 동무는 벌떡 일어났다

『우리는 왜놈이 부숴논 공장도 일으켜세웠고
폭단 속에서도 굴함 없이 싸워 이겨 왔거니
미국 놈들이 마사논 것쯤이야……
어찌 공구 없음만 탓하랴
나의 공구는 여기 있다』

三〇년 동안 이 공장에서 굳혀온
적동색 굵은 팔뚝을 내저으며
그는 목청을 돋구었다

로동자들의 기세는 불길처럼 솟았다
자기 부서로 노도처럼 달려간 그들―
상한 공구는 다시 만져지고
없는 자재는 주어 모아
제각기 창의와 고안은 앞을 다투었다

설한풍 휘몰아치는 추위 속에서도
샤쓰에는 흥건히 땀이 배였고
래일을 내다보는 눈에서는
투지와 희망에 불꽃이 튀였다

여섯 달 계획은 한 달을 다귀
지금 소성로는 돌아간다

자! 들어보라
저 우렁찬 소리를……
그는 이 공장 심장의 고동이요
찬란한 공화국 복구 건설의
또하나 우렁찬 승리의 함성이다

기름 묻은 두 손을 높이 쳐들고
아이들처럼 천진스럽게 뛰면서
목청껏 환호를 지르는 사람들
한 없이 기꺼워하는 동무들 ―

선참에 나섰던
제관의 조 룡수 동무도 거기 있구나
중공의 김 효길 동무도
전기의 김 홍빈 동무도 거기 끼웠구나

저편에서 검은 눈을 씀벅이다
두 손에 얼굴을 묻고 흐느끼는건 누구냐?

에야 함마(공기 망치)도 착암기 같다면서
까마득히 높은 이 동체 위에서
열 아홉 꽃나이 볼우물을 지우며
복구 건설의 앞장을 서서
리베트(쇠 못)를 굳히던
제관의 박 정실 동무가 아니냐

우리의 승리는 더욱 빛나듯
건설이란 이렇듯 쉬운 일이 아니기에

우리의 기쁨은 더 한층 크다

그렇다
당과 수령이 인도하는
강철의 전사, 우리들 앞에는
뚫시 못할 장벽이란 없고
열리지 않는 길이란 없다

잠간 고개를 돌이키면
아직도 복구치 못한 구석이 눈에 띄인다
그러나 그것이 문제가 아니다
그것을 메꾸고도 넘칠
아니
웅장한 고층 건물들과 높은 공장 굴뚝들이
육중한 교량들과 튼튼한 제방 뚝들이
산악처럼 솟아오를
공화국 래일의 행복을 굳힐
수 많은 쎄멘트가 나오고 있거니 ……

그리고 보라
저 넓은 터전에 산같이 쌓인 짐들을 ……
존경하는 형제 위대한 쏘련이 보내준
　　　숱한 기재들을 ……
그것만 보아도
몇 갑절 더 커질 이 공장의
웅장한 파노라마가 눈 앞에 떠오른다 ……

二백자 높은 굴뚝에서는

먹구름 연기가 치솟는다
소성로는 더 우렁찬 소리를 내며
회전 속도를 돋구었다

우리의 민주 기지를 굳힐
돌가루가 불 속을 뚫고 간다
민주 조국 철벽을 쌓을
시퍼런 쎄멘트가 폭포처럼 쏟아진다

로 차장

검정 내리다지 떼올을 입고
붉은 뿌스 질끈 동여 메고,

그는 기개 높은 장군처럼
손을 버쩍 들고 호각을 분다.

호각을 불어 기차를 몬다
번쩍이는 몽고의 새 렬차를……

그가 유목민의 아들이면 어떠리
검푸른 광대뼈가 불쑥 나왔으면 어떠리,

나는 느낀다, 그의 깊은 주름'살에서
그가 밟고 넘어 온 쓰라린 자취를,

나는 안다, 그 가슴의 훈장에서
험한 가시덤불 헤치고 온 승리의 사연을,

나는 본다, 그의 빛나는 눈에서
뜨거운 눈물로 달궈 온 희망의 불'길을,

저기 몽고의 국경
쟈멘우드의 프래트홈에서

이국 나그네에게 뜨거운 손'길을 주며
반기던 그 웃음 연신 띠우며,

빛나는 전통과 불타는 정열을 싣고
새로운 몽고의 의지를 몬다.

무연한 벌판 끝없는 초원을 뚫고
울란바또르로, 사회주의에로의 길을.

초원의 아침

아침 해'살 활짝 퍼지누나
태고연한 초원, 풀'잎 이슬에도
모래알 하나 하나에도,

온통 그늘이란 없구나.
너무도 넓고 고요해
가슴 되려 답답하여라,

진정 가만히 있을 수 없구나,
맘껏 달리고 싶어라
룡마를 타고

저 푸른 지평선 우
아득히 움직이는
까만 점 하나……

정녕 이 아침을 참지 못하여
말 달리는 몽고의
젊은 목동이려니,

나는 그가 부럽구나
아! 이 넓음 속에
나는 그만 미치겠구나.

진정 참을 수 없어
목청을 돋구어
소리를 치니,

대지도 일어 서는 듯
아지랑이도 굼실오고
바람은 설레여

바닷물'결처럼 꿈틀거리며
다가 오누나.
안겨 오누나.

동상 앞에서

넓은 초원을 가리키시며
말 탄 스훼빠돌 장군
높은 대 우에 서 계신데

긴 남'빛 두루마기에
누른 띠 질끈 졸라매신 할아버지
지팽이도 무거울세라 천천히
두서너 층계 대 우에 올라 서시네.

둥근 모자 옆에 벗어 놓시고
손을 모아 고개 깊숙히 절을 하신 후
동상을 우러러 추억에 잠기시는데,

이마의 굵은 칼 자국
인민을 지켜 그 분과 함께 앞장서
험한 산, 넓은 초원을 달리던
해방의 오랜 전우이시리,

나는 벗어 든 모자를
만지며 만지며
차마 도로 쓰지 못하고,

몽고에 타오른
인민 혁명의 불'길 앞에

경건히 경건히 고개 숙여
다시 한번 인사를 드립니다.

반기는 눈'동자들

지난날 포화에 절었던 어린 눈'동자들에서
나는 소선의 맑은 하늘을 본다.

≪조선의 아저씨가 오셨대
우리의 아저씨가 오셨대≫

이렇게 떠드는 목소리들에서
나는 고국의 숨'소리를 듣는다.

생전 처음 만난 나였건만
달려와 덥석 안기는 어린 동무들아!

우리 서로 힘껏 끌어 안는 품'속에
조국의 뜨거운 심장이 고동치누나,

말끔히 내 눈을 들여다 봄은
갓 담고 온 조국의 하늘을 보려는거냐

내 손을 어루만져 봄은
일어 서는 조국의 모습이 그리워서냐,

내 눈엔 어언중 짙은 안개가 서려
더는 너희들 면바로 쳐다볼 수 없구나.

너희 마음 어지를가 두려워
내 고개를 돌리며 돌리며

떨어지는 뜨거운 눈물 방울로
이 고마운 몽고의 땅을 적시누나.

봉선화

아연히 낯선 초원에
홀로 붉은 봉선화야
너도 참 멀리 왔구나
예서 보니 더욱 아름답구나.

그윽히 풍기는 고국 풀향기
빨갛게 타는 심정
너 님이 그리워 예 왔느냐,
너 자랑하려 예까지 찾아 왔느냐.

그 옛날 어느 시악시
조국의 장'독 모습이 차마 못 잊혀
네 꽃'잎 손톱에 물들이고 왔단다.
네 씨앗 가슴에 꼭 품고 왔단다.

옛전설의 줄거리야 아무려면 어떠냐
이 고장 시악시들의 손톱끝에도
네 붉은 마음 타고 있는 데야
네 사랑스런 심정 꽃피고 있는 데야.

구지 손톱에 물들이지 않고 돌아 간들
내 어찌 잊으랴 이 정겨운 사연을……
≪사랑의 꽃≫, ≪무지개의 꽃≫이란 애칭 속에
너 조선의 슬기로움을 사랑하고 있는 데야.

석별의 정

포탄에 깨여진 바위도
추억에 잠겼느냐,
초소의 고지는 고요히 잠들었는데
우리 서로 쥐여진 손아귀는
차마 놓아지지 않는구나.

그대 말은 없어도
샛별같은 눈동자는 모든 것을 일러 주노니
생각하면 어제와도 같건만
모든 날들 우에 솟아 오른 싸움의 세월은
오랜 전설처럼 찬연히 빛나누나.

그대 처음으로 만나던 곳은
지금은 먼 북녘 —
눈보라치던 랑림의 령마루
두고 가던 강산은 아연히 눈에 젖고
지는 락엽도 유별나게 가슴 저리던 계절,

이 가슴의 굳은 얼음 푸군히 녹여주던
그대의 뜨거운 사품을
어찌 잊으랴
천 년이 간들
만 년이 간들……

그대는 눈을 돌려 다시 한 번 바라보는가,
떠나니 더욱 정에 겨운가,
그대의 조국처럼,
고향처럼
살뜰히도 보살펴 주던 이 강산이 ……

설사 원쑤의 발악이 언제 어디서
또다시 불집을 터뜨린다고 하랴,
용감히 그리고, 아깝게 희생된 벗들의
뜨거운 피로써 가꿔진 우리의 붉은 깃발은
더 높은 승리의 산성 우에 꽂히리라

포연에 절어 굳힌 그 숱한 이야기들을
아! 이제 나눌 사이도 없이
그대는 떠나가는가,
사무치는 정 가슴에 넘쳐
섭섭함이 산하에 차는구나.

부디 잘 가시라,
그대의 고국 산천도
이 고지에 련달은 이웃이거늘
어찌 섭섭하다 하랴,
어찌 멀다 하랴.

가셨다 다시 한 번 꼭 오시라,
우리 조국이 평화 속에 통일되는 날,
이제 다하지 못한 석별의 정을
오직 기꺼운 현실 속에 풀어 뵈리라
—그대의 불멸의 공훈 우에 이렇듯 일으켜 세웠노라—고

발자국 소리

가지는 우거져 햇볕을 가리우고
락엽은 쌓여 무릎을 묻는
깊은 밀림의 바다 속
정적은 천고에 잠겼는데

들려 오누나
발자국 소리
뿌리채 나뒹군 진대를 가로타 넘으며
우거져 엉킨 가시덤불 헤치고

몸부림치는 조국을 향하여
여기 백두의 령봉에 새긴
메마른 겨레의 가슴 가슴에 불을 달군
거룩한 그 발자국 소리

나무들도 설레며 일러 주누나,
바로 제 옆을 지나가셨노라고
골짝 물도 소리쳐 자랑하누나,
제 물줄기 거슬러 올라 가셨노라고.

인민의 피눈물은 걸음을 재촉했고
분노의 피방울이 자국마다 고인
그러한 날들을 회상시키는가
멀리서 구성지게 울어예는 서촉새 소리

번영하는 조국의 오늘을 향하여
굳세게 걸어 오신 그 숭고한 소리에
내 심장은 다시 한 번 끓어 넘치는가
스스로 더워 오는 눈시울……

아! 그 소리 따라 가노라면
조국의 남녘 바다가 흔연히 보이누나
삼천만의 간절한 념원이 엉킨
목메이게 목메이게 기다리는 그 곳이.

세월은 흘러 흘러 수십 년
비록 자국은 락엽에 덮여 알길 없어도
언제나 앞서 나가는 그 발자국 소리
여기 령봉 기슭에 서니 더욱 쟁쟁하구나.

어머니 만나기 돌격대

첫작업에 지쳐 모두들 곤히 잠들었는데
느닷없이 어머니 부르는 잠꼬대 소리
깜짝 놀라 동무들은 벌떡 일어 났다.

모두들 잠간 크게 웃다가
깨우자거니 가만 두자거니
꿈을 아끼는 듯 부러워하는 마음들.

덩달아 제각기 깊은 생각들에 잠겼는데
그제사 열적게 일어 나는 동무의
향긋한 고향'꿈 이야기가 버러진다.

≪이 강'둑을 곧장 남쪽으로 걸어 갔더니
어머니가 마중을 나오셨겠지
글쎄 어머니가, 어머니께서 말야……≫

모두 무거운게 가슴을 메꾸는데
들려 오누나, 밤도와 일하는 기중기 소리가
벅차게 일어 서는 조국의 숨'소리가.

≪아니다, 그건 꿈이 아니다
우리의 현실이다.≫
남에다 고향을 둔 동무는 목메게 웨친다,

≪민주 기지를 다지는 것
그것은 바로 고향으로 가는 길,
우리 모두 〈어머니 만나기 돌격대〉에 나서자.≫

그날 밤은 무척 어두운 밤이었다
그러나 일어 선 동무들의 마음은 환히 밝았다.
고향으로 다가 가는 삽소리, 곡괭이 소리에.

연방 물과, 감탕과, 자갈과 싸우면서
이렇듯 첫돌격대의 자랑찬 이야기 속에
대동강 기슭엔 새 기적이 피여 났느니라.

고목 선 강'둑 풍경

오랜 세월은 흘러 갔다
강물처럼 끊임없이
하많은 풍상과 더불어 ……

그러나 너는 자랐구나,
너 느릅나무는 자랐구나
꿋꿋이 아름드리로,

너는 샤만호의 총탄도
왜적의 시달림도
원쑤 미제의 파편에도 꺾이지 않고,

가지마다 뿌리마다
뭇이야기들을 아로새기고
이 강'둑을 한날같이 지켜 왔구나,

너는 그 보람 이제 이루었구나
사회주의 건설자의 높은 뜻에 안겨
여기 아름다운 록지의 왕자로 되리니,

네 주변은 그전의 그 오막살이가 아니라
네가 올려다 볼 다층 건물에 싸여
꽃다운 청춘의 춤터로 되리니,

너는 이제 서슴치 말고
더 짙은 그늘을 펴라
오늘의 흘린 땀 더 시원히 들여 보게,

너는 이제 꺼리낌없이
너 높게 키를 돋구라
저 남쪽 땅이 더 환히 내다보이게.

진달래 I

앞서 건너신 그는
대원의 도하가 끝나자,

옆에 한껏 붉은 진달래를
차마 꺾지 못하시고,

지그시 잡아 당겨
입에 대셨네, 코에 대셨네.

《조선의 진달래는
　참 고와!》

대원들도 여기저기
진달래에 달라붙었네.

뺨에 대고
입에 대고,

어느 흐느끼는 동무는
꽃'잎을 따 입에 물었네.

그렇게도 탐스러이 따먹던
어린 시절을 다시 씹어 보듯이……

고국으로 향한 강행군
가시덤불 헤치며 그 몇 천 리,

숱한 피로도 산산이 헤터지고
더 한층 활짝 피었네.

반기여 맞아 주는 조국의 진달래
그 붉은 심정 생각하며 ……

진달래 II

누구더라 보아 달라
피는 것은 아니언만,

그 어느 것보다도
먼저 피여야 하는 진달래,

또한 먼저 피고도 싶은
새빨간 진달래,

인적도 없는 아리나레 상상류
남쪽 벼랑에 홀로 붉은 진달래,

기다리며 피고
피여서도 기다리던 진달래,

백두의 눈석이물 먹고
피자니 제철은 오월이라네.

오월에도 초순
기다리던 님은 그여이 오시였다네.

초생'달도 갸웃이
엿보아 주던 어스름,

반기여 함빡 웃었더라네,
님의 심장 활짝 달구어 드렸더라네.

불멸의 여운

길은 없어도 들려 오누나
걸음을 재촉하는 발'자국 소리,

원쑤를 사뭇 밟고 가는
숫하게 걸어 간 발'자국 소리,

산'짐승도 사리는 이 짙은 밀림 속을
서슴없이 헤치고 간 발'자국 소리,

《우리는 살아 있다!》
《우리는 살아 있다!》

그 소리에 뉘 아니 심장 뛰였으랴,
뉘 아니 가슴 태웠으랴.

거듭하는 찬이슬, 궂은비에 락엽은 쌓여
그들이 밟고 간 자국 이제 찾을 길 없어도……

조국을 위해 아까운 청춘을
여기 천고의 밀림에서 새운,

그 소리 더 력력히 들려 오누나
지금도 우리의 앞장을 서 가면서……

숭엄한 흔적

소낙비는 그쳤다
수풀을 뚫고 스며 든
몇 가닥 해'살이 유난히도 반가운데
아직도 바람이 설레이는 대로
비'방울이 우수수 떨어진다.
때아닌 락엽과 함께 ……

파다 둔 곳에는
비'물이 그득 고이고
다시 메꿔졌구나
소나기에 떨어진 락엽으로 하여
이렇게 수십 년을 흘러 갔으리
쌓이고 덮인 락엽이 자(尺)가 넘도록,

누군가 발기를 하였다
≪두레엔 아름드리 고목이 섰고
가운데는 이십 년이 채 못 된
서까래'감 작은 나무들이 우거진 곳,
필연 이런 자리에 풍(幕)터는 잡았으리≫라고,

그러러한 자리에서
락엽을 헤치니
튀여 나누나, 숯등걸
숯등걸 수북히 쌓였구나.

작은 나무들의 뿌리에 엉키여,

원쑤를 족치고 돌아 오는 길에
원쑤를 몰고 나아 가는 길에
우등'불 피워
하루'밤 피로를 풀며
심장을 달구던 곳이 예 아니였던가,

그렇다, 숯등걸 우에선 금시에
불이 활활 타 이누나
우리의 심장이 엉켜 붙은 불이
우리의 가슴마다에 비쳐 주던 불이

다시 천둥 소리 멀리 울려 가며
번개'불 번쩍이누나,
그 옛날 혁명의 홰'불처럼,
그 옛날 승리의 함성처럼.

뜨거운 글'발

눈보라 비'바람에 할퀴고 씻기여 수십 년,
나무는 패이고 여위였건만
령롱하여라, 글'자만은 도드라져
상기도 삼천만에 웨치고 있는듯,

≪꿈만 꿀 때가 아니다!≫
≪일본 파시쓰트 군벌을 때려 부시라!≫
≪무산 계급과 전 세계 피압박 민족은 단결하여 일어 나라!≫

……………

그 사연 모두다
비수처럼 날카롭고
라침판처럼 정확하며
우레처럼 우람차구나,

누가 이를 먹으로만 썼다고 하랴
여기 백두의 령기슭 성봉의 밀림 속
원수를 무찌르는 행정과 더불어
진한 심장의 피로 써진 글'발,

한 획 한 획이, 모두다 일어 나
우리의 앞을 서 웨치며 내달리는듯
글'자마다 뜨거워져

가슴 울렁이는데.

아! 천고의 밀림도 호응하는가,
설레이는 바람소리
만년설 이고 선 백두 령봉은
아침 해'살에 더욱 숭엄하구나.

까치가 우던 밤의 이야기

그날 저녁엔
까마귀가 세우 울었댔지요,
2호 물'동, 2호 주재소 앞
이깔나무 강대 가지 우에서,

왜놈들은 불길타 수선을 피며
백성들을 못살게 몰아 내여
사방으로 연신 파수를 보내며
보루에단 기관총을 겨눠 싸면서,

밤새껏 놈들은 귀신' 단지에
초'불을 갈아 대면서
그러나 그날 밤은
아무렇지도 않았지라요

그것은 그럴 것이
그럴 땔수록
빨찌산이 올려고 해도 우리들이
못 오게 할 판인데야 말이지요,

그 다음다음 저녁녘엔
까치가 자지러지게 울어 댔지요,
똑같은 곳
똑같은 나무'가지 우에서,

왜놈들은 길조라 좋아하면서
술에 계집에 흥청거렸지요
그날 밤이사 귀신' 단지에
초'불도 켜늘 줄 모르고,

밤이 이슥해서였지요
보기 좋게 달려든 빨찌산들
훈도시만 찬 빨가숭이 몰아 내 세우고
무기랑 군량이랑 몽탕 빼앗았지요.

그것도 그럴 밖에
모두가 우리 편인데야
까마귀도 조선 까마귀
까치도 조선 까치,

산천도 우리 산천
백성도 우리 백성
흉한 것도 길한 것도 모두
우리를 두고 하는 말인데야.

삼지연 파도 소리

나는 파도 소리 들으면
고연스리 눈둑겁이 뜨거워진다
저 먼 남쪽 바다'가는
네 소리 듣고 자란 내 고향.

너는 또 왜 예까지 따라 와
나의 가슴을 흔들어 주는가
해발 천 오백 높은 산턱에서
철썩이는 삼지연 파도 소리여!

그렇잖아도 그분들은
네 소리 듣고 발'길 멈추시였더란다,
여기서 무산까지는 먼 백 리
물 한 모금 마실 수 없는 무연한 고원'길,

김 대장께서는 여기서 잠시
행군을 멈추게 하셨단다
≪맘껏 마시고 가자≫시면서
≪실컷 쉬고 가자≫시면서 ……

이렇게 이 물들을 마시고
백 배로 돋구어진 용기
무산의 왜적을 산산이 쳐부셨더란다,
어엿한 조선의 넋을 보이셨단다.

아! 내 어찌 그분들과 같으랴마는
이 북쪽 끝 산중에서 네 소리 들으니
새삼스레 고향이 그리웁구나야
남해 바다가 그리웁구나야.

나도 그 본받아 네 물 마시고
고향 가련다,
더 힘차게 원쑤 미제를 몰아 내고
남쪽 고향 가련다.

친선 저수지

푸른 물이 찰랑입니다,
깊은 정이 출렁입니다.
한 줌의 흙, 한 개의 들에도
진한 땀 스며 밴 둑 안 스무골에.

황금 이삭은 설레입니다,
감사로움이 울렁입니다.
정성 들여 쌓아 올린 둑 밖
널려 있는 멍석벌에.

할아버지도 목메여 말씀하십니다,
《올 같은 가물에도 들었소이다.
일생을 두고 못 보던 풍년이 ……》
그 가슴엔 고마움이 출렁입니다.

떠나기 전에 더 돕고 가자는
지원군들이 지피고 간 이 뜨거운 불'길에
내 가슴의 적은 둠벙도 끓어 오릅니다,
만산이 젖도록, 온 들판이 젖도록.

물은 한없이 고일 것입니다,
정은 끝없이 흐를 것입니다.
이 땅에 가을이 오면 고개 깊숙히
온 들은 의례 감사를 드릴 것입니다.

홀연 둑은 더 높아져
의전 그들의 억센 가슴 같습니다,
푸른 물은 더욱 출렁이여
의전 그들의 끓는 심장 같습니다.

배낭을 받아 지고

이제 그만 벗어 주고 돌아 가래도
≪쇼쇼 만만디! 쇼쇼 만만디!≫
배낭을 받아 지고 따라 오며 따라 오며
굳이 더 지고 가겠노란다, 어린 동무는.

벌써 굽이돌은 산모롱이는 그 몇몇이며
넘어 온 고개턱은 그 얼마였더냐
눈을 지그시 감기도 하고 그를 쳐다도 보며
한사코 떨어지기 아쉬워한다, 어린 동무는.

일곱 살 나던 추운 겨울,
철없이 우는 어린 누이동생을 달래며
가려 세운 수수깡더미 속에서
날수수알 까먹으며 몇 날 몇 밤을 새웠던가.

그는 어린 눈으로도 똑똑히 보았단다
미국놈이 아버지를 쏘아 죽이는 것도,
어머니를 짓모아 대는 것도,
집에다 불을 지르는 것도

아! 나팔 소리도 류량히 인민 군대와 함께
지원군 아저씨들은 달려 와
원쑤를 갚아 주었단다,
어린 가슴에 모지게 박힌 원한을……

어찌 잊혀지랴, 벌써 8년 전,
그의 가슴 속속들이 새겨진 이 고마움이,
어디까지 바래 주려느냐, 어린 동무는
벌써 행군은 길떠난 지 시오 리인데,

이제 그만 벗어 주고 돌아 가래도
연신 ≪쇼쇼 만만디! 쇼쇼 만만디!≫
이런 때 이런 중국말이 얼마나 알맞는지
나는 몰라라, 몰라도 좋지 않으냐.

서로의 피로 지킨 이 아름다운 강산,
이 아름다운 아침.
크고 뜨거운 이 진정의 바다 속에
나의 심장도 온통 잠겨지는데야.

지원군 동무는 수건을 꺼내어
어린 동무 이마의 땀을 씻어 주다.
그만 덥석 끌어 안는다, 짐 채, 사람 채,
끌어 안고 뺨을 비비며 흑흑 흐느낀다.

아! 서로 끓어 넘치는 고마움의 용광로여!
산천도 정에 겨운가
지새는 형제봉 기슭, 안개는 자욱,
골짜기의 물'소리도 리별을 아끼는데 —

길'섶 초목도 석별의 눈물 머금는가,
이슬 방울방울
서로 아끼는 이 땅속 깊이

젖어 드누나, 스며 드누나.

다함없는 영광을

쏘련 공산당 림시 제 21차 대회에 드림

붉은 10월의 홰'불은
백두의 령을 넘어 밀림을 거쳐
사회주의 새 언덕에
바야흐로 환히 비쳐 주는 이때에

들려 오누나
우주 로케트의 우람찬 소리와 함께
더 높은 단계로 올라 서는
쏘련 공산당 림시 21차 대회의 막 열리는 소리가,

우리 서로 멀리 떨어져 있으나
항시 우리 심장 가까이 느끼는
그들의 자랑찬 승리와 찬연한 전망이
우뢰처럼 온 세계에 퍼져 가누나.

동지에겐 지극한 사랑 속에 너그러우며
원쑤에겐 무한한 증오로 용서가 없는
프로레타리아 국제주의 뜨거운 피'줄로 하여
불같이 달은 혁명의 정열로 하여,

다함없는 축하를 보내노라
수천 년을 두고 인류가 기다리던
공산주의 환성이 터져 오듯

우리의 박수 소리도 그 곳에서 들오리니

그 어느 힘도 이를 가로막지 못한다
자기의 시대를 다 산
자본주의는 늙어 지친 지 오래고
철늦은 꽃은 이미 시들었거늘,

시간은 우리 편에 서서 일러 주리라
서로 이룩한 오늘의 성과와
더 큰 래일의 승리를 위하여
우리의 심장은 한결같이 끓고 있음을,

대회는 정녕 우리에게 가르쳐 주리라
이 지구 우에
더는 눈물의 강 흐르지 않게 하고
다시는 피의 바다 이루지 않게 할 것을……

그러리라, 그는 서슴없이 보여 주리라,
한 주일에 닷새, 하루에 6~7시간,
능력에 따라 일하고, 수요에 따라 분배 받는
그런 세월이 수밀도처럼 무르익어 감을……

그러리라, 대회는 명시해 주리라
더 큰 평화와 행복이
7개년 계획 속에 자라나고
그 열매 인류의 태양으로 빛날 것을,

그 수'자 일일이 다 적어 무엇하랴

그 하나하나는 그대로 원쑤를 밟고 넘어 서는 힘이요
그대로 꽃향기 그윽한 인류의 행복이리니
아! 환희에 넘치는 박수 소리 들려 오누나

그 박수 소리에서 우리는 듣는다
우리 천리마를 채찍질하는 더 우렁찬 소리를,
통일의 날 삼천리에 울릴 함성 속에
더 찬란할 우리들 승리의 노래 소리도……

영광을 드리노라, 축하를 보내노라
우리와 한마음 한뜻인
인류의 홰'불, 혁명의 기치
쏘련 공산당의 이 빛나는 대회에……

원한의 패말

분계선 마을 젊은 안해의 념원

어느 세상에 있으랴
이런 답답이
이런 아픔이
맑게 개인 날씨에도
생각하면 비수처럼
가슴 우에 꽂히는 것을—

귀밑머리 마주 푼 지
일 년도 채 못 되여
불비 속에서도 굳이 지켜 온 고향였건만
새 봄은 들어 꽃피는 마을이건만
원쑤에게 끌려 간 그는 끝내 소식 없고

마당을 가로질러 박힌 말뚝
조국을 남북으로 갈라 논 패말
삼천만의 가슴 우에 못을 박은듯

남녘 땅에 독한 가시나무 심어 놓고
인민의 피를 거름 삼아 가꾸는 원쑤 미제는
몇 만 리 대양을 건너와
생고기를 뜯는 피 묻은 이'발로
츄잉껌을 씹으며 휘파람을 불며
벌써 십여 년이 넘도록

이 말뚝을 지켜 섰는가?

아! 그대가 심고 간 장'독 모설의 개나리는
제법 탐스러이 봄을 꾸미는데
남쪽 나비도 찾아 와 춤을 추는데
조상 적부터 이 고장의 땅'김이 스며 밴 그대는
이제쯤 어느 골목에서
원쑤의 모진 발'길에 채이고 있는가?

그대도 알리라
우리의 이 간절한 그리움을
가로막고 섰는 자 그 누구인가를……
나는 똑똑히 아노라
우리가 쏘아 넘길 과녁은 오직 하나
이 말뚝을 굳이 지켜 섰는 놈.

이 패말이 없어지는 날
우리 강산은 얼마나 더 아름다우며
얼마나 우리 가슴은 시원하랴

그대여, 나와 함께 가사이다
이 철천의 원쑤 미제를 몰아 내는 길
오직 한 가닥 통일에로의 길
이 멍든 가슴 달구며 태우며……

고향이 지척인 곳에서

분계선 마을에서

산 첩첩 깊은 골에
세우 우던 두견도 지쳤느냐
개도 안 짖는 두메산촌
외딴 마당'가에 섰노라니

발 아래 안개는 서리여
골짝마다 잠기고
산봉만 우뚝 바다의 섬이런 듯
초생'달을 이였구나

어느곁에 갖다 놓았는가
멍석가에 굼실으는 찐강냉이 냄새
구수히 달려 가누나
어릴 적 고향 집 마당'가로

≪옥수수 안 드시는기유 ……≫
문화 주택 마루에서 잎담배 피우시며
권하는 주인 할머니의 정겨운 사투리도
의전 고향에 간듯, 어머니의 목소린듯

예서 한창 길, 령 하나 넘으면 바로 겐데
원쑤 미제놈 때메 못 가고
다시 한 번 다시 한 번 쳐다뵈는 하늘엔

울부짖는 어머니의 모습이 떠오르누나.

가리라, 미군이 물러간 남쪽 땅에
이 고장의 서로 돕는 정다운 인심을 안고,
사회주의 건설자의 뜨거운 심장을 안고,
공산주의 새 언덕의 무지개를 안고…….

그리움을 두고

그리움이여!
너는 왜 이다지도 따라 다니느냐
의전 그림자처럼

내 오늘까지도 일생을 두고
너와 함께 기어이 살아야 하느냐
어째 그래야 하느냐

어려선 살림이 구차해
내 머슴살이로
너와 함께 지내야 했고

철들면서는
왜놈의 철창 속에서
너와 함께 온밤을 지샜거니

해'볕 따슨 이 북녘 땅
양지받이에서
왜 또 다시 너와 살아야 하느냐

대답은 간단하구나
미제놈에 허리를 잘린 조국이라서
어거지로 혈육과 떨어져 살아야 하는 처지라서

너 또한
꽃'잎을 좀먹는 벌레처럼
우리의 웃음의 보금자리를 파고 드누나

아! 내 새옷을 갈아 입어도
맛있는 음식이 상에 놓여도
너는 의례'건 참견하누나

짓밟히는 남쪽 땅
헐벗은 어린것들의 울음 소리로 하여
굶주리는 늙은 어머니의 한숨으로 하여

너는 이렇듯 나를 괴롭히누나
이 안온한 밤에도
너는 종시 자지 않고

홍역에 걸린 아기처럼
연해 보채 쌓누나
들이 몸부림치누나

미제놈 때메
내 이렇게 분노에 차거니
원쑤야 어서 나가라

더는 못 참겠다
이제는 한데 모여 다정히 살아야겠다
내 정겨운 사람들과 함께

어찌 한신들 일'손을 드리랴?
그리움, 너와 어서 헤여지기 위해
너 대신 반가움 모셔 들이기 위해

어머니를 생각하며

금강(錦江) 상류의 시내'가에 조그만 오막살이 하나
그림처럼 내 눈 앞에 환히 떠오르네

어느 때였더냐, 그 내'가 미루나무에 기대서서
줄지어 북으로 날아 가는 기러기떼 바라보던 것은……

꼬박 새우고 일어 난 바로 그 이튿날
나는 홀연히 어머니를, 오막살이를 떠나 왔다네

≪자주 편지하겠어요≫
뒤에 남기고 온 이 말 한 마디

어제런듯 내 귀'가에 아직도 쟁쟁한데
원쑤에 가로막혀 벌써 십 년이 더 지났구나

단 엽서 한 장도 못 띄운 채
얼마나 나는 먼 길을 걸어 왔던가

비'바람 아파트 창을 두드리는 밤이면
어머니 그리워 내 마음 태우는 걸

어머니는 되려 이 아들 생각에 잠 못 드시리
≪편지 자주 하마더니만……≫ 이런 말 되뇌이시며

벌써 며칠째 들려 오는 남쪽 소식이냐
폭풍우에 허덕이는 남녘 동포의 아우성 소리

오만 원쑤 미제가 더럽히는 땅에
우리 오막살이 앞 내'둑인들 그 누가 쌓았으랴

아! 미치겠구나 홍수에 떠 내려 가는 것이
바로 우리 오막살이가 아니냐 어머니가 아니냐

나는 와락 소리를 지르고
침대에서 벌떡 일어 나니

어린것의 옷 짓던 안해는 빙그레 웃으며
《무슨 꿈을 그리 야단스리 꾸셔요……》

아무려면 어떠냐 내야 꿈에서 깨던 말던
그러나 사실은 의연 꿈에서가 아닌 것을

때마침 들려 오는 라지오 소리
남반부 리재민을 구제할 《내각 결정 60호》

쌀도, 옷도, 신발도, 세멘트도, 목재도 한데 치솟아
동포애에 사무치는 뜨거운 불'길 타오르는데

아! 비 내리는 고향 땅 조그만 오막살이 앞에
폭우 속에서도 빙그레 웃으시는 어머니의 모습

이 웃음 지워지지 않게 하자

영원히 영원히 어머니와 함께 있게 하자

내 아직 밤교대에 시간은 멀었어도
진정 이대로 앉아 있을 수 없구나

나는 우장을 떼여 걸치고 문을 연다
통일에의 길잡이 내'기계를 찾아

나는 생각해 봅니다

어깨가 굽도록 밭고랑을 다루면서도
시래기죽도 끼니를 제대로 못 이은
지난 날 아버지의 생애를 생각해 봅니다

산 험코, 물 급한 시메산골
시메산골 버섯 같은 초막 집의
옛마을 내 고향을 생각도 해 봅니다

귀찮도록 진실로 귀찮도록 뒹굴어 쌓던
그 허구 많던 조약돌들도
이제는 사뜻한 문화 주택 지어 주었고

제멋대로 흘러 가던 골짝물도
산굽일 돌아 고개를 넘어
가물을 막고 불을 일궈 어둠을 몰아 냈고

머루 다래 넝쿨 뻗어 바위산도 과수원 되고
령을 넘어 재를 넘어 백리길도 하루 길
자동차는 도라지 고사리로 쌀과 옷감 바꿔 오는

노래로 차고 춤으로 흥겨운
오늘의 내 고장 새 마을을 생각해 봅니다
오늘의 꽃다운 이내 청춘을 생각해 봅니다

누가 묻는다면 서슴없이 대답하리다
「이게 모두 당의 배려
수령의 혜택이라」고

나는 어려운 고비에 부닥치면
먼저 가슴에 손을 얹어 봅니다
당증에 손을 대고 생각해 봅니다

휘몰아 치는 장백의 눈보라 속에서도
햇빛 한 점 못 들던 철창 속에서도
오늘을 향하여 굳건히 걸어 온

모진 고난 속에서 태여나
치렬한 싸움, 피자국 섬섬히 밟고 자란
당에 대하여, 선렬들에 대하여

그러면 력력히 들려 옵니다
당의 한심장에 고동쳐
우렁차게 나가는 백만 대렬의 발자국 소리가

그러면 새 힘이 솟구칩니다
어떠한 고난과 재난도 물러서고
항시 앞장서 새 화원 펼쳐 주는 당의 자랑이

내 어찌 앞으로 나가지 않으리까
조국의 한 치 땅, 한 포기의 풀도
모두 당을 따라 일어 서는데

아! 내 어찌 물불을 가리리까
스승이며, 어버이며 생활의 지침인
나의 커다란 심장, 당을 위해서라면

잊 지 못 할 그 날

의연 착 까부러진 오막살이처럼
노상 죽그릇만 올라 앉던 두레반처럼
너무도 쪼들려 웃음조차 잊으신 아버지가
온 동리를 달려 오시며 하시던 말씀―

『이제 우린 살았네
 해방이 됐네
 쏘련 군대가 읍에 왔대』

온 동리는 벌집 쑤신듯 발끈 뒤집혀
울섶 밑 모래 감던 닭들도 풍기여 꼬꼬대고
둥안골 두렁배미 곡식들도 설레이는데
나도 뒤따라 나섰네.

쓸쓸턴 두메 산골
어디서 쏟아져 나온 사람들인지
읍으로 뻗어 내린 시오 리 장길
하얗게 뒤덮이고

산굽이마다, 동구 앞마다
서로 부둥켜 안고 올리는 함성
하늘을 더 높이 떠받아 올리는듯
산들도 사뭇 밀어 내는듯

그 날의 읍 장터는
백중 장날보다도 더 웅성거렸네
이 끝에서 저 끝까지, 메마른 개울 바닥까지
온통 사람의 바다, 함성의 도가니

여기 저기 둘러 싼 숯 굽던 사람들
아버지 같이 부대 파던 사람들을
마구 손 잡아 흔들며 웃어 쌓던
아! 북쪽의 용사, 키 큰 쏘련 병사,

그는 나를 보자
번쩍 들어 높이 추켜 올렸네
먼 장래를 보란듯이
조선의 래일, 오늘의 조선을 보란듯이

아! 나는 수줍음 속에서도
그의 따뜻한 체온을 느꼈네
쏟아지는 박수, 터지는 웃음 속에서
소박한 사람들의 자랑을 느꼈네.

나는 한시도 잊은 적 없네
말로 통하지 못 하는 안타까움을
어린 나를 통하여
실지 행동으로 보여 준 그를

만나는 사람마다
즐거울 적마다
연성 그 정경 시늉내시며

자랑하고 웃으시는 아버지를

원쑤 미제를 물리치는
령하 사십 도, 추운 전호 속에서도
전후 복구 수백 척 굴뚝 꼭대기
벽돌을 한 장 한 장 쌓아 올리면서도

천리마 브리가다 교대를 바꾸고
나도 한 몫 끼여 지은 새 교실
책상에 의젓이 앉아 일하며 배우는
대학 노트에 펜을 달리면서도

나는 한시도 잊은 적 없네
눈을 감아도 떠오르는 그 정경
귀를 가려도 들려 오는 그 함성
나는 영원히 그 속에서 살아 가려네.

어머니께 웃음 드릴……

충주라 령북 땅 충청도는 내 고향
지르설어도 사흘'길인네

산협을 끼고 도는 남한강 상상류 거센 물'결은
얼마나 속절없이 흘러 갔느냐

비 내리던 분지'벌은 얼마나 쓸어 덮었고
가을오면 영새'벌은 얼마나 탔더냐?

부지하기 어려운 그 생지옥 속에
어머니는 어머니는 게 지켜 계시리라.

오대산 가닥 준령, 후미진 골짝
용구새 꺼진 오막살이 아래

초피 열매 기름'불도 없는 방에서도
어둔 눈에 분노의 불을 켜고 이 아들 기다리시며 ……

아 어머니, 어머니 계신 땅
내 안 가고 뉘 가리까

원쑤 때메 오래도록 섬기지 못 한 한을 품고
정성껏 봉양할 선물을 받쳐 들고 ―

헐벗은 선산에 심을 잣나무 묘목을 지고
앞강에 둑 막을 무쇠 기둥, 세멘을 메고

가오리다, 쓰기 좋은 농쟁기랑 비료랑
뜨락똘른 끌고 자동차엔 싣고

가오리다, 남한강 막아 광명의 불'빛 일구고
생명수 부어 넣을 강물을 이끌러

한달음에 가오리다, 원쑤가 짓밟은 남쪽 땅
사랑하는 내 고향에

어머니시여! 이 아들 그립다 더 목청 돋구시라
원쑤 미제가 더는 배겨 내지 못 하도록

이 아들은 망치 더 높이
어머님께 웃음 드릴 7개년 계획의 문을 엽니다.

불'덩이 불'덩이 되였는데

편지라도 편지라도 띄웠으면
가벼워질 맘을

가로막힌 여울목 물'살 소리
가슴 속 속속들이 흘러 드누나

맘이 없어 못 가는 내 아니고
정이 없어 못 오실 그 아닌데

한 해 두 해 두 해 세 해 참아 온 가슴
진정 터지겠구나

십 년이라 십 오 년이라 허구한 세월
헤여져 살단 말이

안 될 일이 안 될 일이 예 있구나
천만 번 되뇌여도 부당한 일이

수천 년 수수천 년 살아 와도
한 조국 한 땅 우에 없던 일이

부모 형제 정든 님 친한 벗을
어거지로 갈라 논 원쑤

악귀 같은 양키놈도
더는 견뎌 내지 못 하리

이제는 이제는 하나로 뭉쳐
불'덩이 불'덩이 되었는데

나의 행복(1)

짙은 밀림 속 가시덤불은
얼마나 재촉하는 발'길을 막았으며
궂은비 찬이슬 눈보라는
얼마나 애타게 심장을 조였던가

철창에 스며 든 돌'바닥 우 달'빛에
얼마나 뜨거운 피눈물을 흘렸고
가죽조끼 물고문 교수대 앞에서도
얼마나 틈틈히 기개를 높였던가……

……내 오늘 가끔 맞다드는 어려운 고비 마다에
내 마음 허수히 풀릴 적마다
그 분들이 걸어 온 길을 더듬어 봅니다
내 서 있는 오늘의 꽃밭을 생각해 봅니다.

귀 기울어지 않아도 력력히 들리는
세찬 그 발'자국 소리
눈을 감아도 삼삼이 비쳐 드는
오늘에의 길 우에 찍힌 그 피 흔적

하루 해가 저문 후 잠시 앉아
제 한 일을 돌이켜 볼 제
미진한 일들이 가슴을 찌릅니다
민망스러움에 고개를 숙이게 합니다

의례 고개가 숙여지군 합니다.
분조 회의가 열릴 제마다
당이 바라는 높이에서
더 잘 하지 못한 내 그림자 바라보며

하물며 내 반백이 된 오늘 영예롭게도
네 번째 우리 당 대회를 맞아
제 걸어 온 생애를 돌이켜 볼 제
너무도 허전해 등에 땀이 고입니다.

그러나 어머니 당은 따뜻한 손'길로
내 어깨를 어루두드리시며
내 발'걸음을 부축해 주십니다.
심장 속에 새 기운을 부어 주십니다.

어제에서 오늘로, 오늘에서 래일로
앞서 가는 대렬에 발을 맞춰
내 별로 한 일도 없는데
이토록 행복히 걸어 갑니다.

나는 이렇게 큰 길로 걸어 갑니다.
사회주의-공산주의 락원으로
조국 통일의 새 아침으로
온 누리에 떳떳이 웨치며 노래 부르며

천리마의 영광스러운 기적 속에
나도 힘차게 달려 갑니다
당, 그가 닦아 놓은 멀고도 보람찬 길을
다시 한 번 다시 한 번 되돌아다 보며

4부

발자국

압록의 기슭에서

내가 당을 생각할 때는

내가 당을 생각할 때는
조국 산천을 굽어 보고 선 백두 령봉의
절개 푸른 밀림의 설레임을 들으며
문득 문득 지난날을 돌아다 보게 합니다

가시덤불을 걸어 몇 천 리였으며
눈보라를 헤쳐 몇 만 리였습니까
고난의 오막살이에서 태여나
치렬한 싸움터에서 자라난 우리의 심장은

내가 당을 생각할 때는
아침 햇살 다양히 비쳐 드는 아파트 창가에서
어둔 남쪽 하늘 아래 판자집들을 굽어 보며
오늘의 갈라진 조국을 빗대 보게 합니다

얼마나 우리의 긍지는 높아졌으며
얼마나 우리의 살림은 늘어 났습니까
용광로의 쇠물은 얼마든 남으로 대일 수 있고
기계랑 비료, 옷감이랑 세멘 듬뿍 실어 보낼 수 있는

내가 당을 생각할 때는
춤과 노래 저절로 넘쳐 흐르는 꽃밭 속에
공산주의 새 아침을 맞아 들일
한 나라 한 조국의 황홀한 래일을 한아름 잔뜩 안아 봅니다

우리들은 더 젊어져 얼마나 아름다울 것이며
우리의 기개는 끓어 올라 얼마나 더 높아질 것입니까
망치와 낫과 붓이 한데 그려진
선렬들의 피로 물든 붉은 깃발 더 선명히 나붓길

내가 당을 생각할 때는
조상들이 못 가꾼 옛터전에
행복의 새 씨앗 뿌리며 뿌리며
새 힘이 저절로 솟구칩니다

거품을 물고 발바둥치는 원쑤들은
사시나무처럼 떨고 있지 않습니까
함뿍 비쳐 드는 우리 당 우리 수령의 맑은 태양 아래
무럭무럭 자라나서 훨씬 걷어 올린 우리의 팔뚝 앞에

조국은 거침없이 말할 것입니다
우리가 걸어 온 빛나는 발자취를,
조국은 영원히 기억할 것입니다
하루를 십 년 맞잡이로 내닫는 천리마의 이 말발굽 소리를

나는 가슴 흐뭇이 자랑하고 있습니다
우리의 심장 우리의 태양 당과 수령은
더 큰 목소리로 대답해 주리란 것을
더 큰 설계도로 세상을 놀래우게 하리란 것을

나의 행복(2)

내 즐거울 때나,
내 어려운 고비때나,
그 이를 생각합니다.
우리를 항상 보살펴 주시는
그 이의 모습 우러르며……

그럴 적마다 들려 옵니다.
백두 밀림의 설레임 소리가,
그럴 적마다 떠오릅니다,
눈보라 헤쳐 가는 그 이의 모습이.

풀 한 포기, 물 한 줄기도
그의 앞을 거저는 못 지나 가고
천 길 땅 속과 깊은 바다 밑까지
그 이의 안광 샅샅이 비쳐 주실 때―

유구한 력사의 빛나는 자랑들과
먼 후'날 어엿이 남을 오늘의 기적들과
황홀히 가꿔질 래일의 꽃밭들을
하나 하나 그림처럼 펼쳐 주실 때

천리마의 기세 높이 달려 나가던
층암 절벽도 물러 서고
달음쳐 올라 선 령마루 우에선

공산주의 지평선이 열려 온다고
일일이 손 들어 가리켜 주실 때—

서로 돕고 서로 이끌어
짓밟힌 남녘 형제들도 하루 속히
이 휘황한 꽃밭 속에 함께 설 날을
간곡히 일러 주실 때—

아 그 이의 커다란 품에 안긴 행복에
내 저절로 눈'두덩이 뜨거워지며
가슴이 환히 트입니다.
새 힘이 스스로 솟군 합니다.

나의 길

왜 잠이 아니 오는가
늦게까지 회의하고 돌아 왔는데
걱정스러워선가
너무도 황홀해선가

새로운 높은 령마루를 바라 보고
당의 붉은 편지의 깊은 뜻을 받들어
흥분해선가
너무도 자랑차선가

당이 활짝 펼쳐 주는 호화로운 꽃밭에 서서
안해는 벌써 꿈 아닌 현실 속에 웃음 짓는데
번들번들한 전기 솥에 재봉틀……
태여날 어린것의 유모차도 어른거리는데

생각은 이미 새 고지 우에 올라 선듯
걸어 온 발'자국 하나 하나 따져 보며
궁리에 궁리를 거듭하는 밤에
몸은 더욱 달아 오르네
조바심이 가슴을 조이네

문득 생각히우누나.
쓴 물 단 물 다 겪어 온 영춘 아바이가
회의 끝에 슬쩍 던지던 말,

뚝하면서도 자신 속에 진정 어린 말—

—날씨도 사납던 56년의 섣달이 생각 나누만,
  수령의 부름 따라 허리띠를 졸라 매고
  5 년을 2 년 반에 다그치던 일이 ……
  그 뻔새로 몰구 나가자구
  한 번 더 본때를 보이자구—

아바이는 오직 당의 뜻 높이 받들고
벌써 젊은 나의 앞장을 섰구나
나는 벌떡 일어 나
공장'길을 걷는다

달은 이미 서산 마루에 기울고
동켠 하늘은 훤히 동이 터 온다
다그쳐 걷는 내 발'자국 소리는
여느 때보다도 더 유난히 높구나

모두를 깨우는듯
모두를 부르는듯
계속 앞으로 내닫는 당의 숨'결이
그 대로 이 내 가슴에도 메아리치는듯

지난날의 천대 속에 헐벗고 굶주리던
그런 시절이 다시는 얼씬도 못 하게
꽝꽝 지축을 울리며
내 앞으로만 나가는 길.

새 결의를 안고 가는 공장의 새벽길은
줄기차게 공산주의로 뻗은 길은
이렇게 더 정답게 밝아 온다
긍지에 싸여 더 넓게 틔였구나

틔였구나, 더 힘껏 달릴 수 있고
더 맘껏 자랑할 수 있도록
저 남녘 형제들이 힘을 더 돋구며
온 세계가 더 우러러 보게.

첫 기쁨

공장 당 위원회의 문을
조심스레 눌러 닫고 놀아 서니
입당의 첫 기쁨에
금시 눈두껍이 화끈한 게
뜨거운 눈물이 핑 돈다

고중을 갓 나와 공장으로 향할 제
교문까지 따라 나오시며
—일 잘 해 꼭 당원이 돼야 해—
아끼여 당부하시던 선생님의 말씀이
지금도 귀에 쟁쟁 새삼스리 들려 오는듯

당의 뜻 가슴 깊이 새기고
제일 작은 선반기 옆에서
발돋움 해 가며 이마의 땀을 씻던
걸어 온 작은 발'자국들이
자꾸 모자라는 것만 같아
눈에 삼삼 되밟히는듯……

겨우 첫 발을 들여 놓았을 뿐이라고
속다짐하면서도
복도를 걸어 나오는 내 걸음이
빛나는 영광 속에 한층 더 꿋꿋해진듯

내 나이는 이제 이십대 청춘
때는 바야흐로 내닫는 천리마 시대
한 없이 나의 힘을 시위할
조국 건설의 새로운 대고조의 격랑 우

보람찬 세월은 나를 떠받들어 주고
당은 어린 나를 부르고 있거니
찬란한 희망은 나의 정열을 돋구고
새 기적은 나를 기다리고 있거니

뼈가 가루가 된들 어떠랴
물이면 어떻고
불이면 어떠랴
당이 비쳐 주는 등대 앞에.

아, 이 기쁨 진정 자랑하고 싶구나
나를 길러 준 반장 동무는 어디 갔는가
그리고 동무들은……
한 달음에 달려 가 알려 드리고 싶구나
어버이에게도, 옛 스승에게도

수상님께 더 가까이 다가 선 것만 같고
백만 심장 속에 뛰여 든 긍지에
가슴은 한 없이 넓어지고
어깨에는 새 날개 돋쳐
넓고 푸른 조국의 하늘 높이
훨훨 날아 오른 것만 같구나

보이누나 평양이

110메터 굴뚝 아슬한 꼭대기
동지나 섣달 맵짠 바람 속에서도

당 중앙의 창문들처럼
별들도 초롱초롱 이 밤을 지켜 주는데

기어이 해내고야 말 불'덩이들이
노래를 부른다

유격대 행진곡을
결전의 노래를……

노래를 부르며 부르며
마지막 휘를에 세멘을 다져 넣는다

하루 밤도, 아니 한 시각 한 초도
멎을 수 없는 길을 다그치는 것이다

조상들이 너무나도, 너무나도 못 가 준 길을
우리가 백 배 천 배로 달려야 할 길을

다시는 원쑤들에게 숙보이지 않게
한 순간도 쪼개 써야 할 길을

당은 얼마나 일깨워 주었던가
우리의 처지를

조국은 얼마나 기다렸던가
우리의 일들을

남들은 3년을 두고 쌓으라면 쌓으라지
달 반 남짓이 걸린 것도 도리여 부끄러워

적 화구를 가슴으로 막듯이
달려 나가는 우리의 6,23 돌격대

아직도 미흡한 마음으로
더 세차게 네굽을 놓은 우리의 천리마

굴뚝이 높아지면 질수록에
더더욱 높아지는 노래 소리

쩌렁쩌렁 울려 퍼지는 밤 하늘에
훤히 아침 노을이 비껴 온다

이젠 설한풍도 물러 서는가
이마에선 무럭무럭 김이 서린다

성에 낀 털모자를
훌떡 벗어 제끼니

아, 바라 보이누나

수렁이 계신 평양이

하루 속히 가 닿아야 할
저 남해 바다가

나무를 심으며

나무를 심는다
조업을 앞둔 공장 뜨락에

창성 처녀 옥순이는
머리에 붉은 수건 질끈 동이고

나무를 심는다 떨쳐 나서
제 고장에서 떠보내 준 나무를

그는 나무를 심다 말고 한참씩 서서
새삼스러운듯 바라 본다 공장 건물을

산악 같이 소슬하고
룡궁처럼 화려한 비단 궁전을……

머리는 산토끼 꼬리처럼 늘이고
몽당 치마에 얼굴만 연신 붉히던 그가

얼음을 끄고 진창 속에
기초의 첫삽을 뜨던 일이

말려도 굳이 아슬한 꼭대기에로 바라 올라
벽돌도 척척 고여 쌓던 일이

한밤'중에나, 지새는 새벽녘에는
피로를 노래에 묻고 돌격의 앞장을 서던 일이

돌이켜 보면 엊그제 같은데
벌써야 네 해 반

아, 힘겨웁던 일은 그 얼마였으며
즐겁던 때는 그 몇 날 몇 밤이였던가

어느 구석, 어느 고삿인물
그의 손'길 안 단 데 있으랴

그의 꽃나이 청춘도
공장의 키와 함께 자라

이제는 제법 머리채가
치렁치렁 허리 아랠 감돌았거니

어이 안 쳐다보랴
생각하면 모두가 긍감만 한걸

철 따라 꽃도 피고 순도 뻗어
먼 후'날 아름드리로 된 이 고목 아래서

공장 이야기가 벌어질 때면
잊지 않으리 이런 사연도

공산주의로 달려 온 천리마 대군단 속에

이런 나어린 처녀도 한몫 톡톡이 끼였었노라고

더우기 얼마 안 있으면
앞장서 수상님도 뵈오려니

어이 안 그러랴
보고 또 보아도 기쁘기만 한 옥순인데야.

갈 비단의 한 끝을 잡고

꿈이라 한들 얼마나 아름다우며
환상이라 한들 얼마나 황홀하랴

내 조국 금수나 강산
더 아름다이 꾸리는 일이

그런데 그것이 현실인데야
현실인데야 얼마나 더 대견하냐

가장 높은 꼭대기에서
비단 궁전 꼭대기에서

내 갈 비단의 한 끝을 잡고
불어 오는 바람'결에 맞아 서니

휘날리는 꽃비단아
뻗어 가는 무지개야

오리오리 맺힌 사연
한 새 두 새 얽힌 자랑

다 어찌 말하랴만
어이 다 적으랴만

정녕 이 한 가지만은 이 한 가지만은
말하지 않고는 견딜 수 없구나

몰아쳐 오는 바다'물도 가슴으로 막아
가꿔 기른 포기포기 갈'대며

엄동의 설한풍도 땀으로 녹여 일으켜 세운
우람찬 이 비단 궁전이

모두다 수령이 베푸신 웅대한 구상
당이 이끌어 준 우리네 정열의 열매러니

휘날리는 이 비단폭은
그 대로 전진하는 우리 대오의 물'결

펄럭이는 이 기폭 소리는
그 대로 내닫는 우리의 창조의 노래

령롱한 이 빛갈은
그 대로 찬란한 우리의 랑만의 꽃밭

예는 또한 조국의 북변의 한끝
유서 깃든 압록강 기슭이라

날리기도 더한층 보람차라
온 강산 고루고루, 저 남쪽 끝까지

산이 높은들 어이 막으며

강이 넓은들 어찌 못 가랴

더더욱 나의 땀도 함께 스며 배여
펼쳐진 비단이기에

진정 더 아름답구나
참으로 더 자랑차구나

땀 모르는 자들이야
이 기쁨 감히 어찌 알리 어이 느끼리

공산주의 새 언덕도 이처럼
한 층, 두 층 우리가 쌓아 올리는 것이기에

오늘의 기쁨을 가져다 준 줄기찬 로력아
언제나 너는 우리의 자랑의 노래이구나

한없이 나래칠 수 있는 광활한 미래야
너는 언제나 우리의 승리의 고지이구나

날려라 꽃비단아 더 멀리
뻗어 가라 무지개야 더 힘차게

이 아름다운 우리 당의 높은 뜻
이 따뜻한 우리 수령의 은혜로움

어딜 간들 빛나지 않으리
어딜 간들 꽃피지 않으리

천 년을 간들
만 년을 간들

발'자국

감탕을 이고 지고 내닫던 발'자국
썰물 짬을 놓칠세라 다그치던 발'자국

무명' 골을 락원으로 꾸리는 영광스런 싸움에
승리의 흔적인듯 아로새겨진 발'자국

힘'줄이 솟구치고 땀이 고이던 발'자국
발'굽마다 불꽃이 일던 천리마의 발'자국

그것은 벌써 삼 년 전 일이였는데
아직도 생생히 둑 우에 찍혀 있구나

크고 작은 발'자국은 제각기 입을 열어
용감턴 그 날 일들을 일러 주는듯

기념비 우에 새겨진 글'자처럼 또렷또렷이
당에 바친 그들의 정열을 사랑하는듯

지금도 령롱히 들려 오누나
발을 벗디디고 부르던 유격대 행진곡 소리가

지금도 삼삼히 떠오르누나
항일의 뜨거운 가슴으로 바다를 막아 선 모습이

난관을 뚫고 찬란한 앞날을 노래하며
승리의 기폭 우에 꽃무늬를 아로새겨

찬란한 조국의 래일을 양 어깨에 떠메고
가오고 오가던 그 숱한 발'자국

아, 이 발'자국 더듬어 가노라면
백두의 울창한 밀림 속에 가 닿으리

아, 이 발'자국 잇대여 가노라면
통일된 붉은 락원의 춤판으로 나서리.

손풍금수의 경우
전기 철도 공사장에서

누구를 부르는 듯
밤이 이슥토록 울리는 손풍금 소리
숙영차 앞 마당엔
금시에 춤판이 벌어질 듯
곡조도 멋들어진데
어쩐 일이냐
마당은 휑뎅그레 하고
숙영차 안도 텡 비였으니,

진종일 전주를 세우고
철'길을 다지며
허공중에 전선을 늘인 몸
저녁이면 의례껏 한 참 씩
춤판으로 피로를 펴기로 했건만
이 밤에도 또 허사인가
손풍금 타던 손 멈추니
와글 끓어 오르는 개구리 소리
온 들판을 뒤흔드누나.

손풍금수 손풍금 걸머 메고
총총히 철'길 따라 걸어 간다.
땀에 흠씬 젖어 닳은 일터에선
와 터지는 동무들의 웃음 소리

춤판에 못 나가 미안쩍다는듯이
용히도 찾아 왔노라 반기는듯이,

이런 밤에는 저 혼자만 따 돌리는 것 같아
섭섭도 하건만 또한 어쩌랴
애써 휴식을 권하는 당의 뜻이나
몰래 일'손 다그치는 동무들의 마음이나
모두다 한 가닥 뜨거운 정성의 강물인데야.

어느 산모롱이 어느 고샅인들
어이 빠치랴 샅샅이 찾아 가
춤 노래로 휴식의 한때를 권하기에
밤이면 일하는 낮보다도 더 바빠마저도
손풍금수는 신이 절로 난단다,
동무들과 함께 손풍금 가락 우에
조국의 한끝에서 한끝으로 내달을
쾌속의 ≪붉은 기≫호 전기 기관차를 태울 제는

또한 저도 모르게 어깨가 으쓱해진다.
단김에 속후봉 륙만산을 날려 버리고
룡담의 굽인돌이 허리를 쭉 펴 놓으며
장령'골 홈태기도 보란듯 솟구쳐 놀 때는

≪해주-하성≫의 속도를 딛고 넘어
≪평산-지하리≫의 불'길을 뛰여 넘어
달려 나가는 권철의 새 길 우물
이 밤도 손풍금수는 몇 차례나 오고 가는 것이냐
앞당기는 전기화 조국의 웃음을
한 몸에 듬뿍 받으며.

누구의 아들이냐

기아와 모멸의 짙은 안개 속을
너무도 일찍기 헤매여서냐
≪별 하나 나 하나≫ 세여 보던 네 눈에
그 반짝이던 별들은 다 어디 갔는가

저 푸르디 푸른 하늘 아래
저 넓은 들판을
잠자리 쫓아 내달리며 부르던
네 노래는 어데다 두고
≪살려 주세요
 애기 낳고 굶고 있는
 우리 엄마
 살려 주세요≫
산악을 무너뜨릴 애절한 목소리에 지쳐
이젠 목까지 쉬였느냐

책가방이나 멜 가냘픈 앞가슴에
서투르게 쓴 구원의 광고판을 메고
서울도 한복판 종로 네거리에
해 저물도록, 해 저물도록
너는 못 박힌듯 서 있구나

아 — 너는 누구의 아들이냐
너에게 묻는 것이 아니다

너의 부모에게 묻는 것도 아니다
내 마음에 묻고 내가 대답하는 것이다—
너는 이 땅의 아들,
우리 겨레의 아들
내 조국의 아들이 아니냐!

너를 바라 보는 내 눈에
번개가 이누나
이 가슴은 무너져 내리누나

아니다, 나는 너로 하여
천 근으로 굳어 붙은 이 발을 떼여
걸음을 더 재촉하여야겠다
너의 절박한 사정에 비친
조국의 절통한 이 시각을 두고
내 어이 화약의 불심지를 돋구지 않으랴

내 몸이 부서지는 한이 있더라도
기어이, 기어이 찾아 주마—
네가 잃어 버린
별을,
노래를,
어머니의 품을……

곽산에서

소월 묘를 찾아가는 길에

곽산 룡머리에
해 저물고
남강'벌 넓은 벌
천 리 개'벌에 눈 나리네

눈 나리는 산모롱이
진달래 포기
꽃망우리 추켜 들고
눈 헤쳐 섰네

눈'잎이 꽃'잎인가
그의 고운 넋이런가
아롱아롱 어리는
진달래꽃
차마 밟기 어려워
내 우뚝 서노라니
어디선가 들려 와라
그의 웃음 소리

눈물에 젖던 그 진달래
이젠 그 웃음에 피는건가
깨끗한 눈'길 우에
송이송이 빨간 꽃송이

눈에 홀려
꽃에 묻혀
아, 그에 이끌려
나는 가네.

가는 정 오는 넋이

만나곺은 이내 생각 이렇듯이 간절하오니
기다리는 그대 심정 어이 짐작 못 하리까

오며 가며 보고 듣긴 하많이 하였건만
그리움이 이토록 아플줄야 정말 몰랐노라

의례히 만나려니 기다린 게 무예 잘못이랴만
초조 속에 희다 못해 성근 백발이 애석하구려

이제는 분노가 안타까움 밀어 놓고 앞서 가거니
그대도 그러하리 어이 아니 그러하리오

가는 정 오는 넋이 한 가닥 외길인데야
더 어찌 기다린단 말 또다시 입밖에 내오리까

백마산성에 올라

나라 위해 비껴 든 긴 칼 한 자루
오늘도 서슬 푸르게 날이 서 있고
전진에 그슬린 얄팍한 갑옷 한 벌은
목숨을 아끼잖은 그의 높은뜻 보여 주는듯
변방을 지켜 섰던 그 밤처럼 달은 밝고
승전기 휘날리던 그 바람 여전하온데
옛성지 지키는 찬연한 한 채 묘당은
깊은 애국의 호심 속에 이 자랑 안고 우뚝 섰구나

봄마다 봄마다 피는 꽃아 말 물어 보자
조국 지켜 싸워 이긴 이들의 넋이 네 바로 아니냐
백마의 투레질 소리 들리는 로송 아래 발 멈추니
만악천봉 호령하던 림 장군의 모습 눈에 삼삼 어리어라

춤추는 심정

부라'벌 개흙 동'둑에 춤판이 벌어지면
웃음이라 손'벽이라 소나기 한 줄금 피붓는가
뛰여 든 아바이 어깨 한 번 으쓱이면
산'발도 덩실덩실 그를 따라 일어서고
두루미도 너울너울 창공에 날아예누나

흥에 겨운 늙은이 망녕되다 아예 비웃지 말라
주름'살에 흰머리에 줄줄이 새겨진
지난 날의 아픔에서 바라보는 오늘이
산'봉인들 이처럼야 어이 그리 드높으며
그 깊은 골쇠야 푸른 호수인들 견주랴

절기 좋아 년풍 세월 살찐 벌판에
어찌하여 신명 절로 아니 날소냐
허물 없이 로소 동락 만년 청춘에
다하지 못 한 흥은 래일 쉴참에 또 추겠노란다
남은 생을 추고 추어 지난날을 메꾸겠단다

해야 할 일이어든

땀은 흘릴수록 보람차고
뜻은 닦을수록 굳어지며
품은 숙일수록 높아지고
말은 적을수록 여물어지는데

아, 리치는 뻔해도
실천은 어려워라
어려워도 해야지
의례 해야 할 일이어든,

투지는 달굴수록 강해지고
우정은 믿을수록 두터워지며
정열은 끓을수록 힘이 솟고
자랑은 감출수록 빛이나는데

아, 리치는 뻔해도
실천은 어려워라
어려워도 해야지
의례 해야 할 일이어든

압록의 기슭에서

구포'벌 락동강
물 소리 들으며
내 자라 난 탓이랄가

비 개인 압록 기슭
바람 없이 찰삭이는
봄 물'결 소리

네 무어길래 이제'날도
지꿎게 나를 졸라
이 가슴 허비는걸가

하루라 이틀이라
손꼽아 기다리며
와 닿은 강'역에

제풀로 희여진 이내 머리만
한 것 없이 백지처럼
얼비쳐 주는 건가

조국의 끝에서 끝이라서
못 가 보는 끝에서 끝이라서
이 마음 더 저린가

아, 가슴 속 한 구석에
얼은 얼음은
뜨거운 눈물로도 녹지 않으리

그냥은 영영 녹지 않으리
가깝고도 멀은 내 고향이
멀지도 가깝지도 않기 전에는

강아, 유서 깃든 압록의 강아
더 세차게 출렁겨 다오
아 가슴도 더 들먹이게

아예 눈물은 보이지 말라

딸아!
그를 더는 붙들지 말라
저 삼각산 마루에 별 지기 전에 떠나야 한다
예는 아직 안정할 자리가 못 된다
오직 잠시 숨 돌릴 지점일 따름

우리가 뚫어야 할 길은
아직도 어둡고 험하다
차라리 그가 이 어둠을 헤치고 가
새 태양을 이고 온 자유의 광장에서
너를 부르걸랑
너도 버젓이 그를 맞을
그가 맡기고 가는 부탁이나
부탁이나 똑똑히 들어 두라

정보다 더 높은 의지에 불타라고
준엄한 시각은 분초를 다툰다
판가리 싸움에 몸 바친 우리거니
험한 길을 자랑으로 빛낼 때
승리는 더 한층 장엄하리라

사랑은 고난의 언덕에서
더 향기롭게 꽃 피고
정열도 시련의 길에서

더 소담히 열매를 맺으리라

딸아!
다급한 순간일수록 더더욱
우리의 심장을 돌로 굳혀야 한다
어서 상처를 동여 매주고
아예 눈물은 보이지 말라
그가 웃으며 길 떠날 수 있도록……

가래골 물소리
모범 간호원 안영애 동무를 두고

강원도라 회양땅
가래골 물소리는
땅을 구르며
흘러내리는 물소리는

군의소 천막으로
새여비친 달빛에
취해 부른
취해 부른 그의 노래소린가

피묻은 총창 번뜩이는 적구에서도
오대산 줄찬 산발 유격의 밤길에서도
열 일곱 단발머리처녀의
가슴속에 차고넘친 조국의 넋이런가

업어나르고 업어나르다
열에 열두번 불비속을 업어나르다
자기몸으로 부상병을 감싸주고
서슴없이 목숨 바친 꽃다운 청춘

어둔 밤 힘에 겨운 담가채를 메고
넘고넘은 태산준령은 그 얼마며
전우의 병상곁에서 지새우며

마음 졸인 밤과 밤은 그 얼마랴

오늘도 땅을 구르며
흘러내리는 물소리는
석삼년을 비발치던 전선동부
가래골 물소리는

그의 마지막 말을 전해주는가
피에 젖은 가슴을 헤쳐
—원통합니다, 당의 임무 다 못함이
이 당증을 당중앙에
이 돈으로 마지막 당비를……—

아, 심장의 한복판에서 울려나오는
그 맑은 목소리 싣고 흐르누나
눈이 오나 비가 오나
숲을 헤치고 들을 지나
만사람, 만만사람의 가슴을
가슴을 두드리며

기어이 복수하리라

긴 행렬이 간다
엄숙하면서도 무서운 분노에 떨며
혁명전우의 다섯령구를 앞세우고
행렬은 간다

조상만대 알뜰히 거두고 닦아논
내 조국, 내 땅우에서
어찌하여 침략자의 총탄에
이렇게 쓸어져야 한단말이냐

행렬은 묵묵히 말은 없어도
증오의 불을 뿜누나
복수의 피는 끓누나
하늘땅도 떨고
산천초목도 목메인다

우리는 똑똑히 알고 있다
놈들이 불지른 총탄은
이들의 가슴만을 노린게 아니라
벗들의 가슴도
나의 가슴도
모든 조선사람의 가슴도
겨누고 쏜 총탄임을……

원쑤 미제야, 덤빌려면 덤비라
우리에겐 백두의 눈보라속에서 벼려진
서슬푸른 총창이 있고
강산은 강산마다 철벽의 요새—
새 함정골들은 네놈들을 기다리고있고
수많은 상심령들은 네놈들을 놓치지 않으리라

우리 어찌 원쑤와 한 하늘 이고서 살랴
불은 불로 다스려야 하고
피는 피로 갚아야 한다
네놈들이 악귀의 짓을 무모히 저질러놓고도
발편한 잠을 잘줄 아느냐

우리는 이 행렬에서
이 보복의 행렬, 징벌의 행렬에서
잠시도 헤어졌다 생각지 말라
기어이 천백배로 그 피값을 받아낼
저 남녘형제들의 억울턴 몫까지 받아낼
우리의 행군길은 아직도 끝나지 않았다

원쑤의 마지막한놈까지
저 남쪽 바다속깊이 처넣을 때까지
이 분노와 보복의 행렬은 나아가리라
전진에 전진을 거듭하며
복수, 복수의 총탄을 재우고 또 재우며

만년풍년을 불러
풍년광산개발자들의 노래

장광산 높은 이마턱에
대문짝같은 큼직큼직한 글자가
방금 솟아오른 아침해살에
더욱 뚜렷이 빛을 뿌린다
≪비료는 곧 쌀이다.
 쌀은 사회주의다≫

수령의 높으신 뜻 아로새긴 수건을
산은 머리에 질끈 동이고 크게 웨치는듯
온산이 모두 린회석이노라고
온산이 모두 거름더미노라고

두메산골 외진 골짜기에
우거진 나무들도 푸르다 못해 검푸르고
논농사 밭곡식이 벌방보다 낫단 소문들으시고
수상님의 예지는 번뜩이셨다
≪그 골짜기라고 류별날수 없지
 파보자, 땅지김을 떠보자≫

풀 한포기, 돌 한개에도
인민의 복리를 생각하시는
수상님의 뜨거운 품에 안겨
산더미로 쌓인 보배가

억년 잠을 깨고
만년풍년을 불러
소리치고 벌떡 일어섰구나

이 산마루 일터에 우리 설 때마다
나무리벌이라, 열두삼천리벌이라
온 나라 방방곡곡에서 울려오는 환호소리
귀에 쟁쟁 들려오는듯

아, 수령께서 크게 웃으시며
≪풍년광산≫이라 지어주신 그 이름
가슴, 가슴마다에 새기며
세곱 네곱을 넘쳐 일해도
우리의 충성 다 못바치는것만 같아
자꾸 부풀어오르는 영광속에
우리의 심장은 더 뜨거워만지누나

눈 내리는 날에

날마다 발악하는 원쑤를 지척에 두고
전사는 눈 내리는 초소로 나간다
두툼한 외투, 졸라맨 신들메에
듬직한 총창 다부지게 틀어쥐고

눈우에 발자국
큼직큼직한 발자국 찍으며
전사는 문득 그 자국 돌아본다.

그날도 함박눈은 내리였다
가냘핀 손목 인민군대에 이끌리여
작은 발자국 뒤에 남기고
북으로 북으로 따라오던 그날에도

그 흔적 더듬어가노라면
전사의 눈엔 삼삼히 떠올라라
지주집에서 쫓겨난 아빠 엄마는
모진 추위와 굶주림속에 시달리다 여의고
밥 빌러 눈우를 홀로 걸어헤매던
남녁땅에 찍히던 그 조그만 맨발자국이

북으로 온지 벌써 열 몇해를 하루같이
따사로운 양지바지 골라가며 키워준
수령의 크나큰 어버이사랑이

몸에 배어들면 들수록

더 뚜렷이 뼈에 사무쳐라
그 고달팠던 애어린 시절이,
그 짓밟혔던 계급의 모진 흔적이

백두의 눈무지를 헤쳐 우리 앞길 열어주셨고
오늘도 앞장서 걸으시며
그 작은 맨발자국들을 지워주시는
4천만의 수령 김일성수상님을 따라
원쑤격멸의 최선단 릉선우에 선
전사는 다시한번 원쑤를 노리며
틀어쥔 총창에 힘을 몬다

남녘땅 그 어디메고
얼어붙던 그 어린 시절의 맨발자국이
다시는 영영 눈우에 찍히지 않게
다시는 영영 눈앞에 어리지 않게

전사는 한 목숨 바쳐 나아간다
원쑤 미제를 족치는 판가리싸움에로
큼직큼직한 발자국 눈우에 찍으며
수령께서 가리키시는 길, 혁명의 길
통일조국의 밝아오는 새 아침을 향해!

한치 땅의 값은 높아

옛날엔 숯구이 오막살이
숨어살던 골안에
오늘은 기와집 새 마을들이
해종일 해빛에 싸여있구나

머리 들면
아아한 산발, 드높은 산봉에
하늘을 떠받든 고압선철주들
줄지어 북으로 달음쳐와
공장들에 우뚝 솟은 굴뚝마다
연기를 피워올려 산허리를 감돌게 하고

귀 기울이면
설음 갈던 골짝물소리
오늘은 노래처럼 정답게
산이면 산을 넘고 넘으며
밟을 사람도 없던 땅을 살찌우고있어라

한순간에 같이 듣는
공장의 고동소리, 농장의 종소리
기운차게 뻗어나간 신작로로
길이 메게 들고나는
로동자, 농민의 힘있는 발걸음이여

어제에서 오늘을 보아왔듯이
오늘에서 래일을 앞질러 살면서
사회주의 내 나라,
산에 들에 꽃피워가는 새살림이여

눈보라 가시덤불, 백두의 거친 길에서
오늘을 그리며 헤쳐오신 수령님의 높은 뜻을
받들어왔고
받들고 가며
영원히 받들고 갈
이 시대의 보람찬 긍지에
다시한번 심장은 띈다

아, 어데나 힘 다해 정성 다해 가꿔낸
우리의 한치 땅의 값은 높아
지켜야 할 내 조국은
한없이 넓어만져 가누나!

련락을 간다
싸우는 남조선 농민을 두고

길역 너렁배미 둔덕에 꽂혀
연신 송진내 풍기며
이름 석자 뚜렷이 빛내는 패말이,
북에서 온 정치공작원동무가 손수 박아준 패말이
지금도 눈에 삼삼 어려 오는듯

받아든 토지분여증이 너무도 대견해
떨리기만 하던 손이 ……
지금은 그런 생각만 해도
절로 가슴 울렁여지는데

비록 날은 가고 해도 지나 스무해가 되여도
영영 잊혀지지 않는 그 일들이
안타까운 가슴 속 깊이 새겨져있어라

김일성장군님께서 나누어주신 땅이라며
손 굳게 잡고 힘 돋구어주던 그 정치공작원 동무가
장군님의 15성상 눈길 헤쳐 싸워오신 이야기며
장군님의 령도아래 행복에 겨운 북조선농민들의 이야기를
마음 흐뭇이도 구수히 들려주던 밤

달도 기꺼워서더냐 유난히도 휘영청 밝던 그 밤
우리도 그이께 충성 다하리라 다짐하던 일

오늘도 달 뜬 밤이면 더욱더
신심은 달빛 타고 한량없이 퍼져나간다

시내물도 소리쳐 일러주는듯
바람도 나무가지 흔들어 불러일으키는듯
땅 받던 첫 기쁨의 그 불길이
땅을 빼앗고 집을 빼앗고 목숨까지 빼앗는
저 가증스런 미국놈들을 금시 불태워버릴듯

다시 올 그런 날을 그려볼제면
가슴은 절로 넓은 벌처럼 펴지고
땅 주실 김일성원수님을 흠모하여 지새는 밤이면
새 힘은 남녘의 짙은 어둠을 가르며 더 세차게 용솟음쳐라

미제를 등에 업고 날뛰는 지주놈들이
더 악착스레 씨오쟁이마저 털어갈 때
동구밖에 주먹쥐고 떨쳐나온 우리 농민들
앙다문 입술들엔 원한의 피가 맺히고
부르뜬 눈망울들엔 복수의 번개불이 일었다

그럴제면 산에서 싸우는 동무들이 더욱더 부러워
당장이라도 달려가 원쑤를 족치고싶어도
더 큰 승리를 위하여 들먹이는 가슴을 누르며
불덩이 같은 몸으로 어둠을 불사르며 련락을 간다

아, 멀리 북녘 하늘을 우러러 그이를 모실
통일의 광장을 제 고장에 마련하려고
남녘 땅 우리 농민들은 삼엄한 장막을 뚫고
이 밤도 원쑤치는 련락을 간다

행복에 겨울수록

에도는 산모롱이에 서서
내 바라보고 또 바라보노라,

행복한 웃음소리 …… 노래소리 …… 흐르는 두메마을은
은혜로운 해빛아래 한껏 아름다와라.

저 멀리 남녘땅 내 고향도
산높고 물색좋은 고장이건만 ……

불현듯 저도 모르게 굳어진 눈에
비수같이 날카롭게 타이는 분노의 불꽃.

행복에 겨울수록 걸음걸음 발에 감겨 못잊혀지는걸,
자나깨나 사시장철 눈에 삼삼 어리는걸,

여기 새 기와집, 뒤동산 과원마저도
남녘땅 짓밟는 원쑤를 겨누워 불길 돋궈주는가.

여기처럼 탐스러울수 있는 한 조국 땅이라서
길이 함께 살아왔고 살아갈 한 피줄이라서

4천만의 수령 김일성원수님의 해빛아래
일어서는 사회주의 새 농촌이 행복에 겨울수록,

어지럽던 남녘땅, 어린시절 정든 고향은
나를 붙안고 이다지도 몸부림치는건가.

미여지는 가슴에 치솟는 번개는
폭풍을 몰아 남쪽 하늘을 가르누나.

간악한 원쑤 미제를 쳐부시는 남녘형제를 도와
나는 더 힘차게 농장벌을 가꾸어가리라.

남녘 형제들을 돕는길에 피땀이 젖어든들 어떠리
멍든 내 가슴 한구석 남녘땅이 부르거니……

어버이수령님의 가르침 따라

관수로세 관수로세 밭관수로세
가물에도 밭곡식 잘도 자라네
앞그루에 밀보리 대풍이루고
뒤그루에 강냉이 소담도 해라
    어버이수령님의 가르침 따라
    밭에서도 세세년년 대풍이루네

관수로세 관수로세 밭관수로세
종달새도 좋아라 노래부르네
일년에 두벌농사 지어나가니
우리 살림 우리 행복 꽃피여가네
(후렴)

관수로세 관수로세 밭관수로세.
수령님의 그 사랑 땅을 적시네
설레이는 곡식밭에 무지개비긴
여기가 지상락원 내 고장일세
(후렴)

대를 이어 피맺힌 원한으로

얼씬만 해도 눈에 불이 일고
생각만 해도 치가 떨리는 왜놈이라
울어봐도 노해봐도 풀리지 않는 원한을 안고
복수의 칼을 갈며 길러온 너를
싸움의 길로 떠나보내는 이 순간
다시한번 일러주고싶고나
이 어미의 가슴속에 새겨진 일들을

십년 머슴살이로 애써 얻어진 땅을
왜놈에게 몽땅 빼앗기는게 너무도 억울해
토지조사측량기를 까부신 탓으로
놈들의 뭇매질에 응혈되고, 상심되여
너의 할아버지는 한많은 세상을 떠났고

왜놈의 악의에 찬 고문대에서
온몸이 피투성이가 되면서도 아버지는
철창속에 시달려 반생
남녘을 짓밟는 미제와 다시 싸우다
분렬된 조국의 아픔을 안은채 돌아갔는데

웬말이냐, 백두의 항일승전에 쫓겨난 놈들이
가증스런 미제를 등에 업고
박정희역적무리를 길잡이로 하여
옛꿈을 되살려 남녘땅에 또다시 기여들다니 ……

놈들이 제아무리 허울좋은 분장으로 가리워도
탈을 벗기면 앙다문 이발에 피칠한 승냥이
지난날 우리 재보 깡그리 빼앗아가고도 모자라
우리말, 우리 성마저 빼앗으려던 놈들

이 땅에 들씌워진 그 무서운 참화며
집집마다에 끼쳐진 그 많은 재난을
다시야 어찌 되풀이하게 하랴

간악한 원쑤 미제의 폭압아래
손톱이 빠지도록 땅을 뒤져도 살길 없어
정든 고향 등지고 바다가에 쫓겨와 사는데
왜놈들까지 덮치여 바다마저 빼앗는구나

이제는 보습 대일 한치의 땅이 없고
그물 칠 배길도 막혀
살래야 더는 살수 없는 기막힌 땅

썪어빠진 일본류행가가 서슴없이 흐르는 거리
부자집 처마밑에선 지게군이 허기져 쓰러지고
병원문을 끌어안고 산모가 숨겨가는 땅
아, 하늘도 울고 땅도 우는
산도 바다도 우는 이 생지옥
어찌 비분 없이 이 남녘땅을 생각하랴

저기 북두칠성이 빛나는곳
위대한 수령 김일성원수님께서 령도하시는
노을비긴 북녘하늘 정겨이 바라볼 때면

남녘땅을 암흑천지로 만든 미제에 대한 원한으로
산발도 못견디여 몸부림치는듯
바다도 분하여 설레이는듯
심장의 피가 끓어 더더욱 들먹이누나

노예살이 반세기 —
짓밟혀 여위였으나 빛나는 눈들엔
오직 무서운 분노가 타고
모여엉킨 지열은 폭발의 시각을 조이며
판가리 분수령우에 지금 우리는 섰다.

대를 이어 피맺힌 원한은
날카로운 총창으로 벼려져 원쑤를 찌르리니
어서 떠나라 침략자 몰아내는 싸움에
어미도 이곳을 지켜 무자비하리라

미일침략자와 한줌도 못되는 그 앞잡이놈들을
말끔히 쓸어버린 넓은 광장에서
우리 다시 만나 목청껏 만세를 부르자
≪김일성원수님 만세!≫를,
≪통일된 조선인민 만세≫를,

위대한 구상을 안으시고

어느 전방 고지점령의 보고를 들으시고
천리포연 헤치시며 찾아오시였는가
아니면 이슬 채이는 두렁길을 걸으시며
씨붙임도 보살피시다 들리는 길이신가
우리의 어버이수령 김일성원수님
깊은 산속 전화입은 자그마한 공장에 들리시였다.

아직 격전이 한창이던 때
전쟁을 떠나 그 무엇도 생각할 수 없을 때
이 땅의 페허우에 꾸리실 새 락원과
혁명의 새 터전을 불패로 다지실
전후의 위대한 구상을 안으시고
들리시였다, 로동자들의 높뛰는 심장소리를 들으시려

바야흐로 공중전이 벌어졌던 하늘아래
주물직장 민주선전실 작업총화회의에
어버이수령님께서 만면에 미소를 띠우시고 들어서신 순간
그리던 부모를 맞는 어린아이들처럼
웃음보다 먼저 손등으로 눈시울을 닦는 로동자들.
포화속에서도 그처럼 만나보고싶으시던 사람들이였건만
무언의 진정속에 뜨거움이 앞을 가려
수령님께선 구내가 바라보이는 창문앞에 소탈히 앉으셔서
한동안 창밖을 내다보시였다 ……

3년세월 가혹한 불비속에 단 한번도
단 한번도 꺼지지 않은 용선로의 치솟는 불길을
로동자들의 불굴의 기상인양 가슴후더이 바라보시며
폭격에 내려박힌 쇠들보를 통나무로 괴여받치고
패여나간 폭탄구뎅이도 메워 작업터를 넓힌
로동자들의 굳세고 알뜰함도 정겨웁게 더듬어보시며 ……

돌격을 앞둔 전사들이 맹세를 다지는
무너진 전호속 공개당총회에서처럼
끓어오르는 가슴들의 필승의 신념에 타는 목소리들에서
수령님께선 무한한 힘을 찾으시였고
가슴깊이 못박힌 머슴살이 지난날들이
눈앞에 어려 옥문 입술들에서
자랑찬 로동계급의 억센 투지를 읽으시였다.

얼어붙는 추위도 김나는 땅으로 녹여가며
모진 포화의 불길속에서 더 굳세여진 팔뚝들에서
이 가렬한 전쟁의 시련을 밟고 넘어
모든 장벽을 박차고 앞장서 나아갈
로동계급의 우렁찬 발구름소리도 이미 듣고계시였다.

아, 백두의 눈보라 고난의 행군길에서
다시 찾아 번영할 조국을 내다보신것처럼
이 재더미 페허속에서도
이런 인민의 무한한 힘을 믿으시는 신념속에
승리한 조국의 휘황한 앞날을
확신있게 내다보시는 우리의 수령님

한점의 불꽃에서 천백의 새 불씨를 헤아리시고
그 누구의 생각도 감히 미치지 못한
황홀한 락원의 가장 높은 령마루에서
인민에게 주실 무한한 행복과
끝없는 영예를 벌써 안고계시였다.

새로 불뿜는 웅대한 용광로며
오곡백과 주렁질 기름진 전야와
노래 넘칠 거리들로 가득찬
그 위대한 구상의 갈피갈피를
로동자들의 높뛰는 심장의 고동소리로 다독여 넘기시며
만면에 웃음을 띠우시고
수령님께선 다시한번 미더운 사람들을 바라보시였다.

항상 인민들속에 계시면서 인민을 믿으시고
그 크나큰 신임에 끓는 인민을 이끄시여
간고한 시련도 빛나는 영광으로 바꾸시며
불굴의 투지로 필승의 길을 여시는
아, 백전백승의 강철의 령장 김일성원수님
그이는 우리 인민의 승리의 기치이시여라

알뜰한 창성

산넘어 삭주에선
살구꽃이 다 졌는데
령넘어 창성에선
진달래가 한창이구나

은혜 받아 살기 좋은 땅에
꽃까지 향기로우니
걸음걸음 옮기는 걸음
사랑 속에 잠기누나.

아담한 새 기와집들은
분칠단장 곱게 하고
최뚝에서 뽕잎 따는 큰애기들은
우리 들으라 노래소리 저리 고운가,

층층이 쌓아올린
산기슭의 다락밭들은
수령님의 뜻 높이 받든
정성의 고임돌인 듯

농기계를 실은 뜨락또르 산굽이 돌아오고
산중턱엔 흘러가는 양의 흰 구름떼,
지방공장 굴뚝에선
검은 구름 뭉게뭉게 피여오르누나

아, 눈 가는 곳 그 어디나
손때가 잘잘 흐르는
이 고장 사람들의 알뜰함을
배우라고 우릴 불러주었는가,

산에 사는 산골사람들은
산을 잘 가꾸라신
그이의 크고도 높은 사랑
한아름 안고가라 우릴 불러주었구나

벽동골의 새 전설

뒤산은 함께 가자 따라서는가,
앞산은 쉬여오라 막아서는가,
그 옛날엔 연닷새 또 한겻을
설음속에 원한속에 걸어넘던 길,

벽동은 산첩첩 두메산골
산이 험해
물이 설어
그 옛날엔 오던이 지쳐 울던 곳,

오늘에사
자동차는 왕왕 들이닿고
디젤선 새 배길은 열려
한겻이면 휭하니 오고 또 가는 길,

새 기와집 협동의 주인님네는
반가웁게 손잡아 맞는답니다.

다락밭 소출인 기장떡에 옥백미밥
두릅이라 취라 산나물도 향기로운데
통발에 든 행배리도 슬쩍 구워놓고
양젖도 한대접,
산과실즙도 한 보시기,
이 고장 특이한 소산들을

낱낱이 맛보랍니다.

그래도 못다 푼 정을
수령님께서 이끄시는 로동당시대의
새 살림의 하많은 살진 이야기로
또 한 밤을 새우잡니다.

울고왔다 울고갔더라는
벽동골의 옛이야기가
웃고왔다 웃고가노라는
오늘의 새 전설로 변한 현실 속엔
어버이수령님의 따사로운 해빛이
속속들이 스며배여 있답니다.

두메나산골 이 외진 고장
그 어느 풀잎, 이슬방울에도
빠짐없이 비쳐주신 그 사랑 그 은덕이
아, 반짝입니다, 수없이 반짝입니다.

아침에 있은 일

농장벌은 우리의 린회석을
얼마나 간절히 기다릴것인가?
곱으로 늘어난 계획을 상반기안으로,
그것도 기일을 앞당기잔다

사람들의 발걸음도 재빨라지고
자동차도 한없이 속도를 높인다
골안에는 때아닌 우뢰가 울고
번개가 친다

하루사이에
산봉은 뭉그러져 골을 메꾸고
밤은 노래소리에 묻혀
아침을 맞기도 한다

≪피바다≫ 근위대 식사당번 처녀동무
혁신자동무들에게 줄 꽃을 꺾느라
이 아침에도
치마자락 온통 이슬에 적시였구나

어쩌랴, 오늘은
한아름 안고 온 꽃다발이 모자란단다
성수난 밤교대 돌격대원들
집단으로 혁신을 일으켰단다

누구에겐 주고 누구는 번지랴
당황하면 눈깜짝이 처녀동무
고개 개웃 생각을 굴리다
산비탈을 치달아오른다

온몸이 이슬에 다 젖은들 어떠랴
온 산의 꽃을 다 꺾은들 어떠랴
수령님께 드린 맹세에 불이 붙었는데야
청춘의 가슴마다에 다 피워줄 꽃인데야

고운 꽃 송이송이 골라 꺾으며
스스로 흥에 겨워 노래부른다
온 벌이 다 듣게, 다 울리게
해님도 벙글벙글 반기며 솟아올라라

농장의 새 딸 순희

5월의 으스름달밤,
바람결에 멀어졌다 가까와졌다
써레질하는 뜨락또르의 동음소리

수고한다 생각하니 되려 송구해
농장의 새 딸 단발머리 순희
가만히 일어나 뜨락을 내려선다
아침이면 말끔히 써레질해놀 논판에
내야 할 모를 뜨러 모판으로 간다

얼마전 이맘철엔
가창대 춤과 노래 안고 바삐 걷던 길,
풀에 덮인 오솔길도
이제는 길들어 발길 가볍고
논고에 넘치는 물소리도
어서 오라 반기는 듯

마음도 키도 무척 자란것 같고
나래를 펴면 구만리장천
반짝이는 별들과 속삭여서냐
정기어린 눈에 피여나는 새 꿈.

학교의 실습포전에서
알뜰히 가꾸던 그 이악한 일솜씨를

"

온 농장벌에 손익혀가는 우리 순희

이제 온 벌이 벌도록 대풍을 이루면
수령님께서 친히 오시여
그 작은 손도 꼭 잡아주실것만 같아
노래도 흥겨이 새 힘이 절로 솟는다

구수한 흙내며 온 벌의 초록빛이
그 손에만 물든줄 여기지 말라
그 뜨거운 심장의 가장 깊은곳에
더 짙게 배여있기에
그 숨소리는 비록 작아도
들끓는 농장의 숨결을 다 담고있단다

우련히 동터오는 신새벽
밤도와 그쯘히 뜬 모춤을 추스르노라니
그 품에 더 다정히 안겨오누나
하늘땅이 온통 푸르러지는 고향벌이 ……
그 눈에 더 흐뭇이 설레이누나
온 벌에 차고넘칠 황금의 파도가 ……

농장의 진정한 주인답기엔
아직도 자꾸 모자는 것 같아
일을 찾아 해도 해도 성차지 않아
앉아도 서도 걷잡을 수 없이 출렁이는
출렁이는 그 가슴,

그이께서 키우신 농장의 새 딸 순희는

이 충성의 바다를 안고
어버이 수령님께 받들어올릴
만풍년의 꿈을 가꿔간단다.

충성의 대답

파도 설레는 황금벌
알찬 이삭들의 속삭임소리에 귀기울이며
깊은 감회에 잠겼던 작업반장처녀는
이윽고 달같이 환한 미소를 짓더니
내 물은 말에 대답을 하네
—수령님께서 이 가을에
　꼭 오시겠다고 하시였어요—

끝없는 행복에 젖어, 감격에 젖어
그 빛나는 눈동자도 눈물에 젖어
아득한 벌 한끝을 바라보는데

어버이수령님 모시여 기쁘던 그날
그 품에 안기여 뜨겁던 그 눈물이
자꾸만 자꾸만 가슴에 새로와져서
거름더미 뒤재던 그 새벽에도
흙깔이 포전길 달밝은 밤에도
오히려 가슴은 설레이기만 하고
오히려 일손은 더딘것만 같아서
안타까와 안타까와 못견디던 처녀

알알이 고른 씨앗, 충성의 풍년 씨앗
모판에 정성 담아붓던날에도
가슴속에 소리없는 눈물을 흘렸더란다

―수령님, 랭상모를 부었습니다―

깨끗한 마음으로 심장과 심장들을 뒤흔들며
온 마을이 떨쳐나
벌과 함께 벌에 살며
수령님 바라보실 이 벌이 넘치도록
쏟아부은 그 정성 포기포기 가꾸어 열매 맺었네

벼포기 줌 벌게 우적우적 아지치는 밤
벼꽃이 구름처럼 피는 아침에
작업반장 처녀는 별과 함께 해와 함께
속삭이며 미소 지었더란다
―수령님, 결실이 좋습니다―

아, 그날을 위해, 이 가을을 위해
어버이수령님 모실 영광의 그날 위해
이 벌을 길들이며 가꾸었더란다

처녀의 대답은 메아리되여
기슭 없는 황금벌에 울리여가고
달같이 환한 처녀의 웃음에
벌은 홍치며 설레인다
―수령님께서 이 가을에
  꼭 오시겠다고 하시였어요―

여울목에서

어스름이 짙어가니
생각도 짙어갑니다
여울목 물소리 높아가니
심장의 고동소리도 더 높아집니다

물새도 깃 찾아 나는 저물녘
천리하고도 또 천리
이국 먼 나그네길에서
돌아오시는 김형직선생님

건너서면 정겨운 조국땅
압록강 물소리도 반겨서냐
가실 때보다 오실 때가
오실 때가 더 가슴 부푸셨답니다

말없이 떠나시는 외론 길목에
묵묵히 바래주던 조국강산이
그리도 몹시 송구스러우셨기에
다시 맞는 정은 더없이 뜨거우셨답니다

새날을 믿어 서슴없이 내딛으시는 발길앞에
막아선 총칼숲도 무색하였고
옮기시는 자욱자욱 발자욱 소리도
조국은 봄우뢰로 새겨들었습니다

새벽의 초행길 가시덤불속
틔여진 지름길들은
피흔적도 섬섬히
무거운 침묵속에 이렇게 닦아져갔습니다

뼈저린 피바다속에서도
지새는 새아침을
조국은, 아 나의 조국은
이렇듯 헐치 않게 맞이했습니다

아, 그날의 그 밤은
아득한 세월속에 흘러갔어도
진정어린 그 물굽이는 오늘도
우리의 가슴가슴에 맥맥히 흘러듭니다

어스름이 짙어가니
생각도 짙어갑니다
여울목 물소리 높아가니
거룩하신 그 심정 더욱 간절합니다

중골나루터 물소리

다시 꼭 오시라고
조르는 물소리도 달래시며
다시 꼭 돌아오마고
홀로 속다짐도 하시며
건너가신 나루터, 중골나루터

이 땅 력사의 새벽기슭에
걸음걸음 민족의 넘원을 새기시며
겨레의 가슴가슴에
혁명의 불씨를 심어 투쟁에로 불러주신
김형직선생님!

때로는 험한 산발을 홀로 걸으시며
때로는 물속 깊이 발을 잠그시며
갈새도 놀래나는 한밤중
무장대에 총탄을 마련해주시려
넘나드신 나루터, 압록강나루터

암운 짙은 조국강산
묵묵히 바라보시고
사려문 겨레의 아픔 되새기시며
바삐 궁이배의 노젓는 소리
지금도 력력히 이 가슴에 파도쳐오는듯

아, 그날의 그 밤길 못잊어
차마 잊을래야 잊을수 없어
애타게 속삭여주는가
중골나루터 물소리
조국을 동틔우는 가쁜 숨소리

오늘도, 래일도
전하여 길이 끝없을 그 소리
심장속 속속들이 흘러드네
압록강기슭을 지나 저 남해가
모대기는 파도소리도 따라보채며

좌골객사에서

밤도와 험한 산발 굽이굽이 칠십리
이슬젖은 두루마기자락 무거이 날리시며
산모롱이 에돌아
〈내 여기 있노라〉
금시에 김형직선생님 나서시는 듯

물소리, 바람결도 모두다
그해 그날의 그 소리인가
진록색 뚝뚝 덧는 천마산막바지 좌골
그 무르익던 마여름이
우리의 가슴에도 철철 넘어나는듯

이웃에 마실오시듯 먼길 드나드시며
피끓는 청춘의 심장마다에
심어주신 애국의 넋이 숭엄히 스며배서냐
무장대의 검소한 귀틀집 한채
생나무서까래 내려꽂혀 아람드리가 되였구나

등잔불티를 따고 또 따시면서
〈무장에는 무장으로〉
조국수복의 높으신 계책 짜시며
지새우신 그 밤의
그 기백, 그 음성 지금도 력력하온 듯

멀리 비치시는 영채도는 그 안광에
조국의 아픔을 가득히 담으시고
조선이 가고
겨레가 모두 가야 할
력사의 새벽길을 헤치신 김형직선생님

때로는 땀 씻으시며 화전민과 함께
뙈기밭도 가로타 매시고
기복 많은 조밭의 이랑이랑에도
이 땅의 새벽노을 비껴도 주시고
군량도 제손으로 마련케 해주신 선생님

달빛 교교한 옛병영 좌골객사에
잠못이루는 이 한밤에도
소탈하신 그날의 그 차림새로
김형직선생님 친히 찾아오시여
우리에게도 밤새워 타일러주시는듯

아, 〈지원〉의 큰뜻 가슴깊이 품으시고
만경대 순화강기슭을 멀리 떠나오시여
여기 압록강기슭 심산에도 심산속에
뿌리 깊게 내려주신 애국의 넋이
가슴속 깊이깊이 스며들어라 파고들어라

통군정에 올라

의주라 통군정 루우에 올라서니
풍운을 몰아 하늘땅을 진감하던
지난날의 우람찬 말발굽소리 들리는듯

흐렸던 날씨도 번쩍 들려
트이는 저녁노을에
성루의 단청도 오늘 더욱 새로운데

왜적에게 짓밟혀 물안개서린 강산을
한번 휘-둘러보시고
긴숨 몰아쉬신 김형직선생님

지그시 입술 옥무시고
웃고 다시 오를 그날을 그리시며
첫새벽 초행길을 헤쳐가신 선생님

바람도 옷자락에 매달려 목메였던가
자욱자욱 발자욱에 괴여지는 생각도
더욱 깊어 깊어만지셨던가

자신이 못다 이루시면 아들이
아들이 못다 이루시면 대를 이어
가고 가야 할 길, 꼭 가고야말 길

다락우에 한동안 묵묵히 서시였다가
천천히 북으로 옮기시는 그 발걸음은
천만근으로 무거우셨으리

아, 아버님의 그 큰뜻을 이어
기어이 조국광복의 새봄을 안아다주신
수령님의 따사로운 품에 안겨사는 오늘

김형직선생님의 그날 그 심정을
가슴에 안고 조국땅 한끝을 더듬으니
검푸른 남해가 물결쳐와라

아, 상기도 짓밟히는 저 남녘을 두고
심장깊이 선생님의 〈지원〉의 뜻 새기며
내 해저물도록 루를 내리지 못하누나

5_부

벽암시선

서운한 종점

헐떡이며 내닫는 것은 너 뿐이랴
가까이 다가 올수록에
벅차만 지는 나의 숨결,

미역내 구수히 풍겨 오고
동백꽃 붉게 타는
남쪽 바닷가

그리운 내 고향은 이 길 따라
부산으로도 가지
려수로도 가지

기관차야!
숨 죽이지 말고
그대로 가자꾸나.

덜커덩 선 다음
왜 꿈쩍도 않느냐
달려 오던 그 기세 어따 두고,

너도 안타까우냐
들이 울어쌋는 기적소리
김 빼는 소리,

여기가 오늘의 종점이란다
꿈에서 깨여난 사람처럼
나는 또 짐을 내려야 하나,

한 발자국이라도
더 가까워진 이 곳이
무척 반갑기는 하다마는

다시 천 근 추에 매여 달린듯
홈에 돌처럼 우뚝 서
남쪽 하늘을 바라본다.

내 이 곳에서 우선 행장을 펴
네 앞길을 담으며
손꼽아 기다리리니,

하루속히 가자꾸나
너, 나와 약속한
남으로 뻗친 지향을 싣고……

삼각산이 보인다

내 요즘 남쪽 창을 열면
의례껏 찾아보는 버릇이 들었다.

맑게 개인 날씨면 신기루인양
아득히 솟아오르는 삼각산,

그도 내가 반가운지
창앞으로 가까이 다가 선다.

이렇게 가까운 거리련만
멀게만 여겨지는 가슴이 미여지누나.

애비 없는 어린것들이
헐벗고 굶주리는 신음소리가,

아들 잃은 늙은 어머니의
원쑤의 발길에 채우는 소리가,

그도 목이 메여 차마 말 못 하는데
그 밑에서 숨가쁘게 들려 오누나.

내 눈엔 때아닌 먹구름 일어
억수로 퍼부어지는 설음의 소나기,

눈물 속에서도 분노의 번개는 쳐
어언중 삼각산도 산산이 부스러지누나.

나는 지긋이 입술을 깨물며
창문을 도로 닫고

五개년 계획의 나의 설계도를 편다
그들에게 곧바로 뚫린 길을 찾아.

가로막힌 림진강

남쪽 기슭도 거쳐 왔다는듯
철썩이는 파도 소리도 유별나게 들리누나.

오늘도 고향이 바라뵈는 이 강뚝에 서서
그대로 저물어 가는 황혼이 원망스러운데,

누가 띄워 보낸 간절한 심정이냐
푸른 물결, 우에 떠가는 붉은 꽃 한 송이,

오늘도 진종일 전해 줄 이 만나지 못한 채로
기슭에 닿을듯 말듯 흘러만 가누나.

우리의 허파에 칼을 꽂고 선
국경 아닌 계선이 가로막힌 이 곳 —

천만번 부당한 미국의 국경이
어찌 예까지란 말이냐,

내 돌을 집어 힘껏 던져 봄은
맺힌 감회 풀어 보려는 어린 심정이런가.

이 땅의 비분의 눈물과 함께 흐르는 강아!
초생달 어린 빈 나루터가 왜 이리도 가슴저리냐.

가자, 이 뼈저린 사연을 안고
더 높여야 할 사회주의 건설의 릉선을 타고

기다리는 어머니를 찾아
사랑하는 그 사람들을 찾아……

확성기 소리 울려 가는 남녘 마을

누가 먼저 퍼진 소문이냐
『저 소리 좀 들어 보라요
평화 통일의 이야기를……』

솥을 가시던 색시도
병들어 누웠던 할아버지도
모두 쫓아 나왔다.

마을앞은 새하야니 장터를 이루고
놓칠세라 마디마디
전기에 닿은듯 온몸에 흘러 드는 감격은.

강산도 활짝 핀 봄정기로 환호하고
심장마다 념원의 불심지를 돋구어 주는
四월의 불ㅅ길, 조국 통일의 선언서,

닭소리도
어린것 찾는 소리도
은은히 들려 오는 이 곳,

확성기는 씩씩하게 울렸다
북반부 최남단 바닷가
해창포구 굽어 보고 선 언덕 우에서,

젊은 아낙네는 남편을
로인네는 아들을
제각기 그려 보며,

좁다란 해협 하나를 끼고 갈라 논
싯밟히는 남쪽 땅 강화도 북쪽 마을의
심장들은 끓어 올랐다.

그들에겐 가물음에 비 오듯 반가왔으나
원쑤에겐 서슬 푸른 날창
놈들은 당황하였다.

동리 사람들은 정든 곳에서 몰려 났다
응당히 들을 소리를 들은 죄로
허수레한 봇짐들을 이고 지고 ……

확성기 소리가 채 닿지 못하는
먼 남쪽 끝까지
남으로 남으로 가는 곳마다에,

선언서의 사연은 씨뿌려져 갔다.
심장에서 심장으로 번져 가는
지당한 념원의 불ㅅ길은 댕겨져 갔다.

원쑤놈들은 또 당황하였다,
막을래야 막을 수 없는 우리의 핏줄
끌래야 끌 수 없는 우리의 불ㅅ길,

제 고장에 다시 돌려 보내진 그들은
먼 시위 행렬에서 돌아 온 피로도 잊고
기다린다, 오늘도 남쪽으로 전해 줄 정다운 목소리를……

진정 조국의 숨결이며 불덩이인 확성기 달린
북쪽 땅 슬기로운 해창포에
나룻배 몰고 나들이갈 그 날을 그리며.

새로운 손길

마루 길만 들이던 손길이
부엌에서 헤여나지 못하던 손길이
빗장만 닫을 줄 알던 손길이

대문을 활짝 열고 밖으로 나섰다
허리띠 질끈 졸라 맨 몸매도 가뜬한데
바람도 시원히 뺨을 스친다.

아직도 잠들은 고샷길을 새여
천변을 끼고 도돗다리를 건너서면
공장으로 가는 길동무들도 만나려니,

하룻밤 사이의 이야기가 왜 그리 많은가
주고 받고 웃음 속에 공장 문을 들어 서면
기계 소리도 반겨 맞아 주누나.

행여 올이 빠질세라 바디 멈추고
올올이 짜진 꽃무늬에 고운 손길 없으면
만 사람, 만만 사람이 모두 웃어 맞아 주는듯,

나날이 발돋움하는 붉은 도표가
오늘도 앞장서 가는데
지난날 어둡던 가슴이 도리여 부끄러운듯

처음엔 열적어
나들이 가듯 감추어지던 점심보를
이제는 도리어 자랑스러워,

동무들과 어깨 걸고 돌아 가노라면
거리가 온통 한집안속만 같아
붉게 타는 저녁 노을도 아름답구나.

분계선(I)

어제밤, 밤새도록
눈 뜨고 샜소
예서 머지 않은 고향길
눈 뜨고 샜소.

오늘도 되돌아
물러를 가라오
고향 멀리, 님 멀리
물러를 가라오.

가는 정
오는 넋이
모두다 한결같은
그리움인데

만나면 말이 달라
하소연 못 할게며
만나면 옷이 달라
열적을 소냐.

이 마음에
서리 내린들 식혀질 소냐
오늘도 휘파람 불며
가로막고 섰는 자 그 누구이냐.

분계선(Ⅱ)

풀들도 꽃들도
매한가지인데
산들도 물들도
매한가지인데,

안개도 한 가닥 안개
골짜기에 함께 깃들고
멧새도 제멋대로
넘나드는데,

달을 거울 삼아
보아야 하나
별을 벗 삼아
기다려야 하나,

꽃 찾아 오는 나비야
말 물어 보자
우리 님 눈시울은
얼마나 짓물렀더냐,

원쑤가 제아무리 막아도
오가는 인민의 핏줄
가시덤불 우거져도
헤쳐야 할 길인데,

이 귀한 한 표를

암, 생전 첨이구말구……

원한의 분계선 가로막힌 마을의
할아버진 오래 사신 보람이 있다.

─리조적이야 상놈인 우리가
　어디 정사에 엄두나 냈나
　왜정때야 우리네 농군이
　더 말할 나위도 없고…….

할아버진 잠간 눈을 감으셨다
백발이 서리운 고된 세월 속에
얼마나 오래도록 괴로우셨나?

─리 승만적이야 정말 할 노릇이였나
　총칼에 못 이겨 가다가 뺐지.

할아버진 부리부리한 눈길로 쏘아 보셨다
얕게 처진 강건너 남쪽 하늘을…….

─아무렴 가구말구
　내 일생 처음인 이 귀한 한 표를
　흙내가 물씬 나는 그에게 드리려
　오라지 않은들 가지 않으리,

푸짐한 협동 논벌 대견히 바라보시며
할아버지의 커다란 눈시울엔
글썽히 행복의 눈물이 고이셨다.

나는 행복하노라

나는 찾아 왔노라,
너에게
안일과 가식의 심연(深淵) 속에서
치솟는 불ㅅ길—창조의 로 앞으로
내 잠자는 정열을 태우러.

나는 황홀하노라,
그 어느때
이렇듯 본 일이 있었던가
이 참다운 청춘의 약동을
수천도 불ㅅ길을 뚫고 가는 심장들을.

나는 기뻐하노라,
조그만 모략도 허식도 없는
당의 역군들과 함께
이토록 살아 갈 수 있음을.

나는 보노라,
그들에겐 오직 하나 맑은 초 소에서서
출강에게로의 벅찬 숨결로 하여
모든 장벽을 땅크처럼 밀고 가는
끓는 쇳물보다 더 뜨거운 것을.

나는 알리라,

행복한 앞날
돌아다 보며 구릉처럼
구릉처럼 솟아 오를 오늘이
얼마나 황홀한 력사의 꽃무늬들인가를.

그렇다 나는 기어코 보리라,
이 구릉 우 장엄한 바위들에는
락수물처럼 듣는 진한 땀방울로 하여
그들의 이름들이
력력히 새겨져 있음을……

나는 행복하노라,
사회주의에로의 길을 닦는
그러한 조국의 용사들 속에서
오늘의 참다운 나의 생애를
이렇도록 화려하게 장식할 수 있음을……

뜻은 래일에 두고

오늘이 좀 벅차더라도
괴로워 말자
어제보다 오늘이
나아지듯이
래일은 반드시
수월하리라.

뜻은 래일에 두고
정열은 오늘에 바치자
래일이 오면
정녕 피리라
땀에 젖어 가꿔진
꽃봉오리들은……

파철더미를 넘어

제강 쩨흐 모퉁이를 돌면
산같이 쌓인 파철더미
비록 형태는 찌그러지고
녹은 쓸었어도
숫한 이야기가 모여 쌓인 곳—

꾸부러진 철주며
깨여진 치차
튕겨진 우차 바퀴며
쪽 떨어진 쇠스랑
그 어느 부엌에서 길들었던 가마냐
따뜻한 어린 손길이 아직도 가시지 않은 듯
모서리에 남아 붙은 메끼드 새로워라
작은 자전거 핸들……

모두다 눈물 없이는 듣지 못할
간곡한 사연들이 펼쳐지는데
원쑤의 맹폭에 돌아 가신 어머니며
어린것들의 목소리도
그 속에서 들려 오는듯

원한과 눈물로 엮어진 이야기들마다에
증오의 불ㅅ길은 일어
더미 우에 나래치는 모진 마음이

쇳덩이를 다루는 이내 가슴이런만
어찌 그 사연 가슴에 못박이지 않으랴.

그 몇번이나 쌓였다 뭉그러져 갔느냐
이 더미는
그럴 적마다
새 공장과 거리에 강철은 뽑혀져 갔거니,

포화로도 꺾지 못한 의지로 하여
폐허 우에 다시 일으켜 세운
이글거리는 전기로를 거쳐
행복한 래일이 강물처럼 굽이치는
이내 용해공의 청춘은 간다.

이 더미를 넘어
전쟁의 참혹한 이야기들을 넘어
다시는 사무치지 않을
어머니와 어린것들의 간곡한 부탁을 안고
건설에로
평화 통일에로의 길을……

제대 압연공

가열로 뚜께가 열리면 치솟는 불ㅅ길
가슴으로 화구를 막듯 달려들어
강편을 집어 넘짓 로라에 넣으면,

쇳덩이도 흰떡처럼 넓어지는 걸
어찌 한 도인들 식힐소냐
온몸에 온통 땀비가 쏟아져도 좋다.

번갈아 이어 대는 교대의 신호가 나면
담배 한 대 의젓이 피워 물고
물러서 땀을 들일 제,
고지에서도 이런 밤이면
고향 생각 났었더라니 —

송화가루 구수히 날려 풍기는 이맘때엔
고향은 고향은 정녕 아름다웠다
어디선지 큰애기의 봄노래 들려 오고……

그 고향을 바라보며 원쑤를 타고 넘던
눈보라 령마루 굽이진 길이
이제는 바로 이 로라 우로 통했거니

민주의 터전을 닦아 올려
그 우에서 고향을 시원히 바라보고야 말

여기도 거룩한 우리의 고지이기에

탄우 속에서도 버려진 청춘을
조국 건설의 뜨거운 불ㅅ길에 달궈
어찌 기폭처럼 날리지 않으랴.

피우던 담배꽁초 비벼 끄고
다음 대거리의 차비를 가누려니
가슴에 팔뚝에 부풀어 오르는 새힘

다음 교대의 신호가 울리자
돌격선을 뚫는 전사인양
화구 앞에 성큼 다가 선다.

불ㅅ길

내 잡념이 뜰 때
내 고달팠을 때
로속을 들여다 보면
가슴 후련하여라.

높은 열도 속에
끓는 쇳물
잡티를 태우고 걸러
참 맑기도 해라.

내 가슴도 달구면
로처럼 뜨거워져
정열은 쇳물처럼 끓어
한없이 맑아지리니,

오직 한 가닥 불ㅅ길
그에게 바친 청춘
땀에 젖은 줄도
숨 벅찬 줄도 나는 몰라라.

뜨거운 마음으로

내화 벽돌공의노래

용광로의 뜨거운 불ㅅ길 속에
마음을 잠궈 보며
다시 한번 힘껏 벽돌 다집니다.

원쑤를 몰아 바라오른
마천령 눈보라 속에서
나무 한 그루 아끼여 가던 마음으로
또 다시 한번 다집니다.

어둠을 뚫고
끊임없이 퍼져 나가는 도드락 소리는
일으켜 세운 용광로에
부어 넣을 심장의 뜨거운 숨결,

낮에 밤을 이어
다져 가는 길은
하루 속히 민주 터전을 굳혀 가는 것
평화 통일에로 다가 가는 것
보람찬 날들의 우람찬 발자국 소리,

비록 손으로 빚어 낸 흙덩이련만
나의 진한 땀 스며 배였기
수천 도 쇳물에도 이겨 내거니

벽돌장 하나하나에도 정이 고입니다
자랑이 고입니다.

밤대거리의
책임량 넘쳐 쌓인
벽돌더미 넘어로 혼연히 바라보이는
불ㅅ길 치솟는 용광로에
동이 트면

승리의 고지에 련달은 룽선은
나의 가슴에도 일어 섭니다
높아진 생산 도표의 계선을 타고
보람찬 건설의 전초에 선
흐뭇이 넓어진 나의 어깨 우으로 ……

그립던 소리
압연 로라가 돌아 가던 날

이 소리 듣기 위하여
나는 얼마나 오래도록
험한 길을 걸어 왔던가
고된 날들을 지내왔던가.

집게 다루던 손에
총탁을 잡고
불비 속을 헤치고
암벽처럼 원쑤도 막아 섰었고,

로공들과 함께 목도도 메여
철주도 갈아댔고
녹쓸은 기계를 닦아
수리공처럼 나사못도 죄여 왔거니,

얼마나 오랜 날들은
무서운 눈보라에 싸였었으며
얼마나 어둔 밤들은
나와 함께 새였던가,

천 이백 마력 모타와 함께
나의 심장은 달아
방울져 돋는 땀은 기름이 되여

세차게 돌아 가는 로라의 우람찬 소리,

어찌 꿈엔들 잊었으랴
그 소리 들으며 잔뼈가 굵어 온
나의 팔뚝엔 새힘이 솟는데
눈시울은 왜 이리 뜨거워만 지느냐

오래 놓아 온 집게는 뻑뻑이고
손놀림은 아직 익숙지 못해도
오늘을 지켜 싸워 온 뜻은
벌써 래일의 높은 도표 우를 달리누나.

벌겋게 달은 강편을 집어
짐짓 로라에 물리면
엿가락처럼 늘어 나가는 앙글
기운차게 뻗어 나가는 레루—

아! 그 앙글 우로
고층 건물이 솟아 오르는듯
그 레루 우로
행복의 기관차가 달려 오는 듯

아침 노을처럼 피어 오르는
압연 로라의 불꽃 속에

또 하나의 고지를 점령한 전사의
만세 소린양 퍼져 나가는 로라 소리와 함께

나는 가슴 넓게 바라본다
다가 서는 사회주의 새날에
나의 심장의 불ㅅ길인양
힘차게 나붓기는 공화국의 깃발을……

백양나무 한 그루

혹독하게 시달리던 어둠 속을 거쳐 온
나의 메말랐던 터전 우에
고이 심어 길은 백양나무 한 그루
벌써 자라 십 년이 되였구나.

그 사이 얼마나 모진 바람은 불고
눈보라는 상구나웁게 회오리쳤던가
쏟아지는 불비 속에서도
너는 꿋꿋이 자라,

우거진 가지에는
산새도 찾아와 노래 부르고
두터운 그늘 아래
내 시원히 땀을 들이노라면,

모진 고비들을 타고 넘은
네 옹이마다에
추억의 세월이
삼삼 아롱지누나.

그 어렵던 고비 고비는
언제나 너와 함께 자란 나의 시련의 싸움터
래일에의 비약을
발돋움해 주던 발판.

그리하여 깊이 박혀진 네 뿌리처럼
그리하여 곧게 뻗은 네 아지처럼
나의 가슴도 이 땅 우에
끊임없이 자라왔거니

네 그늘 아래 지금 나는
밤대거리에서 돌아 와
어린것을 안고
볼우물 짓는 안해와 더불어

동터 오는 새날
붉은 노을 바라보며 간다
더 푸르를 너와 함께
우리의 모든 것과 함께.

보람찬 날에

불ㅅ길이 활활 치솟는 전기로 앞
제강 쩨흐 로대 우에 서신 김 일성 원수는
손을 들어 먼저 웃음으로 반기신다
강철을 정복하는 청춘들에게 ……

원쑤를 무찌르고 승리한 며칠 후
벌써 이태 전 八월 초순
전진도 아직 가시지 않은 입성으로
그는 이 자리에 서 계셨다.

철주는 찌그러지고
로는 부셔져 딩굴고
기중기는 거꾸로 내려 박힌 속에서
바로 그 속에서
우리는 그를 뵈였다.

그는 그때에도 웃으시였다
자신에 넘쳐 웃으시였다
우리는 그 웃음 속에서
힘을 돋궜다
신심을 굳혔다.

쇳물을 끓이던 용해공 동무는
갈구리 대신 우선 목도도 메였고

조괴공 동무는 스롭파 대신
식어 굳어진 스락크를 파냈다.

三五一 고지 치렬한 싸움에서
제관공 동무도 돌아 와 볼트를 죄였고
땅굴 속에서 포탄을 깎던
축로공 동무는 또다시 흙손을 잡았다.

낮에 밤을 이어 일으켜 세웠다
우리의 로도, 기중기도, 석회장도……
뜨거운 심장의 불ㅅ길로 하여
로안에 쇳물을 달궜다.

이렇게 일으켜 세운 이 로대 우
불ㅅ길이 활활 치솟는 전기로 앞
지금 우리는 또다시
그 이를 뵙는다
아! 얼마나 보람찬 날이냐,

그의 웃음 속에서
수고롭던 지난날의 거룩한 꽃무늬들을 보며
그 속에서
더 아름다울 우리의 래일을 본다.

아! 얼마나 영예로운 가슴이냐
울렁이는 감격 속에 우리는 다짐하노니
또다시 그를 이 곳에 모시는 날
우리는 정녕 뵈우리라

더 믿음 높은 그의 웃음을……

가슴을 짚고

당신은 듣습니까
저 소리를—

이 밤중
모두 고이 잠든 이 밤중에도
출강을 앞둔 용해공의
저 벅찬 숨결소리를……

당신은 보십니까
저 웃음을—

밤을 낮에 이어
해일(海溢)처럼 사뭇 밀고 가는

창조의 강물 우에
아롱지는 래일의 웃음을……

당신은 느끼십니까
자신의 맥박을—

그 높뛰는 고동과
달궈진 열도가
래일을 앞당겨 꽃피우는
조국의 숨결과 같은 가을……

나는 뉘우칩니다
가슴을 짚고—

아까이 흘러 간 세월들을
낱낱이 헤아려 보며

얼마나 나는
그에게 발맞춰 왔는가를—

별 하나

진종일 흘린 땀 씻고 돌아 오느라면
흐뭇한 미음에
날을듯 몸도 가벼운데

해는 저물어
노을도 걷힌 하늘에
유난히 반짝이는 별 하나,

저 별도 기억하는듯 떠오르는 추억
어스름한 황혼이면 피여 나던
어릴 적의 꿈도 새로워라.

행랑살이 자식이 꾸던 꿈이
현실로 꾸며져 가는 오늘
주인된 자랑 속에 부풀어 올라라.

그러리라, 그 날도 그는 반겨 주리라
약속한 어린것의 장난감을 사들고 돌아 가는
년간 계획 앞당겨 이룩한 저녁에도.

노래소리

나는 듣네,
끓는 로 속에서
노래소리를
쇳물의 노래를

그 노래 들으니
내 가슴도 울렁이네
울렁이여 끓네
끓어 합창을 하네.

그대가 부르면
내가
내가 부르면
그대가,

우렁찬 합창 소리는
쇳물의 노래는
울려 나가네
퍼져 나가네.

퍼져 나가
치차 소리에
곡괭이 소리에
어울려 가네.

어울려 나가
래일을 불러
이 땅 우에
웃음에 넘친다네.

노래 소리여
더 우렁차라
쇳물이여
더 끓어라.

영광스러운 우리 조국

이 땅에 나
이 땅에 자라나면서
소리 내여 불러 보지 못하던
조국!
이 조국의 이름을 온 세계에 선포한 날
조선 민주주의 인민 공화국 탄생의 날,

이 날을 위하여
얼음장 같은 감방 안에서
불꽃 튀는 유격 투쟁의 초연 탄우 속에서
우리의 희망은
얼마나 먼 길을 걸어 왔던가
얼마나 고된 날들을 지내왔던가.

항쟁의 불ㅅ길은
직접 백두의 령봉에 일어
애국 정열로 엮어진 빛나는 력사—
그들이 닦은 길은
우리의 가슴마다에 닿아
일어 선 나라
인민의 나라
조손 민주주의 인민 공화국,

우리는 보았다

뜨거운 감격의 눈물 속에
활짝 펴진 우리의 심장—
장엄히 나붓기는 조국의 깃발을……

그 깃발 아래
익만의 굴욕을 박치고
일어 서는 새날의 조국의 산천을……

이 조국
이 깃발
이 심장을
더욱 빛내기 위하여
공장과 광산
들판과 바다에서
나날이 높아지는 도표 앞에
새 결의를 다짐하던 날
인류의 원쑤 미제는
이 땅에 불을 질러
일어 서는 우리의 민주 기지를 앗으려 했으나
가혹한 시련은
우리의 의지를
더욱더 굳혔을 뿐.

물불을 헤아리지 않고
당의 뜻을 받들어
원쑤를 막아 선 릉선 우
청춘의 꽃은 피여
조국의 고지는

더욱더 높아졌고

천길 땅굴 속
포탄을 깎는 투지는
더 한층 솟아 올랐으며

보습날에 일어 서는 벌은
더욱더 넓어졌을 뿐,

이리하여 원쑤의 야망을 꺾어 버린 아침
비록 조국의 산하는 황폐했고
조국 위해 목숨 바친 그 사람들은
이제 만날 길 바이 없으나,

그 이름들과 함께
위대한 승리는 더 높이
조국의 영예를 빛냈다.

우리는 똑똑히 알았다,
이 귀중한 승리를 굳히기 위하여
더 많은 땀을 흘려야겠다는
명철한 당의 간곡한 뜻을……

우리는 본다,
높이 쳐든 곡괭이 넘어로
망치 넘어로
우람차게 솟아 오를
고층 건물의 첨탑 우

너그러이 나붓기는
조국의 깃발
돌격대의 깃발
평화의 깃발을……

그 깃발 아래
세계에 떨칠
조국의 위용을!

그 때, 우리 성찬을 베풀어
해방과 원조의 은인 위대한 쏘련과
피로써 도와 준 중국과
모든 성원을 아끼지 않은 인민의 나라들과
온 세계 선량한 사람들을 맞이하여

찬란한 래일을 위한
오늘의 이 간난과
조국 통일을 위한
오늘의 이 신고를
우리의 귀여운 어린이들과 함께
옛이야긴 양 꽃피우면서

동화의 나라처럼 호화로운 축포 속에
이 날을
조선 민주주의 인민 공화국
탄생의 날을
마음껏 즐기리라
더욱더 자랑하리라

조국의 영광스러운 찬가를 부르며 ……

거울 하나씩을 걸라

책상 옆에는
거울 하나씩을 걸라,

그것은 양복에 묻은
티끌이나 먼지를 털라는 것도
헝클어진 머리칼을
빗어 넘기라는 것도 아니다.

볼따기를 만져 보며
만족스러운 웃음을 지으라는 것은
더욱 아니다.

삐뚜루 걸터앉아
거만스레 그대를 바라다보는
거울 속의 그 눈을
살펴 보라는 게다.

그래도 모르겠으면
그 옆에
해방전
그대 아버지의
혹은 동지의
혹은 그대 자신의
사진을 걸어 놓으라.

그리하여 그들의 눈과
비교해 보라.

그들의 눈은
량반에게
왜놈에게
숫한 박해와 수모를 받아
한없이 수척은 했을망정
정의의 불ㅅ길이
무섭게 타오르고 있을 게다.

그대는 알리라,
해방전
그대의 눈을 가리켜
─어쩌면 그렇게도
　아버지의 눈과 똑 같으냐─고
입버릇처럼 탐탁히 구시던
그대의 어머니의 ─
원쑤의 맹폭에 쓰러져
지금은 없으신
그대의 어머니의 말과
지금의 그대의 눈은
얼마나 엄청나게 달라졌는가를……

그래도 채 알아 듣지 못하겠으면
아랫사람을 불러 보아라.

그들의 눈이

누구의 눈과 같은가를
살펴 보아라

정녕 그들의 눈은
사진들의 눈과
같을 것이다.

만일 그들 중에
그대의 눈을 닮은 자가 있다면
그는 그대가 웃사람에게 하듯
뒷구멍으로 그대를 찾아 다니는
그리고 그대도 과히 꺼리지 않는
아첨쟁인 줄을 알라.

그래도 의심이 나거들랑
거리로 나가 보아라
거기에는 숫한 눈들이 있다
인민의 눈들이 ……

빗발치는 폭탄 속에서도
많은 것을 불살라 버린 잿더미 속에서도
굴하지 않고
아니 더욱 세차게
당이 가리키는 길로
똑바로 앞을 내다보며
최후의 승리를 자신하는
불꽃 튀는 눈들―
원쑤를 한없이 증오하는

모든 좀들을 용서없이 낚궈치는
영채 있는 눈들—

숭고하고도 무서운
침착하고도 용감한
의롭고도 맑은
인민의 눈들이 있다
거울들이 있다.

이제는 신하도
상놈도 아닌
정권을 자기 손에 튼튼히 틀어 쥔
인민의 눈들
거울들……

그대여!
다시 한번 눈을 비벼 닦고
거울을 들여다 보라
그대의 눈이
그들의 눈과 같은가를……

그래도 정히 모르겠으면
냉큼 그 자리에서 물러서라.

입대의 아침

잘 넣어라
꼭 싸서 넣어라
이것은 우표
이것은 고약
이것은 담배.

종이에 싼 것을
하나하나에 쥐여 주면서
영삼이 형은 일러쌌는다.

영삼이는
형의 얼굴을
물끄러미 쳐다본다.

아주 어려서 옥사하신
아버지의 얼굴과
똑 같다는 형의 얼굴을

공장을 끝내 지키다
원쑤의 폭격에 다쳐
다리를 절면서도 꿋꿋이 싸우는
기름에 절은 형의 얼굴을,

아버지 대신

길이 길러 준 형의 얼굴을,

형도 또한
아우의 얼굴을
멀거니 바라본다.

지난 모진 겨울 이른 새벽
원쑤의 맹폭에
원한 품고 돌아 가신
어머니의 모습이 혼연한
아우의 얼굴을,

서로서로 의지하여
살아 온 아우의 얼굴을,

무럭무럭 자라나는 게
무척 탐탁키도 하던 아우의 얼굴을,

맞부딪치는 눈동자와 눈동자
서로 부둥켜 안지 않아도
뛰는 심장을 안다
떨리는 살파심을 느낀다.

형은 아우의 무명 양복
단추 빠진 것을 꿰여 주면서
— 부디 편지나 자주 하려마!

— 형님!

영삼이는 이렇게 불러 놓고는
다음 말을 잇지 못한다

『형님』 이 소리는
아버지를 부르는 소리보다도
어머니를 부르는 소리보다도
그에게는 몇 곱절 수월턴 입버릇
다정코도 후더운 음향,

—형님 안녕히 계시라요
   원쑤를 기어이 갚고 오리다—
돌아서 걷는 언덕길
길은 아직도
이슬에 축축이 젖어 있는데

뒤를 따르는 형은
띄엄 띄엄 그러나 힘차게

—잘 싸워라
   싸워 이기자
   원쑤는 우리 어머니를 죽였고
   집을 불살랐으며
   내 한 쪽 다리를 앗아 갔으나
   아직도 이 두 팔은
   싱싱히 남아 있다—

불끈 쥐여진 형의
두 주먹엔

심줄이 부르터 올랐다.

—아버지의 원쑤를
　어머니의 원쑤를 갚자
　이 형의 원쑤까지를
　너는 전선에서
　나는 후방에서—

되돌아 우뚝 선
영삼이의 눈방울에서는
불덩이가 튄다.

우리의 통일 독립을 헤살놓는
최후의 한 놈까지
마지막 한 놈까지
남기지 않을
분노의 불덩이가.

입술을 악물고
획 돌아서 재빨리 걷는 영삼이.
멀리 바라보고 섰는 형.

그들의 눈시울은
쇳물처럼 뜨거웠으나
마음은
돌덩이처럼 굳었다.

산과 들은

비단결 같이 윤이 도는
룡진골 막바지 언덕길,

초여름 이른 아침
하늘은 툭 틔여
유난히 맑고도 깊어라.

증오

고향을 떠난 지
이미 삼 년—
기다리던 안해는 싸우다
원쑤에게 죽고

돌잡이 어린 손녀를 업고
하나는 끌고
늙은 어머니는
충청도로 몰려 가시더란 소식
뜬편에 바람처럼 들려 오던 섣달이

되돌아 온 섣달이
눈발 살을 에이고
뭉턱뭉턱 도려 내지는
가슴은 무너져

핸들 잡은 손이 떨리고
뜨거움이 스며 배는 눈시울이 아리면
의례껀 피워 물던 담배—

그것도 이젠 시덥지 않아
밖으로 뛰여 나가는
버릇이 늘었다.

마을가 폭격 맞은 잿더미 옆
인민 학교 가설 분교실에서 들려 오는
글 배우는 아이들의
랑랑한 목소리 ……

고샷길에서 뛰엄박질하는
귀여운 어린 모습들
그 옆에는 아이 업은
늙은 할머니도 서 계시고
물동이 인 녀인네도
돌담 모퉁이를 돌아 간다.

원쑤의 비행기가 암만 쑤얼대도
뜰악은 뭉그러졌어도
이 고장은 힘찬 생활 속에
뜨거운 정이 넘친다

나의 식구도
그 속에 끼여 있는듯
그들의 목소리도
그 속에서 섞여 들리는듯
이런 쑥스러운 생각이
잠간 스쳐 간 다음
더욱 무거워지는 가슴 우엔
또다시 찬 눈발이 내린다.

하늘은 맑고 넓게 개였어도
자꾸 죄여 드는 답답은

한데 엉키여
돌덩이 같이 굳어지는 증오―

남쪽 하늘을 노려 보며
마음을 가다듬어도
가라앉혀도
화약 모양 타는 복수의 불ㅅ길,

불끈 쥐여진 주먹을
높이 쳐들고
참지 못하여 나는 웨친다.

『내가 하고 있는 일도 긴요하지만
우리의 행복과 사랑을 앗아 간
원쑤 미제를 눈앞에 쪽치며
그리운 고향을 되찾을
사랑하는 사람들을 되찾을
나에게 총을 주오
총을……』

목이 메여
목소리는 잦아졌어도
이 소린 귓가에 영영 얼어 붙어
연신 들린다
들려 온다.

자갈을 깔면서

인민 군대가 지나간다.

어머니는 길 우에 자갈을 깔다가
허리를 펴고 바라본다.

─혹야 아들이나
　그 속에 끼이지 않았는지 ─

모두 다 아들 같으면서
아들은 거기 없었다.

어머니는 서운하였다.
그러나 마음은 탐탁하였다.

자기와 같은 어머니를 가진
이 땅의 어엿한 젊은이들

모두들 귀여워 뵈였다
모두들 믿음직스러웠다.

어머니는 손을 흔들면서
전선으로 가는 그들을
멀리멀리 바래주었다.

―어서 원쑤를 쳐물리치고
　아들과 함께 돌아 오라고 ―

전선으로 뚫린 이 길 우에
골고루 자갈을 까는 어머니는
홍건히 땀에 젖었으면서도
괴로운 줄을 몰랐다.

한 대렬에 서서

루마니야 의료단 간호원에게

그가 내 눈을 보고
히틀러 파쑈와 싸우던
자기 오빠의 눈과 같다고 할 제
나도 보았다 그의 눈에서
지금쯤 어느 전선에서 싸우고 있을
나의 누이동생의 눈을……

내 적의 고지를 앞장서 무찌르다
원쑤의 눈먼 총탄에
멀리 고지 점령의 만세 소리를 들으며
병원에 담겨 왔을 젠
심한 출혈은 이미
나의 목숨을 위협하였다.

그는 서슴찮고 팔을 걷었다
그의 고귀한 피는
나의 혈관에 흘러 들었다
루마니야의 뜨거운 피가……

적탄에 관통되였던 나의 다리가
그의 정성으로 하여
다시 조국의 고지 우에 선 지금도
그가 어깨를 끼고 걸음을 부축해 주던

그 때, 그도 나와 함께
이 고지 우에 서 있는듯

나는 분명히 기억한다
황해로 흘러 가는 대동강은
흑해로 흘러 드는 다뉴브강 같고
그 기슭에 자리잡은 평양은
역시 강기슭 부카레스트 같다면서

야수 미제가 파괴한
평양의 잿더미를 보고
무참히 희생된 이 땅의 어머니들과
어린이들의 이야기를 들으며
증오의 불ㅅ길 속에서
그가 하던 말을—

—이 참화가
부카레스트에
그의 조국 루마니야에 미치지 않도록
이 비참이
그의 어머니들에게
그의 동생들에게 미치지 않도록
영용한 조선 인민과 함께
한 대렬에 선 영광에
무한한 행복을 느낀다—던 말을……

나는 똑똑히 보았다
움직일 수 없었던 나를 업은

그의 어깨 넘어로
우리의 이 철벽의 방선들에 이어서 닿은
그의 조국 루마니야의 서쪽 국경을

자유와 평화를 위하여
인류의 참된 행복의 래일을 위하여
싸워서 이기는 우리는 전선
우리와 함께 서서
영광과 행복 속에
그가 불러 주던 노래를 들으며
우리 어찌 용감하지 않으리
우리 어찌 승리하지 않으리.

나에게서 그가
파쑈와 싸워 이긴
그의 오빠를 보듯
그에게서 나는
침략자 미제와 싸우는
나의 누이를 본다
끝없이 성원하는
루마니야 인민들을 본다.

고요한 밤에
후퇴의 날에

쨍, 얼음장 터지는 소리
어둠을 쪼개고 사라진 다음
강촌의 밤은 더욱 고요해라.

정적은 도리여
어둠보다도 무거워
자꾸 눌리우기만 하는데,

참지 못하여
벌떡 일어나 앉을라치면
분노의 불덩이 번개치누나.

그런 다음은 더욱 적막해
다시 천근 추에 매여 달려
가라앉아만 지는 고향 정경

양지받이의 병아린 양
모여 앉은 어린것들 모습
째릿째릿 뼈마디가 절궈지누나.
먼 촌 개 짖는 소리도
잠간 반갑다 사라지면
더욱 짙어만 지는 고요……

두고 온 고향 되찾을 조바심에
달아 오른 이마를 짚어 보는 밤은
왜 이리도 깊은가.

고향 생각

노고지리 우지짖는
보리밭 이랑길을 걸으면
떠오르는 남쪽 땅 고향 생각—

냉이랑, 꽃따지 뜯던
어린 시절
아지랑이 속에 굼시르누나.

어언듯 봇도랑에 닿으면
우뚝 서 물속을 들여다 본다
동자가 움켜 잡고
모래무지 밟아 잡던 시냇가
어른거리는 내 어린 얼굴을……

돌아서 샘가를 지나면
물 푸던 순녀도 그립고
오막살이를 지나치노라면
늙은 어머니가 생각키우네.

이토록 아끼는 마음이기에
내 고향은 언제나 아름답구나
이토록 간절히 그리웁기에
불비 속도 서슴찮고 뚫고 가노라.

압강의 달
후퇴의 날에

1

산 높고 골 깊은 조국의 북녘
벼랑을 씻어 내리는 압록강변에
달이 비치면,

두고 온 강산이여
두고 온 강산이여

참다 못하여
남쪽 하늘을 바라보며
손길들은 총자루를 부여안고
달궈진 뺨을 비벼댄다.

아! 이 곳은
김 일성 장군 항일의 싸움터
조국을 사랑하는
젊은 심장이 모여 엉킨 곳,

우리는 칼을 간다
원쑤를 무찌를
반격의 칼을 간다.

2

산은 눈에 덮여 고이 잠들고
강은 얼음 아래 말이 없는데
달이 비치면,
두고 온 고향이여
두고 온 고향이여

참다 못하여
백두산을 우러러
소리를 지르면 메아리 멀리
남쪽 령을 넘어 간다.

아! 이 곳은
김 일성 장군 항일의 싸움터
조국을 사랑하는
젊은 심장이 모여 엉킨 곳,

우리는 칼을 간다
원쑤를 무찌를
반격의 칼을 간다.

기적 소리

야밤중 아버지가 벌떡 일어나 앉음은
원쑤의 폭음에 놀래여서가 아니라
멀리서 들려 오는
우렁찬 기적 소리 때문—

련방 아버지의 귀청을 울리는 것은
그의 혈관을 통해 가는 것은

철교를 더듬어 건너는듯
벼랑을 끼고 휘돌아 달리는듯
령을 넘어 내닫는듯
원쑤를 족칠 포탄과 군량을 싣고
전선으로 전선으로
쏜살같이 내닫는 쇠바퀴 소리,

그 소리 쫓아 가노라면
눈보라 휘몰아치는 어느 산마루 전호속
이 밤도 조국을 지켜 선 아들의 모습
아버지의 눈앞에
환히 불을 켜준다.

몹시도 반가와
울렁이는 가슴으로 덥석 안아 보렬 제
그 모습 너무도 름름해

그는 그만 고개를 숙인다.

그럴라치면 되돌아 와지는 방안은
어둠 속에 더욱더 고요한데
그의 가슴의 고동은
방망이질하듯 또다시 높아 간다.

기적 소리 이렇듯 간절히
남겨 놓고 왔을
어느 산골짝 땅굴 공장안
휘황창 밝은 천 촉 전등불 아래
오라비에게 지지 않으려
눈에단 귀중한 사람들을 그득히 담고
입가엔 필승의 신심을 굳게 다물고
골똘히 선반 핸들을 틀어 쥔 딸 모습.

『영숙아!』
딸의 이름 불쑥 불러 본 아버지는
깨여진 환상에 빙그레 혼자 웃고선
자리를 고쳐 앉으며,
어둔 방안에서 담뱃대를 찾다가
자기와 함께 진종일
보습반 처녀들을 놀래게 한
마누라의 고단히 잠든 숨소리에
짐짓 손을 멈춘다.

아들을 더욱더 굳세게 하는 것
딸을 더욱더 북돋아 주는 것

전선을 더 한층 공고히 하는 것
승리를 하루속히 가져 오는 것
모두다 하나의 정성—

아버지는 꼬다 둔 짚단을 끌어 당겨
새끼를 꼰다
겨리반에 약속한
당에 맹세한
전선 원호미를 묶어 보낼
새끼를 꼰다.

멀리선 또다시
울려 오는가 기적 소리—
싣고 갈 것을 재촉 받은듯
아버지의 심장은 끓어 올라
짚단을 덥석 잡아
더 가까이 끌어 당긴다.

손아귀에서 서벅이는
줄기차게 뻗어 가는
지푸라기 소리는
세차게 구르는 쇠바퀴 소리

멀리 홰치는
닭소리와 함께
승리의 새날은
점점 밝아만 온다,
다가만 온다.

부록

산문

나의 수업시대[*]

작가의 올챙이 때 이야기

신구(新舊) 충돌 와중에도 향학에 타던 정열
—어머니 여읜 애상의 소년시대

떠나는 날 비가 몹시 퍼부었다. 출발을 연기한다는 둘째 아버지의 말씀을 듣고는 나는 울고 말았다. 한국장교로서 일한합병(日韓合倂) 후 울분과 체념에 창백히 교감된 아버지의 부동성(浮動性)과 조박성(粗朴性)은 매일같이 술에 만취하야 허세와 불평을 간단없이 피우며 지내던 때이었다. 그러니 집이라고는 조금도 돌보지 않았던 것이다.

때는 나이 칠 세. 끼니를 굶고 주전부리라고는 단돈 일전어치도 얻어먹어 보지 못하였으나 일가집에라도 가서 밥을 얻어먹고 오면 끌끌한 아버지는 그대로 야단이시었다.

---

* 이 글은 북한에서 「나를 문학으로 이끌어 준 이들」이란 제목으로 다시 발표된 바 있다.

진퇴유곡. 쫄쫄한 배를 움켜쥐고 울기도 많이 하였었다. 그럴제마다 어머니의 간장도 오죽이나 쓰라리었으랴.

그때에 시골서 숙부가 상경하셨다가 감이니 대추니 밤이니 하는 모든 실과가 무르익어 얼마든지 따먹을 수 있다는 말씀이 나에게는 덮어놓고 마음이 당기었다. 어머니는 처음에는 영영 못보내겠다고 하시였으나 동구 내에 서당이 있어 글 가르치기가 좋다는 바람에 눈물을 지으며 그때의 남대문 정거장을 나홀로만 숙부를 따라 충북 드메산골인 진천(鎭川)으로 나려갔던 것이었다.

나의 글이라는 세계에 발을 들여 놓기는 이로부터이다. 과실을 바가지에 하나를 담아다 주고 영계를 잡아 맛난 반찬을 베풀어 주어도 해설피 서산 밑에 안개가 끼이고 먼 시내뚝에서 어린 송아지가 목메여 엄마를 찾을 무렵이면 여하한 좋은 먹을 것이나 달래는 말도 들리지 않고 동구 산모슬기에 쭈그리고 앉아 휘어잡을 수 없고 꼭 집어내여 말할 수 없는 애수에 잠겨 울고울고 하였다.

이럴 제면 의레건 셋째 삼촌인 지금은 멀리 간 포석(抱石) 씨께서 한 손엔 삭시를 들고 한 손엔 책을 들고 나와 내 옆에 앉아 달래도 주고 업어도 주고 꽃도 꺾어주며 책의 그림도 뵈여 주었다. 그러다가도 삼촌은 그대로 시내뚝 잔디풀밭에 드러누워 자기 책읽기에 바빠서 나를 위로도 해 주지 아니하던 때가 많았다. 나는 제 출물에 마음을 가라앉혀서 옆에 있는 나머지 책의 그림을 보는 것이 무엇보다도 즐거웠다.

이렇게 일 년. 여덟 살 되는 음력 정월부터 글방에를 다니자, 어찌그리 선생의 밉살머리스러운 수염이 싫었는지 영영 가기를 꺼리었다. 아니 가려고 꾀를 피우면 숙부는 먼산 나무가는 나무꾼에게 미리 부탁하였던 것이라고 선언을 하여가며 종아리를 때려 주셨다.

글방에는 가기 싫어도 포석 씨의 책속에 그림만은 하나도 빠뜨리지 않고 다 보았을 것이다. 나를 훈육시키는 문제를 중심으로 큰 숙부와 작은 숙부(포석)와의 사이에 충돌이 생기고 나아가서는 구도덕과 신도덕 — 하

여튼 신구의 충돌이 격렬하게 되었다. 큰 숙부는 심지어 휘파람을 불어도, ラ, ア シ, メ, ミ ミ 를 읽어도 못읽게 하며 높은 소리로 고래고래 소리를 지르셨다. 이 호령이 작은 숙부 포석 씨에게 올곧게 들릴 리가 없었다. 이 틈바귀에 끼여 있자니 몹시 거북스러웠다. 그러나 신구의 모순점, 장단점을 서로 쳐들어 대는 사이에서 나는 고개를 갸우뚱갸우뚱하여 왔던 것이다.

포석 씨는 그여히 집을 떠났다. 동경 유학을 갔었다. 남아 있는 책은 그대로 골방에 남아 있었다. 나는 열두 살. 달래어 가르쳐 주던 작은 삼촌의 말이라면 잘 들었기 때문에 제법 한화사전(漢和辭典)을 찾어가며 숙어까지 찾어보게 되었던 보통학교 사 학년. 그때는 월사금 오전에 점심까지 학교서 주고 한문 교과서는 지금의 고보 사 년 정도는 되었었다. 키도 제일 앞, 나이도 제일 앞, 그리고 아는 것도 삼촌의 덕으로 제일 앞잡이었다.

삼촌이 떠난 후 나는 독서를 눈에 불이 나도록 하였다. 밤에 잠을 아니 자고 하였기 때문에 눈이 짓무르기까지 하였다. 사전 찾으랴 모르는데 많으랴 숨어 읽으랴…….

삼촌의 책 중에는 조도전(早稻田) 문학강의록이 많았다. 내가 본 것은 주(註)까지 달려 제일 쉽게 엮어진 이 책들이었다. 지금 생각하면 개 머루 먹듯 하였으나 어지간이 깐깐히 달러 붙었던 것이었다.

삼촌이 떠나고 나니 어머니를 떨어져 올 제와 같이 아니 그 이상으로 서운한 것 같았다. 때마침 시앗을 보시고 우울에 싸이신 숙모 한 분이 계셨다. 그분은 수심을 이야기 책으로 바꾸랴 애쓰는 분이다. 저녁마다 얘기책이었다. 나는 그 방에 가서 나의 또한 조그만 애수를 그 얘기 책의 줄기를 들어 건지는 것으로 잊으랴고 했었다. 『추월색(秋月色)』, 『장화홍련전』, 『조자룡전』, 『춘향전』, 『유충렬전』, 『흥부전』, 기타 헤아릴 수 없는 이야기 책을 들었다. 이것이 어린 마음에도 소설이 — 아니 그때는 만든 것이 아니라 사실이 여실히 있는 것을 사람이 적어내어 놓은 것으로만 알았지만— 사람을 동(動)케하는 것인가를 어렴풋이나마 체득하고 있었다. 그때에 대담한 기획이라면 기획이랄 수 있을만치 각설이 떼 식으로, 우리 집안 일을 다른 재미나는 이야기를 섞어 보통학교잡기장 세 책이나 되도록 서투른 철필로 쓴 소위 신소설이 있었다. 그 내용인즉 물론 유치만만(幼稚萬萬)이었으나 구도덕의 누풍(陋風)을 격퇴시키는 의미에서 삼촌의 출가까지의 경로이었다. 그러니만치 자연 큰 숙부의 잘못됨이 많도록 쓴 것이었다. 혹시 큰 숙부가 보시고 노하시면 어쩌나하고 비비 꼬아서 암시와 풍자로 썼던 것이 많은 줄로 생각된다. 지금도 고향엘 가면 그 이야기를 하는 노인네가 있다.

조선서 문학을 하다 밥 굶어도 좋으냐
—포석(抱石) 권고 물리치고 반기(叛旗) 들어

보통학교 다닐 시기에는 집안이 다소 풍유한 편이었다. 그러나 구투에서 신사조로 견주어 가는 과도기에 있어서의 모든 갈등 속에서 헤맸다. 즉 말하자면 소부르조아적 사상 충돌에서 투르게네프의 「아버지와 아들」 그대로의 온갖 인물들이 등장하야 옥신각신하였다.

한 편으로 변혁되어가는 사조의 고집과 타도, 한 편으로 기울어져가는 살림살이 — 소지주에서 몰락하여가는 고민상, 또다른 한편으로는 신구식 애정문제를 싸고도는 시앗싸움, 이혼 재혼의 소동 속에 넘쳐 흐르는 증오와 애비(哀悲), 우수와 발악의 와중에서 어리다는 핸디캡으로 방관의 자유의 건(鍵)을 가진 나는 그만치 여러가지 풍습과 그만치 여러가지 곡절을 비판적이 아니라 맹목적이면서도 인상적으로 관찰하고 평하였던 것이다. 그러나 감히 입을 벌려 누구의 잘잘못을 말할 수 없었다. 말을 하게되면 여러가지 이유에서 내 자신에 불리한 꾸지람이 돌아오기 때문이었다.

언젠가 「C가의 몰락」이라는 중편을 썼다가 차마 못내어 놓고 그저 가지고 있지마는 하여간 봉건시대의 양반이 지위적으로 경제적으로 또는 사념적으로 몰락하여가는 시대상이 몰락의 고민과 발악의 침전으로 말미암아 대외적으로는 대세의 기울어진 바 되어 어쩌지 못하고 대내적으로의 갈등이 걷잡을 수 없이 일어났던 것이다. 무의식중에 지내었던 어릴 적 일이지마는 얼마나 그 시기를 비쳐 오늘을 알 수 있는 좋은 재료이랴.

제딴엔 책도 많이 본 심이고 또 어수선한 속에서 자라난이만치 나도 글을 써보겠다고 하는 마음을 일으킨 것은 그때부터였다.

보리가 우거진 것을 보고 파라고 하고 밀과 보리와 벼의 구별을 모르며 쌀나무가 어데 있느냐고 묻던 처음 낙향하던 일곱 살에서 보교(普校) 오 년에 이고보(二高普)에 입학되어 상경할 때까지 약 칠 년간 나는 아주 시골의 정취를 꽤 많이 알았다. 처음 보는 것이 많아서 묻고 물으니 자세히 알어지며 또 처음 당하는 일이 모두 이상하여 덤벼대니 자연 시골서 생장한 아이들보다도 더 알게 되었었다. 이 시기가 나에게는 제일 그리운 시골의 추억이다.

고보 삼학년까지는 보교 적만치도 책을 읽지 못했다. 그것은 그때 거처하는 곳의 정세로도 그러했지마는 군인으로서의 아버지는 공부보다도 몸의 건강을 항상 세차게 하도록 하였다. 잔신부름도 많았지마는 군인으로서의 아버지는 책을 보고 있는 것만 보시면 도로혀 좀팽이라고까지 하시며 글보는 것을 싫어하셨다.

또 갑자기 어려워진 학교공부에 얽매어 다른 데까지 돌볼 사이가 없었다. 고보 삼학년 때에 동경(東京)서 돌아온 삼촌 포석 씨는 서울서 살림을 하시며 『조선지광(朝鮮之光)』 『예술운동(藝術運動)』 『개벽(開闢)』 신문 등에 연신 작품을 발표하셨다. 나는 하나도 빼어놓지 않고 다 주서 읽었다. 포석 씨 집에를 가면 잡지와 소설이 제법 많이 있었다. 나는 그때 평동(平洞) 아버지 댁에 있었는데 삼촌집은 통의동(通義洞)이였음으로 북악산 밑에 있는 학교에 다니는 꼭 길목이 되었다.

학교에서 파하면 삼촌 집에 가 드러누워 책을 읽다가 해가 저문 후에야 집에 돌아왔다. 저녁까지 얻어먹고 더 늦도록 보다가 왔으면 좋았을 것이지마는 그때의 삼촌의 생활이라는 것은 참으로 기구하였다. 조석을 못 끓이는 때가 태반이요 끼니를 굶는 때가 어지간히 많았다. 그래도 삼촌은 드러누워 오느냐 가느냐는 말도 없이 의전 불타(佛陀)같이 함구불언으로 책만 보고 계셨다. 그러면 삼촌숙모는 그대로 바가지를 긁었다. 어린 조카에게 하소연하는 것이었다.

저녁 늦게 집으로 돌아오면 전제가(專制家)인 아버지는 왜 늦게 오느냐고 야단이었다.

그러나 차마 삼촌댁에 들렀다 온단 말을 못한다. 왜 그러냐하면 그 이유가 또한 장관이었다.

가산까지 기울어가며 어려운 판에 학자(學資)까지 대여서 공부를 시켜노니 대외적 객관적 정세에는 이미 굴복적인 큰 숙부와 나의 생부(삼형제 분 중 가운데 분이시다)와는 군수나 도서기(道書記)라도 할 줄 안 것이 글쑵네 하고 머리는 미친 년 모양으로 기르고 밤낮 누어 책이나 글이나 쓰고 큰소리는 탕탕 하면서도 밥을 굶어 쩔쩔매는 꼴에 아주 격이 나서 삼촌과는 거의 절연지경까지에 이르렀기 때문이었다.

그리하야 감히 삼촌집을 다녀온다고 못하였던 것이었다. 그곳을 다녀왔다면 너도 그 따위가 되려거든 학교도 다 그만두고 진작 면서기나 순사라도 다니라는 것이 나무라는 어조이었다.

그럴수록 나의 마음은 정반대로 걸어갔다. 학비를 쓰고 남는 것이 있으면 삼촌집으로 갖다 주었다. 하로는 이러한 삽어(揷語)가 있다. 어린 마음에 하도 삼촌이 주릴 것 같아서 책을 산다고 탄 돈을 가지고 소고기 한 근을 사들고 들어갔더니 쌀도 나무도 없었다. 남은 돈도 없고 하여 고기만 지져 삼촌과 먹은 일이 있다. 그후부터는 한번 삼촌집을 들려서 먼저 쌀과 나무를 판 일도 있다.

그만치 어려우면서도 원고를 들고 가서 팔려지도 않고 뉘게 가서 돈 한푼 꾸어달라는 법도 없으며 하도 숙모가 볶어대면 그 귀중히 여기는 보던 책을 집어던지며

"이것이나 잽혀다 해 처먹어라 한 끼쯤 굶고 무얼!"

이것이 의례하는 말버릇이었다. 그렇게 결백한 점, 소탈한 점, 인감(認堪)하는 점, 진실한 점 이 모든 점에 있어서 나는 삼촌을 누구보다 따랐다. 내가 고보 오 년에 진급한 때이다. 하루는 나의 상급학교 선택 문제를 상의한 때에

"너는 어느 것을 제일 좋아하느냐?"

"문학이여요"

나는 솔직하게 대답하였다.

"아서라! 문학은 밥을 굶는다. 더욱이 조선서는"

"그렇지마는 밥 굶는 것이 무서워서 설마 못할까요?"

"하고 싶은 것을 못하는 것도 어려운 일이지마는 밥을 굶는 것도 어려운 일이니까. 설마가노 — 두려운 것이니까."

하시며 포석은 나를 물끄러미 쳐다보고 어느 새에 나왔는지 모르게 굵은 눈물 방울을 덤벙 볼을 씻어 흘리신다. 나도 속없이 따라 울었다. 한참 후 내 손을 덥썩 쥐시며

"중흡(重洽)아! 정 문학이 하고 싶으면 고농(高農)을 가보아라. 농업하고 문학하고는 어느 점인지 다소 상통되어 밥 먹을 수도 있으니 그렇다고 내가 지금 굶는 것이 싫어서 그러는 것은 아니다마는"

나는 말없이 삼촌 집을 나와 경복궁 담을 끼고 어슬렁어슬렁 걸었다. 어스름 황혼이었다. 나의 가슴의 이상과 동경의 추는 오르락 나리락하였다.

누르면 누를수록에 타오르던 문학정열
─처녀작 「구인몽(蚯蚓夢)」의 발표전후

프란스의 말대로 '미래는 꿈을 간직하여둔 극소(極所)'다. 그만치 무진 장의 봉오리는 필락말락 망설이며 온갖 공상이 걷잡을 수 없이 당태솜처럼 피어 올랐다. 나의 취미와 객관적 정세를 얼비친 생활상의 교착은 좀처럼 융합되어 풀어지기가 어려웠다.

'내가 사랑하는 이에게 사랑을 못 받는 것도 괴로운 일이지마는 내가 사랑치도 않는 이에게 유독히 사랑을 받게 되는 것은 더욱 거북하고 불행한 일이라'고 보레오가 말하듯이 내가 좋아하야 하고자 하는 것보다도 우선 찬위(讚爲)를 위한 생활을 저버릴 수 없다는 데에서 나는 경성제대 법과를 지원 요행히 입학이 되었다. 무슨 일이든지 심오한 온축(縕蓄)을 하자면 전문적 탐구를 함에도 부지런하여야 할 것인데 거기에는 더욱이 침식을 잊을만한 열성과 그를 북돋워주는 자기의 취미가 상부(相扶)하지 않으면 아니 될 것인데 나의 법과 지원은 그 반대였다.

그러나 문학과 법학. 그 거리는 멀면서도 가까운 것도 같았다. 처음에는 법학에서 문학으로 ─ 이러한 코스를 밟은 케데 ─ 라든지 그 외 여러 문호(文豪)가 사숙되며 한 편으로 기쁘게도 여겨졌다.

본시 마음 없는 것이라. 대학 일년에서는 그 시기가 시기이니만치 순경제 방면의 서적을 탐독하였다. 사숙은 멀리 외국의 학자를 그것도 신 조류의 방면 것을 숭배하고 있었다. 대학에는 가나 강의에는 출석치 않고 대학도서관에서 변또까지 먹어가며 책을 읽었다. 그것도 한 일년 동안 하고 나니 싫증이 났다. 이제는 순경제가 아니라 철학 방면도 그것도 경향적 독물(讀物)을 기울어 보았다. 철학 방면에는 헤겔보다도 칸트보다도 니체의 것이 좋았다. 『초인철학(超人哲學)』 이것은 내가 한참동안 미치다 싶이 찾어 읽던 것이다. 이 니체의 철학에서 그의 문학적 방면에까지 이끌린 나는 그의 시에까지 빠지고 말았다.

대학 이년 중간까지는 법과생이라고 법학에 대한 지식—지식이라느니보다도 상식까지 변변치 못하다고 여겨졌었다. 그러고 이왕 졸업은 하여야겠으니까 필수과목은 해야겠다고 인제는 한 일년간 순법률서적만 읽어댔다. 소위 헌법에서부터 형법 민법 행정법 기타 수속법을 빼어놓은 기초적인 것은 거의 독파하였다. 아는 둥 마는 둥 해득되었으나 조문을 짚어가며 외기는 참으로 애가 탔다. 그리하여 일년의 경제과목 패스와 이년의 법학과목 패스로 법률을 졸업할 수 있는 필수과목은 이년 동안에 다 해치우고 나니 속이 다 시원하였다. 그러나 나는 강의를 듣는 것보다는 교수의 기분 대학의 분위기만 알고 순전히 독학적으로 도서관에서의 독서로 의한 공부이었기 때문에 섣불리 어줍잖게 드문 강의보다는 그래도 체계도 서고 터득도 많을 줄로 여긴다.

대학 삼년은 순전의 자유의 세계였다. 이제는 아모 구속도 없이 문학공부였다. 낮에는 도서관 밤에는 머리를 쉬기 위하여 동무와 유흥, 이것이 제일 의의 깊었던 대학 생활의 일년이었다. 처녀작은 조선일보에 실린 「건식(健植)의 길」이라는 단편이었는데, 그것을 쓴 때는 즉 대학 일년이었다. 그러나 공식주의에 함(陷)하려는 당시 경향파에 다소의 결점을 본 나는 니체의 것과 노신(魯迅)의 것과 아나톨 프란스의 것을 탐독하던 때이라 그것들 중에서 힌트를 얻어 쓴 「구인몽」(『批判』)은 이 자유 시기에 뻐물어 써본 내깐엔 자어(自語)있는 처녀작이었다.

이렇게 훗두루 잡독하는 중에서 나의 개성을 발견하랴 하였던 것이다. 그것은 포석 씨가 내가 대학 예과에 들어가던 여름 방학에 멀리 가버렸기 때문에 지도자도 없어서 자색(自索)의 길로써 더듬어 온 것이었다.

그러는 중에서 예술은 예술을 위한 예술이 아니라는 것—나가서는 현실을 떠난 가공적(架空的) 건물이 아니라는 것—또는 모-란의 말과 같이 '역경은 모든 예술의 어머니'라는 것을 깨달어졌다고 여겨진다.

시냇물은 바다에 다다를 때까지 흐르듯이 나의 수업은 그침을 두려워

하고 또 바다의 물도 조류를 이루듯이 정지와 교만은 퇴각을 의미할지니 지금 이 글에 붓을 잡기가 삼가 두려워지며 부끄럽다.

내가 대학을 마치고 났으니 대학 본과 삼년 간에 강의 출석은 전부의 오분지 일도 못될 것이다. 나의 대학은 도서관 그것이었다. 대학을 나와 나는 법과이니만치 관공서에 두 번이나 들어가도록 일이 다 꾸며졌었다. 그러나 나는 재학시대보다도 너 궁하게, 밥을 굶고 헌옷을 갑고서도 고집을 세웠다.

그래서 반년 — 처음으로 유랑의 생활을 나그네의 심지(心志)을 알게 되었다. 동무와 서로 붙잡고 울기도 하였고 다시 뉘우쳐 마음을 가다듬기도 하였다. 나는 차라리 실업으로 나갔으면 하는 생각에서 …… 아니 낮에는 회사의 일을 같은 시간을 허비하는 바에 열심히 하여 주고 밤에 나와서는 글을 보라고 한 것이 그 중 큰 원인이었다. 그리하여 지금 역시 붙어 있는 화신(和信)에 몸 들어왔다. 그럼으로 나의 수업은 끝진 바이 아니다. 더욱 건실히 닦아가야 할 것이다. 먼길을 가는 초인(初人)으로 여긴다.

끝으로 특기한 것은 포석 씨가 떠나기 전에 한집 아래 웃방을 얻어 한 방씩 나누어 살림하던 민촌(民村) 씨를 알게 된 것이 그의 작품 또는 그의 경향을 사숙하야 나에게 커다란 전환기를 꾸며 준 게이다.

포석 씨가 발간한 『봄잔디밭우』에서와 또 그분이 추천하여준 지용(芝 鎔) 씨의 시(대개 『조선지광』 지상으로)가 나의 은연중의 사숙한 선배가 된 것이었다.

처음에 말한 것은 빼여 놓었으니 중학 삼년 때에 이위(已爲) 「풀버레의 노래」라는 다섯 사람의 동인이 모여 발간한 시집이 있었던 것을 첨언(添 言)한다. 그 중 한 사람이 나요 또 한 사람이 지금 불령(佛領) 인도지나에 가서 공부하고 있는 김영건(金永健) 형이다.

엄흥섭(嚴興燮) 군에게 드림

남풍에 실려 보내는 수상(愁想)

기다란 꾸지람 편지를 받은 것이 벌써 세 번이나 되오 어느모로 보든 나의 선배에게서도 받고 또 군도 잘 아는 R에게서도 받고 또 오죽지도 않게 나를 따른다는 문학 청년에게서도 받고 또 지금 군에게서도 받고

나는 그런 편지를 받을 때마다 여러 날을 두고 곰곰히 사색에 잠기고 마오 도로혀 모든 것을 생각할 줄 모른다면 차라리 낫겠오 이리도 생각 저리도 생각을 하자니 어느 때는 갈피를 잡지 못하고 홀로 어두운 바닷가로 나가오 그것도 처음에는 물소리 등대 불빛 뱃노래를 엿들어 위로도 되지마는 얼마쯤 지나면 아모 효과도 없어지오 바닷가 모래밭을 갔다 왔다 하며 꽤 까다로운 세상사를 적은 머리 속에 꾸미자면 여간 괴로운 것이 아니오

이렇게 괴롭게 굴다가는 적련(赤練)과 미해결을 남겨 놓고 혼자 고요히 잠든 포구의 골목을 더듬어 숙소로 돌아오오

혼자 요 이불을 깔아 놓고 그래도 못 미더워『개조(改造)』나『중앙공론(中

央公論)』이나 또는 제 달 넘은 잡지를 들고 누어 두 서너 페이지쯤 보는 사이에 잠이 오오

이것이 흔히 있는 나의 생활의 한 토막이오, 더욱이 긴 편지를 받고서 거듭한 나의 마음 속의 갈등이였오

그러나 나는 항상 아침을 좋아하오 아침에는 적어도 다섯 시쯤이나 여섯 시께는 일어나는 버릇이 있오 그때부터는 내가 읽기 좋아하는 책— 전날에 계속되는 책을 이어 읽소 아침에는 결코 잡지는 피하기로 하오

그리고 나서는 진종일을 사무에 빠지오 이렇도록 틈 하나 없이 꾸며 보자는 나의 플랜도 헐하게 부스러지는 수도 많이 있오 헐하게 부서진 후면 자책과 반성을 거듭하며 평상으로 돌리랴고 애를 쓰오

이럴 때 우에 말한 긴 충고와 격동의 편지를 받으면 캠풀 주사나 맞은 것처럼 자극과 힘이 나오 그리하야 얼마큼씩 있다가 감사하다는 답을 쓰오

나는 여기서 이러한 말을 연상하오 '충신은 난세에 알고 강초(强草)는 태풍에 안다'고 동무는 멀리 떨어져야 알 수 있다고 여겼오

엄군!

군이 알고 싶어하는 나의 생활의 일편(一片)은 대강 이러하오

사람에게는 고독을 즉 조용한 것을 즐기는 마음을 가지게 하였으면서도 또한 편(便)고독 속에서만 오래 견디지 못하게 하는 권태란 놈을 가지게 한 것이오 나는 이것이 인생의 모순의 근원이라고도 믿고 싶소 나의 요지음의 생활은 여전 이것을 거듭하고 있오 고독—권태—반성 속에서 주기적으로 근 반 년— 그 사이에 나는 나의 고독과 사색의 오직 하나의 벗 책 하고만 싸워 왔었오 그러다가도 나는 생리적 권태란 놈에 이끌리여 고민과 조소를 남기고 반성이란 무기로 도로 평화를 회복시키오

엄군!

이러한 생활의 과정이 나에게만 한하야 있는 것이 아니고 노골적으로 말하자면 조선의 인테리층 그리고 군 자신도 이러한 단순하면서도 풀기

어려운 수수격기를 질질 끌고 갈 줄도 믿소

일보다도 또 창작보다도 먼저 심각한 인생관 세계관을 확립시키랴는 불절(不絶)의 노력이 사람에게는 있어야 한다고 믿소

인간을 점여보는 방법과 세계사를 통하야 깨달어진 준예서리(儁銳犀利)한 미래에의 추상(推想)을 항상 구체화시키는 데서 우리의 고민과 분투와 노력이 있어야 한다는 것을 알고 멀리 한가지 곳을 찾아온 것이 나의 남행의 원인이였오.

좀더 확고한 기초와 온축(蘊蓄)한 정미(情味)와 엄소(嚴肅)한 사색을 닦어 보라는 소위였오 그리하여 외로운 남방의 포구에서 동무도 없이 고독을 느끼면서도 힘있는데까지 노력에 시간을 할애하랴고 힘쓰고 있오

무엇보다도 우리는 먼저 알여야 하오 많이 보아야 하오 많이 읽어야 하오.

나는 여기서 조선의 문단을 그것도 중심지인 경성을 멀리 바라보며 신문 내지는 잡지 우에서 살펴볼 제에 홀로 고곡(苦哭)을 금치 못하는 적이 적지 않소.

그래도 어느 정도까지는 확청(廓淸)의 자최가 보이는 것 같이 성실신중한 태도로 문단이 꾸며져 가는 것을 사실같이 븨입듸다 '좀 사유하는 두뇌'로 계급과 난죠(亂調)의 정세를 절연(截然)히 격퇴시키랴는 색채와 기운이 점증(漸增)하야가는 현상은 얼마쯤은 질겨하면서도 아직도 방인무관(傍人無關)으로 자가당착에 빠져 자칭 명사를 꾀하는 간배(奸輩)들이 잔재하야 있다는 것을 나는 보오.

요지음 나는 이러한 자미(滋味)를 홀로 맛보고 있오 즉 내가 그나마도 붓을 멀리하고 타인의 작품을 타인이 평하는 것을 내 스스로 제삼자로서 바라볼 때 너무도 경솔하고 불유쾌한 괴변들이 많읍듸다.

소위 선배라는 이는 의연 선배연(先輩然)으로 후진을 깍고 후진은 후진으로 선배를 무시하는 그러한 양대응시(兩大凝視)가 대립되여 있음을 엿볼 수 있읍듸다.

군도 말하였거니와 그 와중에서 떠나 방관적 입장에서 전혀 무관계자로서 그들을 볼 때 나는 절실히 그들의 인격을 의심치 않고는 못 백이겠읍디다.

예술은 먼저 그 인격 여하에 달렸다고 하는 말은 새삼스리 말할 바도 아니지마는 그들의 하는 것이란 모두가 비인격적이요 비예술적이라고 보고 싶읍디다. 즉 그들이 먼저 예술(이데올로기 여하는 막론하고래도) 그 자체를 위하야서가 아니고 세상에서 제일 추하다고 여기는 시기에 붓을 드는 것 같습디다. 달리 말한다면 예리 침통한 즉 냉정한 비판이 앞서지 않고 먼저 비열한 감정이 앞서서 나가는 것이 얼마나 불쾌한지 모르겠읍디다. 소위 어느 평자는 인신공격으로 창작평을 쓴 것을 보았오마는 기지도 못하는 것이 날기를 재촉한다는 격인가 봅디다.

그러나 이 영향이 여간 큰 것이 아닙디다. 내가 어느 시골을 가서 문학청년 한 사람과 이야기를 하여 본 일 있었오 그는 아직도 나이가 어린 탓도 있겠지마는 쩌나리쯤에 이용되어 저급하고 야비한 이러한 평문을 보고 미처 비평할 능력도 부족하니만치 그 영향의 실(實)됨이 무던히 많읍디다.

난작(亂作)이든 타작이든 신문 지상이나 잡지면에 이름만을 주워 읽어 자기의 기대와 어그러질 때 그는 낙망하는 동시(同時) 문단의 유치를 반각(半覺)하고 점점 조선문학에의 애착을 축소시키는 일이 많은 것 같읍디다. 그 반면에는 그만한 것은 내라도 쓸 수 있다고까지 자각을 주어 그로 하여금 좀더 공부를 하라든 마음을 꺾이게 하고 따라서 서슴지 않고 붓을 들게 되는 모양입디다.

대담이 나서는 것은 좋으되 한참 열심히 탐구할 때에 착종저졸(錯綜低拙)한 평문과 창작으로써 그들의 암연(暗然)한 정돈(停頓)으로 이끌어 준 책임은 전혀 난평(亂評) 타작의 작자가 지지 않으면 아니 될 것이 아니겠오

이러한 책임감과 염치가 있으면야 그들이 차마 붓을 들겠오마는 몰염치한 그들의 행동은 일편(一便) 문단인으로 격뢰시킬 책임을 져야할 줄 알우.

물론 객관적 정세가 호위(虎威)를 빌어서 호과(狐誇)하는 현상이니 더 말할 여지가 있겠오마는 할만한 범위에서도 진보적 그리고 인격자라고 할 만한 이들이 노력하여야 할 것이오

다른 편으로 나는 이러한 현상을 보오 소위 일부 기성작가라는 이들의 행동 급(及) 심사는 다 썩어버린 된박 같은 감이 없지 않아 있읍듸다.

우에도 말하였거니와 인격적인 동시에 사람은 항상 의지가 서야 하고 의지가 서는 데에는 또 절조가 있지 않아서는 아니될 것이 아니겠오 그들이 선배연(先輩然)하고 오늘날까지 후진에게 존망을 받지 못하는 것도 이러한 점에 허약하였다는 것이 아닐까 하오

소위 기성작가라는 이들은 몇 사람을 빼여 놓고는 거의 다 그들이 가서는 아니 될 길을 가고 있지 않소 요지금의 ××보(報) 지상에 나열해지는 것을 보아도 넉넉히 짐작할 것이 아니겠오

이것이 단지 보수(報酬)에만 궁하야 그린다고 변명을 한다면 그것은 결국 우자의 변법(辯法)에 지나지 않으리다. '궁(窮)을 떠나서의 절조(節操)'가 있으리가? 이것은 다른 것이 아니라 그들의 무력과 아울러 최후적×× 에 지나지 않고 또 절조 없는 곳에서 조선의 문학을 논하랴니까 자연 형식주의적, 예술지상주의적 모순을 들고 나서는 것이 아니겠오 그들에게 암만 통절경발(痛切勁拔)한 문장이 있다손치더래도 그는 피와 뼈 없는 것에 지나지 않으리다.

나는 이러한 점에서 그들의 글을 비인격적으로 보고 나가서는 암만 묘하다 하더래도 비예술적이라고 믿고 따라서는 그들의 평문은 사족에 지나지 않다고 보임듸다.

이러한 현상이 조선문단의 일 영역을 점하야 있다는 것은 한심할 노릇이요 나는 그나마도 오죽지 않든 나의 붓을 놓고 조선문단을 권외자로 방관할 제 여러 가지 감상이 많이 있오마는 너무나 장황한 탓으로 다음으로 밀고 군에 물은 데에 대하야 몇마디 써보겠오

내가 구인회(九人會)에서 나온 것은 사실이오 무슨 동보자(同步者) 무영

(無影)군이 나왔다고 따라나온 배도 아니지만은 아마도 무영군의 마음과 나의 탈퇴 동기에는 공통성이 없지 않으리다.

내가 나오게 되였으니 물론 입회의 동기에 있어서 그릇되였었다는 것은 명확한 일이 아니겠오 구태여 캐여 보자면 나 같이 문단인을 모르는 사람도 적으리다. (찾아다니지도 않고 찾아주지도 않고 홀로만 겪는 탓으로) 이러한 곳에서 권태가 나고 소위 문단 사람들은 하고 알고 싶다는 동기에 이끌렸었다면 그것도 한 힘은 입었다고 여기오 몇 차례 회합에는 제법 침착한 기분도 돌았으나 몇몇간의 '요다'가 나오기 시작하자 그것은 아모 것도 아니라고 떨쳐버린 배요

물론 구인회 속에서도 몇몇은 이데올로기의 상위(相違)는 있다 하더래도 예술에 대한 신실성은 많이 가지고 있는 이도 있오

그러나 처음부터도 이데올로기의 상위로 입회를 주저한 배도 되였었지마는 나의 탈퇴의 원동력이야 물론 그 점에 큰 의의가 있겠지요

서울 장안에서도 일차 회합에 참석치 않는 이도 있는 데 멀데 떨어진 것이 가벼운 구실은 될지 모르되 그것이 전체의 책임을 진다면야 그릇된 관찰이겠지요 앞으로는 구인회가 어찌 되리라고요? 그것은 객관적 정세를 먼저 논한 후가 아니면 정확한 답론이 나오지 않을 것 같소 객관적 정세에 의하야 나타난 기형아이니까.

엄군! 나는 이곳으로 온 후 이렇게 긴 편지를 써본 일이 처음이오 이왕에 긴 편지를 쓸 바에야 내 말만으로 전부를 채울 것이 아니라 군의 요지음의 작품행동으로써의 나의 눈에 비인 배를 적어보는 것도 한 충고도 될 뿐 아니라 한 독려도 될 줄로 믿소

군의 처녀작 (적어도 내가 군의 작품을 읽기 시작한 작품으로) 「흘러간 마을」 발서 오래전 일이라 상세한 것은 잊었오마는 나는 그때 아직 붓은 들지 않았으되 문학에 퍽으나 유의를 하야 보던 때이니만치 어렴풋이 기억에 남어 있오 솔직히 말한다면 「흘러간 마을」은 퍽으나 로맨틱한 작품이었다고 보오 그리고 그때에 가작(佳作)으로 평들을 하였고 나도 보기

드물다고 여겼었오 그러나 보고 느낀 바는 그때 아모도 말하지 않어 군에 작품에 첫 인상으로 호감을 가졌더니만치 나는 평의 진(眞)를 의심한 점도 있었오 즉 그때는 ××주의의 신흥기요 더 나가서는…….

나는 그속에서 「흘러간 마을」은 우연성에 빠진 작품으로 본다는 것이 나에게는 무엇보다도 그 작품의 아까운 실점(失點)이라고 여기고 지금까지도 마음에 걸리고 있오 보편이 적은 동시에 너무도 특수하였다는 점.

그러고 다음에 「꿈과 현실」 「지옥탈출」 등 근자에 이르러서 「절상(絶狀)」 「고민」 등을 읽어온 내에게는 군의 치밀한 구상과 필치는 얻을 바도 있으나 전체로 보아 군의 작품은 일반적으로 선이 가늘지 않을까 하오 또 작품의 무게로 보아서 근작에 있어서는 초기작에 한 발을 물러서 않아하는 감도 듭되다.

군이 걒프의 탈퇴이후—커다란 전환과 정신적 갈등이 많었으리라는 것은 나로도 짐작되는 바로되 군의 대한 진실성은 꾸준히 많다고 여기오

나는 군에게 '초기로 돌아가라'고 말하고 싶소 침울하면서도 명랑성 있던 「흘러간 마을」과 「꿈과 현실」로.

나는 이 이상 말하지 않겠오

엄군! 걒프는 해산을 하고 말었오 탈퇴당의 한사람이던 군의 감정은 어떻소?

하여튼 조선문학의 앞날이 어찌되겠느냐고 붓끝으로 명확히 쓸 수 없는 현상이니만치 우리는 처음에도 말한 바 있으나 아직도 어리고 무식하오 글쓰는 사람이나 글보는 독자나 전반(前般)에도 문학의 대중화로 논쟁이 백열화한 적도 있지마는 결국에 있어서 작가 그 사람의 인격과 절조와 견문이 경비(兼備)하는 곳에 참다운 문학이 나올 것이 아니겠오

엄군! 여러 말을 할 것이 아니라 현실에는 현실 그대로의 참이 있고 참에는 불후의 힘이 빛이 있소 그 힘은 무지중 대중을 끄느 것이오 그 힘은 인류의 진보을 독려하는 역사의 필연성이요 우리는 적어도 이 존중한 힘의 조끔한 조약돌이 되면 그만일 줄 믿소 엄군! 나는 불현듯 서울 가고

싶우. 고독하게 있자니 너무도 쓸쓸하오

그리고『조선문학전집』건은 나도 부탁은 받었소마는 되는 날이 되는 것이지 그러나 그 동무는 진실은 한 사람이오 작품을 직접 자기가 쓰고 싶어하는 사람이 아니라 작품을 위하야 힘것 도와주고 싶어하는 진정한 문학보호자라고 할만한 사람이오 위선(爲先) 그렇게만 알고 계시오

시집 『지열』 후기

공포와 침울의 동굴에서 약출(躍出)한 팔·일오의 아침은 너무도 찬란하였다. 황망한 '감격의 과잉'이었기에 외적 세계와 내적 세계의 국경도 철폐치 못한 채 경이의 와중에 뛰어던 시심은 육체적이 아닌 영상적 조화이기도 했다. 그러나 의외로 남조선의 환경은 또다시 잔재된 마영(魔影)이 침침히 잔동재영(潺動再映)하여 더러운 진수렁으로 화하고 있다. 이 불안한 반동의 계절은 전일의 절망적 애수이기보다는 증오와 분노의 지대에서 형극의 투쟁을 감행케 하고 있다. 시인은 이 불안의 계절에서 예언적인 돌을 던지기도 했고, 이 폭풍의 암야에서 미망(美望)적인 태양을 찾기도 했고, 이 위대한 전야(前夜)에서 용감한 영웅을 부르기도 했으며, 때로는 침정(沈靜)의 심연 속에서 울분의 눈물을 머금기도 했다. 이러한 우연적이 아닌 당위에서 내계와 외계는 생리적 융해로서 예술적 창의를 북돋웠다. 이러한 과정이라서 나의 시는 아직도 불이 아닌 열의 밀도 속에 있음을 솔직히 고백한다. 이것이 도리어 나의 위가(位價)를 속이지 않는 진실일는지도 모른다. 이것을 아는 것이 나에게는 도리어 앞이 환해지기도 한다.

　그리하여 인민적 진실과 조국적 진실이 한 덩어리가 되어 가는 데에 나의 시적 여백이 미여져 가고 있다. 하여튼 하이네의 '우리는 자유속에 살고 또 죽기를 바란다. 이 싸움은 지상의 싸움 중 제일 중요한 싸움이다 …… 이 시대의 큰 문제는 무엇이냐? 그것은 해방이다.' 이 말은 나에게나 우리에게나 다 옳다.

　서(序)나 후기는 의레히 저자의 변명을 용허(容許)하는 곳이다. 그러니 나도 사양치 않으란다. I부는 47년도의 것, II부는 46년도의 것, III부는 45년도의 것과 그 전 것 두세 편으로 짰다. 그것들 속에는 여러 가지 심정이 억바뀌여 있다. 그는 내가 몹시 고뇌하면서 탐색해 나간 모습 그대로인 것이다. 변천무상(變遷無常)한 와중에 부침하면서 인민에게로 가는 나의 거짓 없는 고백이기도 하다. 고난 속에서도 스스로 그리로 가야만 하는 나의 시적 생리가 변질되여 간 도표(道標)이기도 하다. 그러기 때문에 나의 첫 시집『향수』에서 뛰여 나온 그 심상의 다각성이 도리어 당연하기도 하다. 그렇게 하여 나의 다음의 여백도 채여져 갈 것이다.

김안서 씨의 정형시론에 대하야

1. 첫말

발서 청산된 것을 부득이 끄집어 내여서 이러나 저러나 하는 것도 부당한 일인 줄로 번언히 알면서도 너무나 어이 없이 시대에 뒤떨어지는 소리를 하는 데에는 가만히 있으랴고 하야도 있을 수 없는 것이 나의 감정이다. 그런다고 지금 내가 안서 씨를 욕하랴고 하는 것이 아니라 단지 그의 이론(『신조선』 10, 11월합호 칠혈(七頁) 표현언어훈련 특히 시가에―)이 나의 비위에 맞지 않고 따라서 일반으로 받아드릴 수 없다는 데에 대하야 나로서 이 붓을 들게 한 자극을 준 것이다. 나는 지금 되도록 간략히 써보랴고 하는 한편 조악한 얼김이 같은 굵은 줄기만 추려서 말하랴 하니 도리어 괴롭고 서투르게 됨을 두려워 한다.

2. 형식주의의 말로

위선(爲先) 나는 형식 편중주의 즉 소위 예술지상주의적 형식주의의 필연적 과정의 멸망하는 원인과 동시에 형식주의를 주장하는 동기를 대충 적어 보랴고 한다.

인류는 항상 내용이 없이는 형식이 있을 수 없는 것은 부정하랴고 하야도 할 수 없는 정확한 사실이다. 내용 A가 없이 형식 A를 창조할 수 없었을 것이다. 그러므로 형식 A는 내용 A를 여실히 그려내였느냐가를 문학상의 문제의 초점일 것이다. 그러므로 형식주의에 있어서는 형식 A에 B라는 미, 덕, 선, 감(甘) 등과 그 반대어의 장식물을 붙여서 그 내용을 결정하자는 데에 큰 힘을 쓰고 있는 것이다. 달리 말하자면 형식이 곧 내용을 결정할 수 있다는 것이다. 그러나 형식이 아름다우면 그 내용도 아름답고 형식이 아름답지 못하면 그 내용도 그와 같다고 말할 수는 없는 것이다. 그림자만 보고는 그 내용인 실물을 완전히 볼 수는 없다. 즉 그 그림자라는 데에 형식주의자들은 쓸데없는 혹도 붙이고 쓸데있는 데에 잘러내기도 하는 되도록 아름답게 하자는 본지(本旨)에서 발서 형식주의자들의 그림자로의 형식은 불구자형이 되고 마는 것이다.

따라서 형식편중주의의―형식지상주의의 밟지 아니할 수 없게 만든 원동력은 그 내용의 결핍이다. 빈약한 내용을 되도록 달게 당정 보는 사람의 비위만 맞춰 주자는 데에서 발생한 것인 것도 사실이다. 즉 내용 A라는 것은 발서 보는 사람으로는 수십 번을 경험해 읽은 것을 또 그 내용 A로 즉 빈약한 한결 같은 내용으로 그려내자니 단지 외면 장식밖에 더할 것 없는 것이 형식주의자들의 장사아치의 수단인 것이다 물론 형식주의의 내용의 상실에는 여러 가지의 원인이 있으니 그가 대표하고 있는 층의 사회적 내용의 운명과 동로(同路)를 걷는 데에 따라서 그 층에 있는 독서자를 이 말세기적(末世紀的) 아니 여생(餘生) 향락적 엽기적 급(及) 염미적

(艶美的) 생활에 들어 맞추어지는 것을 바라는 점과 또 그 비위를 맞추랴고 헐덕이는 무내용한 단지 형식의 외면미만을 차리는 그 파(派)의 글쓰는 사람의 사기술일 것이다.

그러함으로 단순히 그의 요령을 삼어 쓰자면 먼저 형식주의자와 동로를 걸으며 따라서 무내용한 자기들의 빈핍을 형식에서만 화장한더는 것이다. 양심−예술적 양심(그들이 말하는)이 있다면 그것은 못할 노릇일 것이다. 그들에게는 '절실'하다는 것은 없고 또 '침통'한 무엇도 없고 단지 절망적 발악에 지나지 않는 것이다. 내용을 떠나서 형식으로만 치중하는 심리를 이로써 엿볼 수 있을 것이다. 문학상 일반에 있어서도 이와 같은 형식주의가 증가하고 있는 것은 유유상종으로 모인다는 말마따나 류(類)끼리 선전하고 찢고 까불으는 데에서 아즉도 그 최후 발상이나마 지니고 있다는 것이다. 이것이 실(實)에 있어도 조금도 손색이 없이 나타나 있는 것이다. 시에 대한 것은 차항으로 미룬다.

이와 같이 형식주의라는 것은 외국에 있어서도 그러하거니와 이 과도기적 아니 제 삼기 사회구성의 만성적 헐덕임 속에서 있으나 그는 잠간적(暫間的)이요 따라서 화장이 벗겨진 날 소멸하고 마는 것이다.

3. 시의 내용과 형식

여기에 대하야 쓰자면 무척 길게 될 것이다. 그러나 나는 여기에 간단하게 써보랴고 한다.

독일시인 괴테는 말하기를 '시가 나를 지은 것이지 내가 시를 짓는 것은 아니다'라고 하였다. 즉 괴테는 시를 짓는 데에 진실로 지으라고 애써서 지은 것이 아니다. 짓지 아니하고는 못 배기는 데에서 짓는 것이라는

의미일 것이다. 이에 비쳐 보더래도 우리는 시의 내용의 발동 즉 시상의
발동으로써 그 시상을 여실하게 적어 놓으면 그만 시가 될 것이다. 즉 형
식인 기교에 대하야는 시에 있어는 끝에 끝가는 일에 지나지 못할 것이
다. 우리가 몬저 시를 지을 때에는 내용이 제일일 것이다. 어떠한 충동을
받든지 어떠한 감정의 일용(溢湧)으로 말매암아 시상이 떠오르면 그 떠오
른 시상 그대로를 적어 놓으면 발서 그것이 시가 되고 말 것이다. 우리는
나면서부터 어떠한 선천적 미를 가질 수 있다. 그러나 점점 사람이 성장
하여 가면서 순결치 못한 사회에 매이여 의복이나 화장이나 그 외 모든
외형적으로 장식한다. 그러나 그러는 것이 사람의 진선(眞善)을 고칠 수
있고 나타내일 수 있는 것이 아니라 그러는 것은 도로혀, 진선을 파묻고
서 눈을 속이랴는 그러한 수단에 지나지 않을 것이다. 그럼으로 우리는
화장한 미를 차러내이랴는 것이 아니라 진선을 보랴고 애쓰는 데에서 참
다운 시를 맛볼 수 있을 것이다.

말하자면 멸망하여 가는 시사회(詩社會)를 대표하는 그들 형식주의자들
은 늙어빠진 주림살을 묻어보고 보랴고 화장을 두텁게 하는 수단에 지나
지 않는 것이다. 그럼으로 형식에만 치중하는 기교시인 종장(宗匠)시인들
은 인간의 본진(本眞)의 미를 제폐시(第閉視)하고 동시에 작위(作爲)에만 고
심하고 또는 기교에만 희롱하며 수사에만 전력하야 사당(砂糖)맛 같은 옅
은 맛으로만 시의 전 생명인줄 믿는 것이다. 그것이 그들의 최후의 무기
로써의 발악에 지나지 않는 것이다. 즉 불순한 무내용한 시를 되도록 조
각하야 기교라든지 수사라든지 교묘(巧妙)라든지가 많으면 많을수록 우리
는 추녀가 그 화장이 짙으면 짙을수록 어루맞지 아니하고 즉 비추(卑醜)하
게 보임과 마찬가지로 그 시의 추혈(醜血)을 여실이 참으로 여실이 보여주
는 데에 지나지 않는 것이다. 누구인지 최초의 인간은 즉 최초의 시인이
라고 말한 사람이다.

그와 마찬가지로 우리는 반다시 일정한 시형(詩形)을 낭관문(郞關門)을
묘하게 지나치 가서야만 반다시 시가 된 것은 아니다. 동시에 그렇게 믿

어지지 않는다. 얼마까지는 시형이라는 것을 보지 않으면 아니 되지만은 우리는 '오즉'(안서 씨 소론 칠구혈(七九頁) 상단)이라고는 못할 것이다. 우리는 전혀 시형이라는 것을 무시한다는 것은 물론 아니다. 그러나 너무도 기교에만 부심하는 한편 그들의 시가 순전히 형식의 묘(妙)에만 그치고 만다는 것이 부당함을 첨언하야 둔다.

우리에게 힘이 있어야 하고 열이 있어야 하고 빛이 있어야 한다. 그러나 이러한 '힘' '광(光)'은 내용에서만 볼 수 있는 것이다. 즉 질에서 맛볼 수 있는 것이다. 즉 형식은 그 뒷 일이다. 그러므로 우리는 나무의 줄기와 뿌리를 살려 놓고는 잎과 꽃을 바라야 할 것이다. 입과 꽃을 아모리 묘하게 만들어 붙인들 죽은 나무가 살아 날리는 만무하다. 묘한 조엽(造葉)과 조화로 나무가지를 장식하고 꽃나무 같이 하는 것은 조화상인의 입버릇일 것이다. 그럼으로 우리는 아즉도 초창(草創)시대를 벗어나지 못하였다. 더욱이 시단에 있어서는 너무도 어린 맛을 금치 못한다 그래도 오늘날까지 형식에는 불려(不麗)하려나마 진(眞)에서 우러난 시로써 비로소 시맛을 알고 맞어 왔다.

그러나 우리가 시형에 대하야는 그리 '먼저' 애쓸 것은 아니다. 물론 생리의 기교도 기(期)하지 않는 배는 아니로되 내용의 무에서 형식의 유를 찾는 자들의 우론(愚論)을 웃을 뿐이다. 암만 형식적으로 양이 많으나 오날날까지 형식편중주의자들의 수확이라는 것이 단 한 개인들 살어있지들 못하는 것으로도 넉넉히 알 수가 있다. 우리는 어데까지든지 억지로 기교를 농(弄)하야 시를 지어서는 안 된다. 우러나야 되는 것이다. 그럼으로 우러나는 분노 우러나는 의리 우러나는 힘 열광! 이 모든 것을 그대로 적어 놓으면 시가 될 것이다. 길게 쓰면 소설이 될 것이고 내재율에 맞추어 짧게 쓰면 시가 되는 것이다. '포에트리'(시)라는 광의는 문학 좀 자세히 말하면 소설 희곡까지 도우니 그 외의 모든 문학 상의 창작이라고 전하는 것이다. 모든 것을 총구(總構)할 수 있다고 함으로 이렇게도 말할 수 있다. 그러나 나는 여기서 말하는 것은 그러한 것은 아니지만은 그러나 시의 본질에 들어가서 말하야 보자면 우에 쓴 바와 같다고 여긴다.

그럼으로 우리는 시를 쓰는 데에는 무엇보다도 먼저 시상을 걸러야 하고 단지 형식 즉 정형시 같은 일정된 구속에만 전력을 써서는 아니되는 것이다.

요약해 말하면 우리는 시의 내용과 형식에 있어서 구별해서 아니 될 것이로데 그러나 그를 분석하야 고찰하자면 우리는 형식에 그치지 마라는 것이다. 즉 형식의 노예가 되여서는 아니 된다는 것이다. 우리는 어데까지든지 시는 우리의 눈물이요 탄식이요 홍소(哄笑)요 환호이어야 하는 것이다. 즉 그러한 내용의 노예로써 내용 그대로 적어놓는 데에 참다운 시일 것이다.

4. 자유시형의 사적(史的) 고찰

이것도 말할 수 없이 길게 쓰질 것이로데 위선 대략만 적어놓고 다음 기회를 얻을 수 있으면 좋을 줄 안다. 나는 이전에 신채호씨의 「조선 고래(古來)의 문자와 시가의 변천」이라는 논문을 읽은 적이 있었다.

'세종대왕…… 여성(閭成) 시조(時調)의 성작(省作)이 있으나 그러나 그 재력(才力)을 모다 한시(漢詩)의 저작(著作)에 팔아먹고……' 이것으로 비쳐 보건대 한시로 말미암아 시조의 창작적 노력과 밋그의 성과를 볼 수가 없다듯이 또한 지금에 와서 우리는 시조와 같은 구속을 벗어나 자유시의 영역에 들어올 것이다. 그의 예를 자유시의 발단처(發端處)인 불란서에 구하야 보건대 본시에는 고전적인 시의 법칙 — 즉 운어법(韻語法)이 모든 시인을 지배하였던 것이었다. 그것은 오로지 불란서만이 아니라 영(英) 독(獨) 이(伊) 로(露) 동양으로 중국 일본 조선까지도 소위 그물에 들어서 작시를 거듭하였던 것이었다. 제 십구세기 말엽에 과학문화의 급진적 발달이 제래한 사회상의 변천과 발달과 같이 젊은 시인들 간에는 새로운 예술창조의 기운이 신흥하야 발랄한 홍수의 기세로 구속된 결박을 타파하고 새로운 자유로운 표현의 방식을 찾었다 그것이 즉 자유시의 발원의 이유이니 그 내용에 있어 일만(溢滿)한 감정을 단지 구속의 관문을 지내여 나타내인 것과 그 관문을 파붕(破崩)하고 나온 것을 볼 수 있다. 그런다고 전혀 방만(放漫)된 사상의 나열이냐 하면 그런 것은 아니라 재래(在來)의 외면적 형식적인 운율법을 대신하야 내면적 운율 즉 내용률을 가지고 대담스러이 신시을 창조하야서 자기네들의 뛰노는 개성을 적실이 나타내이는 자기네들의 파류(波流)같이 구프져 흐르는 내재율의 '리듬'을 살려 가면서 일정한 율격의 구속을 벗어나는 데에서 그들의 새 빛을 보이는 것이었다. 달리 말하면 자기네들의 호흡 그대로 적어내자는 데에서 자유시의 기원을 발하였다고 한다. (山內氏의 佛詩近代史) 나는 여기에서 다른 것을 그대로 두더라도 제일 자유시의 발생 급(及) 발전을 율격사(律格詞)의 필연적 과정에서 구속을 벗어나라는 새로운 삶에서 사상에서 나아옴이라는 것만을 미리 암시를 주랴고 할 뿐이다.

따라서 나는 한 발짝 나아가서 첨언하야 둘 것이 하나 있다. 그것은 즉 예술 형식 발달의 법칙이라는 것에 있어서 그것을 (법칙)을 무시하고 우리는 어떠한 신형식도 논할 수 없다 모든 예술 형식은 결국에 있어 기(其)시대의 생산 형식에 규정되여 있다. 그리고 생산 형식의 발달 그 자신은 발서 변증법적이기 때문에 그 반영인 예술형식은 기(其) 이전의 예술형식의 변증법적 발전으로써만 얻을 수 있다. 이것은 장원유인(藏原惟人)씨의 새 형식에 대한 이론이다. 즉 새 예술형식은 청청백백(靑靑白白)의 하늘에서 떨어져 나려오는 것은 아니다. 과거의 모든 예술형식에서 앙양(昂揚)하야 또는 찬기(撰棄)하야써 새 생명을 낳는 것이다. 예술 일반에 있어서 그러할 바에야 시에 있어서도 동일할 것이다. 나는 여기서 조선의 자유시도 외국의 그것과 같이 젊은 반역시인 예를 불국(佛國)에 들면은 역시 반역자의 일단인 '벨-렌' '마라투메' '후라쓰젬' '레니에' 등등 …… 이 과래(過來)의 많은 구속에서 벗어나서 자유의 천지에서 찾아 보자는 의기(義氣)에서 필연적으로 나오고만 것으로 여긴다. 전술과 같이 구속을 받던 한시와 시조 더욱이 한시의 구속 받던 시조에서 자유시 이러한 과정을 밟어오지 아니하았다 한다. 아직도 시조의 엄연한 규율이 있고 자유시로는 돌아갈 것 같지 않다. 왜그러냐 하면 우리는 한 번 당한 구속과 한 번 맛본 고통은 너무도 영이스럽게 재복(再復)을 허(許)치 아니하고 또한 범하고 싶지 아닐할만한 사람이기 때문이다.

그럼으로 우리는 너무도 방종하고 산만한 자유시의 형식을 고치면서 있어야 할 것이다. 그러하고 소위 안서 씨의 말한 형식의 굴레를 반드시 싸워서 내용은 어떻든지 다시 꼭두각시 모양으로 또는 요술쟁이 모양으로 떠들고는 싶지 않다. 우리는 앞으로는 나갈지언정 뒤로는 물러서기는 조금도 양보하야서는 안 된다. 우에 말한 것으로 생각건대 우리는 발랄하고 침통하고 절실한 내용—마음의 눈물과 마음의 웃음과 마음의 탄식을 그대로 그려놓으면 그만일 것이다. 형식은 말(末)의 말단인 것이다. 형식을 무시한다는 것이 아니라 형식에만 편중하지 말라는 것이다 자유시형은 격형(格形)에서 벗어난 것이지만은 그것은 형식에 있어서만의 파격적이 아니라 내용에 있어서도 한 커다란 변혁을 내포한 한 것이다. 달리 말하면 내용의 참신에 말미암아 따른 시형을 찾은 것이 자유시형인 것이다. 그러므로 우리는 사회변천이 또한 필연성을 가지고 발전하야 나아가는 데에 따라서 시의 내용도 역시 변증법적의 길을 밟어 사상(시상)도 용감함과 같이 동시에 따라갈 것일 것이다.

요컨대 공형시(空形詩)가 한시 시조의 율격시에서 이탈하야 또한 사회적 객관적 정세의 부자유에서 부르짖고 일어난 자유시에 대하야 반동하랴는 도주하랴는 것은 너무도 어리석고도 가엾은 일이다. 우리는 먼저도 말한 바이지만은 시의 내용의 문제가 더 큰 것이지 형식에 문제는 말단인 것을 말하고 따라서 형식편중주의를 보수하는 파는 그 멸망하야가는 빈약한 내용을 가릴랴는 허위적 망동인 것을 말해둔다.

5. 안서 씨 오류

우에 대충 말한 것으로도 안서 씨 소론의 정형시에 대한 과오를 알 수 있으나 이제 직접 안서 씨의 소론을 들추어서 그의 모순을 깨보고자 한다.

'생명이 있어 날뛰는 言語(?)言(?) 어떻게 문자로써 붙잡어 놓을까 하는 것이 모든 시인의 시심을 괴롭히는 것이외다' (칠구혈 상단) 물론 그렇다. 그러나 그 다음에 '그러니 적어도 시가에 몸을 맡기랴는 인사로는 시가의 진정한 길(?)을 밟아 나아갈 준비로의 충분한 훈련이 없이는 아니될 것이외다. 그 충분한 훈련이란 다른 것이 아니요 오즉 문자에 대한 충실한 구사법을 알아두는 데 있을뿐이외다.' (의문부 급(及) 방점 필자) 너무도 문학 노예로 길들이고 싶은 훈련방법이다. 시에 뜻하는 사람으로 어찌 오직 형식에만 힘쓸 뿐이랴 또 몇 줄을 건너 '문자답지(?) 아니한 구사(驅使)를 받아 노예로의 활기가 없이 송장 같은 비시(非詩)가 되고 말었는가' 이것이 안서 씨의 '현하시단(現下詩壇)의 시가라는 것을 봅시요' 하고 적어 놓은 말이다. 문자답지 아니한 구사법이란 무슨 소린지? 비시라는 개념은 무엇을 아니 누구를 욕하랴는 헛튼 수작인지 모르겠다.

안서 씨는 여기서 시를 맛보는 데에 있어서 눈으로만 본 것이다. 그러나 우리는 시는 단지 기교의 묘(妙)으로만 시 비시(非詩)라고 말할 수는 없는 것이니 즉 안서 씨의 시형은 시요 기외 것은 비시라는 말인가? 그렇지 않으면 그 반대인가? 또 보라 '양우하면 모다 괴양이가 아니외다. 쥐를 잡고 자유자재의 생명있는 활약을 하는지라 비로소 괴양이로의 존재할만한 가치가 있는 것이외다' (七九頁) 그러나 우리 일반은 양우하는 동물은 쥐를 잡든지 아니 잡든지 묘(猫)로 직각(直覺)한다. 어둔 밤에 듣는 묘성(猫聲) 같이 그러나 안서 씨가 양우하고 쥐를 잡았다고 괴양이는 아닐 것이다. 우리는 양우하면 그것이 동물이면 묘(猫)이요 인성(人聲)이면 묘성의 모방임을 아는 것이 일반이다 그런데 어째서 '양우'하는 동물을 묘라는 직각을 못할까? 우리는 포서(捕鼠)의식이 있기 전에 벌써 묘임을 알을 것이다.

이의 비유가 즉 묘를 그리는데 '양우' 소리로만은 못쓴다는 것이겠지? 그러나 우리는 형식의 묘(妙)를 위하기 위하야 직각을 해손(損)하기는 싫다. 시와 비시(안서 씨의 소론)는 '대부분으로 보면 문자의 구사 여하에 있게 되는 것이외다'(七九頁 下端) 여기서 나는 안서 씨는 시인이라는 것이 어떠한 것인지를 모른다고 하고 싶다. 나는 이것을 말하기 전에 위선 시혼과 시재의 구별을 해보고자 한다.

시혼이라는 것은 천재에 비할 것이요 시재(詩才)라는 것은 능재(能才)에 비할 것이다. 즉 천재는 시혼인 것이고 따라서 선천적인 것이며, 능재는 시재인 것이고 후천적인 것이다. 그러므로 시재는 즉 시재에 지내지 못하고 시혼인 것은 아니다. 동시에 시혼이 없이 시재만으로 시를 짓는 사람은 그것은 기교시인에 빠지고 만다. 그러나 우리는 여기서 시혼의 수양— 즉 외래적 모든 사상의 영향 자발적 감정 등을 전심전력으로 한 후에 일반 시형에도 힘쓸시니 어찌 천재의 시인과 능재한 시인과를 동일시할 수 있으랴. 천재와 평범의 양 시인의 차이는 시형 즉 형식 즉 안서 씨의 왈 문자 구사법에 있는 것이 아니라 시의 본가로 근원인 사상 즉 시혼에 있는 것이라 것을 말했다. 안서 씨의 말마다나! '문자 아둔니 예술가는 다같이 언어시인! 언어! 하며 끊지 아니하고 이 문자들의 그림자(?)를 달인 다니는 것이다'라고 하는 것은 아니다.

이상과 같은 기교시인의 상투로 하는 소리가 결국 개천물을 막어서 한 군데로 몰아는 것이 정형시론이다. 나는 지면도 많이 차지하는 근심이 있음으로 더 글을 (적어도 보기에는 전후가 모순이요 따라서 그 글의 근본에 과오가 있음은 한 두가지로 헤일 수 없다마는) 준비하고 싶지 않고 다음에 안서 씨의 소위 정형시의 과오와 해독을 말해 보고자 한다.

'자유 시형은 과도기'라고 하였으니 나는 무슨 소리인지 모른다. 자유 시형의 다음에는 필연적으로 구속을 받을 정형시가 올 줄 아는 안서 씨야말로 어리석다. 이는 (정형시형) 환고(還古)의 생각이요 따라서 나날이 날 닮어라주의로만 생각한다. 형식주의에 있어서도 말한 것과 같이 자기의 현위(現位)를 사수하자는 소리에 지나지 않는다. 나는 조선에서 뿐이 아니라 외국 그것도 가까운 일본과 중국의 예를 들더래도 정형시로의 환고란 말조차 부끄러워 못내 놓을 것이다. 과도기라니 정형시들 다음날에 올 것이라는 표연(漂然)한 속에서 새 것을 좋아하는 젊은이들을 속이랴는 말인지?

또 '자유시는 너무도 자유스러우니까 긴장과 노력과 고심이 적으니 — 정형시 — 즉 자유롭지 못한 데에서 자유시는 자유를 구함에는 어데까지든지 긴장과 노력과 고심이 있는 것이라'고? 홍소(哄笑)할 뿐이다. 감옥에 들어가서 독방 속에서 이불을 이리 두적 저리 두적 하는 것과 무엇이 다르랴 왜 자유시에는 그렇게 침 뱉는기 쉬운 일인가 자유로운 데에서 자유를 찾아 긴장하고 노력하고 고심하야 자유를 구함이 더 자유로운 것이 아닐까 이는 즉 안서 씨의 이 이론은 엄연한 반동성을 (처음 안 배는 아니이지마는) 가지고 있다. 우리는 무엇에든 구속을 벗어나서 참다운 자유를 찾으랴고 하지 않으면 아니된다. 그런데 이 객관적으로 구속이 되여 있는 우리에게 이러한 구속된 시형을 권하는 것 그것이 곧 반동이지 무엇이냐.

6. 끝말

나는 이상에서 간단하나마 안서 씨의 소론을 추려 보았다. 물론 정형시를 주장하는 것은 자유시에 대한 도전의 전조이다. 그럼으로 자유시에 뜻을 두어 보려는 사람은 한번씩 보았을 것이다. 그러나 그를 긍정한 사람도 있겠지만은 나같이 불청(不聽)하는 사람도 또 하나나 둘이 아닐 것이다. 우리는 형식을 전혀 불청하는 것이 아니라 자유시에 도전하는 우론(愚論)을 가만히 듣고 있을 수는 없다. 검열의 관계로 無○○○하야 발표되는 것을 아즉도 유치한 조선 시단에서는 많이 본다. 그러나 오날날까지 나려온 그러한 가장미인은(다는 아니지만은) 발서 물러설 것이다. 우리는 초창기─그것도 발서 십 여 년이나 되였지만은 그들의 분칠한 것을 떠나─ 아니 물리치고 천진스러운 진의 미를 찾어 나가지 않으면 아니 된다.

우리는 아즉도 시형다운 시형을 조선서 발견치 못한만치 자유스러이 이렇게도 하야 보고 저렇게도 하야 보아서 진을 담을 수 있는 참다운 형(形)을 발견하여야 한다. 그러므로 나는 구속성의 반동성과 정형시의 어리석음을 말하고 말야고 한다 끝으로 우리는 우리의 다독과 다작 속에서 굵다란 선과 빛과 힘을 담어 놀 수 있는 시형을 자작하야야 한다. 안서 씨의 시형은 미약하고 빈약한 내용을 (나의 이제까지 안서 씨의 시를 읽은 중에서는 이렇다고 밖에 못하겠다) 담아 놓은 안서 씨 자신의 시형이지 감히 본받을만한 것이 아니라는 것을 단언한다.

모든 젊은 시인 아니 시를 좋아하는 사람들이여 새 것을 찾어 앞으로 나가자.

문단의 부패성과 고독성

문학의 방로(傍路)에서 바라본 문단

침묵은 금이오 웅변은 은이라서 침묵을 지키는 것도 아모 것도 아니다. 프란스인지 굼벨인지 누구인지가 말한 것과 마찬가지로 그것도 지금은 하도 분망해서 잊어 먹었지마는 '정력으로 일하는 벌(蜂)은 슬퍼할 줄도 모른다'듯이 나 역시 침식을 잊어본 일까지 흔히 있다. 옆사람이 보면 웃을 일이지마는 주위 환경이 나를 그런데까지 이끌고 들어가는 경우가 많다. 성벽이 많은 나로서는 의식 중 무의식 중 이끌려 들어가는 일이 흔하다. 비위에 맞는 일이든 아니 맞는 일이든간에 이끌려 들어가서 땀을 흘리고 힘껏 일을 한 후 피로의 기쁨이란 역시 참에 가까운 것이라고도 여겨지는 적도 있다.

그 근본을 캐물으면 물론 생활을 영위하기 위해서의 모든 분망이라겠지마는 사람이라는 것은 희망이 있고 그 희구하는 바가 있기 때문에 현금(現今)에 있어서 침묵이라는 말을 감히 감수할 수 있으리라고도 여겨진다.

‘문학으로 죽으면 본망(本望)이다. 만일 나의 생명이 영원하다면 나는 영원히 문학을 하겠다’ 한두나르를 닮은 점이 다소라도 있다고 하기에 내 자신도 항상 문학의 길에서 있음을 섧워도 하고 쓸쓸히도 여겨지고 또는 괴롭게도 생각키우는 일이 있기 때문이다. 나는 여기서 문학의 방로(傍路)를 걸어가며 느끼는 감상을 적어 보련다. 하나는 생선 문단의 부패성과 그 다음은 기름 문단의 고독성이다. 이는 평범에서 주는 진리일는지도 모른다.

생선 가게를 처음으로 들어서면 생선 냄새 더욱이 생선이 썩는 냄새가 몹시 코를 찌름을 알 수 있다. 그러나 오래 있으면 점점 희박하여 가서 나종에는 전혀 모르게까지 된다.

이런 이야기는 옛부터 잘 알려진 이야기다. 그러나 논어를 읽으면 논어를 모르듯이 이 평범한 객관성을 모르는 이가 얼마나 많이 우리 문단에 파묻혀 있나 하는 것을 슬퍼한다. 나는 어느 때는 전혀 문학권 외인으로서 또는 문학권 외인과 이러한 담화도 해보고 이러한 평도 들어본 일이 있다. 여기서 생각 키우는 일은 조선 문단인과 증외인(增外人) 간의 간격이 너무도 동떨어져 있음을 애석히 여겨지고 다소라도 여기에 관심하는 나로서는 내가 하든지 누가 하든지 간에 퍽이나 미안하고 섭섭한 감까지 가지는 적이 많다.

너무도 주관에만 사로잡히어 전체로 본다면 좁디 좁은 문단만 기준하야 또는 그 문단 중에서도 몇 사람씩 한 클럽이 되어서 그 클럽만에서의 자화자찬 격으로 일삼는 이들의 생선내며 썩어가는 생선내를 실질적 생활에 끌고 들어가서 한계를 넓히는 동시에 써서 주고도 싶은 것이 많다. 결국 소실(消實)에 뒤떨어지면 썩고마는 생선도 생각할 일이다.(상세한 것은 기회 있는대로 또 쓰고 싶다)

다음으로 비위에 맞지 않는 일에 나의 침식을 잊을만치 바쁜 것이다. 무엇이랄 하고 웃는 동무에게 대답한 애기를 써보련다. 나는 장사아치의 구덜에서 영위하고 있는 탓인지 그 구덜에서 허덕이지 아니치 못하는 것이다. 그러나 장사하는 사람치고 영악치 않은 사람이 없고 결사적이 아닌 일이 없다. 나는 이 결사적이라는 말을 문단에도 권하고 싶고 또 침묵을 지키지 아니치 못하는 변명도 삼고 싶다. '손(損) 즉(卽) 도지망가(途地亡家)요 익(益) 즉(卽) 기반(其反)'이니 물론 결사적으로 활약할 것이겠지마는 말 한마디 행동 하나 범연히 하지 못하는 것으로 나는 보여진다. 그러나 물론 옛 문호, 저자야 침식을 잊고 결사적으로 문필에 종사하였지마는 현 조선 문단의 그것은 너무도 표면적이라는 점은 상인이나 공인(工人)이나 농부나 다 같다. 그러나 오직 문단인만은 한심쩍은 일이 많다. 그러니 피상적인 문필가의 태도에 감동이 될 이가 만무(萬無)라고 여겨지는 것은 당연하지 않을까?

즉 심각성이 없고 진실성이 없고 형이상학적인 데에서 대중과 거리가 멀지 않은가라고도 하고 싶다.

조선 문단의 초기에는 대중과 상당한 밀접성이 있었다 함은 결국 이 심각성, 실질적이었다라는 점에서가 아니였었던가? 지금은 그 기술은 늘고 묘하여졌다손치더래도 참기름 모양으로 떠돌고 있는 것은 결국에 있어서 파종(破綻)과 쇠멸(衰滅)에의 큰 과제가 아닐까.

나는 이것을 참기름 문단의 고독이라고 부르고 싶다. 그 도가 극할수록 좋지 못할 것이다.

나 역시 여기서 재고되는 바가 있다. 덮어놓고 쓸 수도 없다는 즉 결사적이 못된다는 양심이랄까?

그러므로 달관적 관찰하에 문단권 내 사실의 습득이 또한 급선무의 한 가지도 될 것이다. 이는 결코 내가 권외에서 일을 하고 있다고 해서가 아니라 소설을 보든지 시를 보든지 평론을 보든지 너무도 국한된 테마 밑에서 서로 서로 움직이기 때문에 독자는 물림증이 나지 않을까고도 여겨지는 노파심에서이다.

이 생선의 부패성과 기름의 고독성은 상호 유기적 관련 있음을 잊어서는 아니 된다.

국지막(菊池莫)은 '생활 제일, 예술 제이'를 주장한 일이 있다. 막(莫)으로서는 당연한 일 일것이라고만 흘려 버리면 그만이겠지마는 솔직하게 말하자면 현하(現下) 조선 문단인이 결사적이 못된다는 것도 결국은 이 생활 제일이 불안정해서 예술 치중이 못되는 것이라는 것도 돌이켜 양해할 수도 있다면 긍정할 수도 있는 문제이다.

여하간 볼레오의 말 '사랑하는 이에게 사랑을 받지 못함은 고통인데 사랑치 않는 데서 사랑을 받는 것보다는 얼마짐 행복이다'와 마찬가지로 귀염을 받던 말던 미움을 받던 말던 내가 사랑하는 글을 이러한 것으로나마 써보는 것이 얼마나 행복된지 모른다.

끝으로 생활도 예술도 자연스러워야 할 것이다. 그러나 일하는 벌(蜂) 같이 슬퍼할 줄도 모른다듯이 하고 싶어도 못하는 적이 많은 내가 솔직한 마음 그대로도 다 나타내지 못한 내인지라 잘, 잘못은 몹시 재촉한 편집자이다.

그에 대한 일화 몇 가지

포석 조 명희의 청년 시절(20세에서 30여 세)과 나의 소년시절(7세에서 20세)의 약 십여 년 간을 함께 지낸 나로서는 실로 감개 무량한 바가 있다.

그의 문학사의 제 문제라든가 그의 사회적 활동에 대한 것이라든가 그의 시대적 위치에 대해서는 이미 다른 평필이나 회상문들에서 많이 언급되었으므로 나는 여기서 새삼스러이 두언하려고 하지 않는다. 오직 세상에 채 알려지지 않은 일상사에서 나타난 몇 가지 일화를 적어 그의 품격의 일단을 보여 주려한다.

그가 여섯 살 때 글'방에 다니였는데 천자문을 석 달도 못 되어 떼고 또한 글자를 서로 붙이여 일상 담화에서 나타난 한문음 술어를 훵하니 썼으며 또한 나이 먹은 서당 동무들보다 앞질러 동문 선습, 통감, 소학, 론어, 대학 등 한문 서적들을 통달했다 하여 신동이라고 불리였다 한다.

그가 열 살 남짓할 때에 일제 놈들의 침략을 막기 위하여 의병이 충청도 우리 고을에서도 일어났다. 매국 배족의 통치배들이 불러 들인 일본군과의 접전이 여러 차례 버러졌다. 이때에 우리 집에서는 멍심이 산'골로 피난을 갔다고 한다. 그때에 포석은 온 집안 식구들의 짚신을 산에 가서 칡을 끊어다가 삼아 신겼을 뿐 아니라 밤 늦게 까지 동리 아이들과 함께 여러 죽의 짚신을 삼아 산'골로 몰려 온 의병들에게 갖다 주었다.

그때 그와 함께 짚신 삼던 어른들에게서 들은 이야기지마는 그 때에 포석은 갑오 농민 전쟁의 창의문(倡義文)을 술술 외우면서 꼬리를 빼는 아이들을 설복하였다.

그가 열 다섯 살 때에는 패한 의병의 분격에 참지 못 하여 동리 아이들을 모아 막대기 총을 메고 군사 훈련을 하여 의병의 뒤를 잇자고 하며 숲 속과 산'비탈을 누비고 달리였는데 근방 동리 아이들까지 모여 한 때는 그 수가 무려 70~80명이나 되였다.

이 때는 일본 놈들의 무단 통치 시기라 부모들이 일본 놈들에게 재앙을 입을가 두려워 한사하고 만류하여 이 군사 놀음을 제어했다.

왜 내가 이 이야기를 하는가 하면 그가 20세 때에 서울 가서 중앙 중학을 다니다가 중국 북경 사관 학교로 가려고 평양까지 왔다가 같이 갈 동무를 기다리는 사이에 려관비에 쪼들리여 서울 아는 사람에게 편지를 한 것이 탄로되여 집으로 다시 돌아 오게 한 일과 그가 집에 돌아 와 농사를 지으면서 글 쓰기에 달라붙게 된 사유를 밝히자는 데 있다. 그의 어려서의 기개는 이렇게 활달하였고 억세였으며 의분에 떨쳤으며 아주 명랑한 성격이였다.

그러나 그가 북경행을 꺾이고 집에 돌아 오면서부터 주경야독(晝耕夜讀)으로 낮에는 농사를 짓고 밤에는 늦도록 책을 읽으면서부터 우울해지고 과묵해졌으며 사색적인 성격으로 변해졌다.

사람이란 흔히 한쪽 끝에서 꺾이면 다른 한쪽 끝으로 내달리는 수가 있듯이 포석의 청년 시절도 이 량단을 가고 와 흔적이 그의 초기의 문학 작품에서도 력연히 엿보이고 있다. 침울하고 애수에 잠기고 나가서는 신비주의의 세계에까지 방황하게 한 흔적을 찾아 볼 수 있다. 그의 첫 시집 —이 시집은 조선서 단행본 개인 시집으로는 첫 시집이다.—
≪봄 잔디밭 우에서≫는 곧 이러한 경지를 헤매이던 때의 작품들이다.
그의 ≪생활 기록의 단편≫이란 수필에서 ≪타골 류의 신랑만주의냐?
고리끼 류의 사실주의냐?≫고 부르짖으며 ≪이 때까지 쌓아 올라 왔던
관념의 성(城)이 무너지기 시작하였다≫고 하던 이전 시기 문학에 지향
하던 그의 심적 세계의 동기는 이러했던 것이다.

그의 첫 시집에서도 찾아 볼 수 있는 바와 같이 그의 처음 아호는 로
저(蘆笛)이다. 즉 ≪갈’대피리≫란 호를 붙이였다. 얼마나 쓸쓸하고 고적
한가. 그의 아호 이야기가 났으니 말이지 그가 포석—(바위를 끌어 안는다)
이라고 붙이기 시작한 것은 ≪카프≫가 창설된 이후부터이다.

조국의 바위 덩이를 끌어 안고 이를 갈면서 싸워야 한다는 의미로서
그는 호를 포석이라고 붙이였고 또 그의 작품 ≪락동강≫에서 성운이의
성격과 투쟁 경력도 창조했던 것이다

그러나 ≪락동강≫에서 성춘의 뜻을 받은 로사가 객관적인 질곡으로
인하여 다시 기차를 타고 북으로 향하듯이 이 땅의 바위를 끌어 안고
죽을 때까지 싸우겠다고 하던 그는 역시 객관적인 제 질곡에 어쩌지를
못하고 북쪽 쏘련으로 망명해 가고 만 것이였다.

그는 양복을 사 입을 돈도 없었지마는 늘 조선 두루마기를 입고 다니
였다. 그 당시 문인들은 대개가 이러하였다. 리 상화, 리 기영, 송 영도
모다 두루마기에 사철 때 묻은 중절모자를 쓰고 다니였다.

그것이 작은 일이기는 하지마는 조선을 사랑하는 심정의 한 표현이요
어디까지나 조국을 지키자는 마음의 상징이기도 했다. 포석은 춘하추동
을 가리지 않고 검정 두루마기에 검정 중절모자였다. 하루는 종로 네거
리에서 그를 본 어느 친구가 ≪그 모자에 거미줄이나 떼이소.≫ 하니까
그는 ≪메라나≫ 하며 모자에 얽힌 거미줄을 종시 떼지 않고 가더라고
한다. 그는 이렇도록 몸 차림에 무관심했고 길을 가면서도 사색에 잠기
군 했다.

그의 한 례로는 그는 길을 갈 때에나 남하고 이야기할 때에나 항시 윈

쪽 손으로 왼쪽 볼따기를 쥐여 뜯는 것이 버릇이였다. 그래서 그 당시 조선 일보에 문인들의 만화를 내는데 포석은 볼따귀를 쥐여 뜯는 머리가 온 체구보다도 더 크게 그려져 있었다.(이 만화는 지금 엄 호석 저 ≪조명희론≫에 게재되어 있음)

이렇게 그는 자나깨나 침식을 잃고 사색에 잠기여 있었다. 글도 한 자 쓰고는 생각하고 두 자 쓰고 또 생각한다.

그가 ≪락동강≫을 쓸 때 그 서두에 쓴 민요조 노래만 가지고 십여 일을 걸렸다는 이야기를 들었다.

그 노래를 지으면서 눈물을 흘리는 것을 수차 본 기억이 지금도 생생하다.

그렇게 그는 글 한 자 한 구를 다독여 썼으며 또한 숫한 추고를 한 후 또 자신이 베껴 쓰군 했다.

베껴 쓰다가 글'자 한 자만 잘못 써도 원고지를 갈아 쓴다. 원고지가 없으면 뒤집어라도 다시 쓴다. 이렇게 자기 글에 대하여 신중하게 다루었다. 또 이런 일이 있었다. 2~3일씩 굶어도 끄떡 않고 앉아서 책을 보든가 글을 썼다. 어느 날 그는 옆에서 배고파 우는 어린것들의 울부짖음에 별안간 벌떡 일어 서며 벽에 걸렸던 옷가지를 훌훌 걸어 가지고 밖으로 횡하니 달려 나갔다. 한참 만에 광주리에 사과와 배를 담아 메고 돌아 왔다. 우선 밥달라는 어린 아이들에게 과일 하나씩을 집어 준 다음 그는 그것을 둘러 메고 다시 밖으로 나갔다. 과일 장사를 시작한 것이다. 나약한 인테리의 탈을 벗어 버리고 실제 자기 로력으로 우선 이 기아를 구해 보려는 것이였다. 그러나 그것도 며칠 못 갔다. 그는 입에 손'가락을 들고 사과 장사 옆에서 눈이 퀭하니 서 있는 아이들을 보고서 어찌 푼전을 남겨 내 가족들만 구하랴 하는 마음에 그 아이들에게 하나 둘 집어주기 시작하였다. 그 바람에 밑천까지 죄다 들어 먹고 말았다.

또 그의 이마를 자세히 보면 숭터가 새로 생긴 것을 알아 낼 수 있다.

그의 그 숭터의 유래는 이러하다. 그가 굶다 못하여 팥죽 장사를 한 것이였다. 팥죽 한 대접에 그 때 돈으로 2전 아니면 1전이였다. 팥을 갈고 새알을 빚는 것은 식구들이 하고 포석을 장작을 때서 불을 지피였다.

굶는 문인들이 거저 와 먹는 터이고 또 이악하지 못 한 장사가 잘 될 리가 만무였다. 이 팥죽 장사도 며칠 못 갔다. 그러나 그에게 남은 것은 오직 며칠 팥죽이나마 배 불리 먹어 본 것과 이마에 숭터를 하나 얻은 것이였다. 그 숭터는 장작을 패다가 튀는 장작에 맞아 생긴 것이다. 그 후 그의 친구가 와서 서로 주고 받던 말이 지금도 내 귀에 쟁쟁하다.

《왜 이마를 다쳤나?》하고 친구가 물으니 그는 빙그레 웃으며 《그 놈의 장작이 미워서 그랬어…… 조선 사람이 다 망해가는 통에 너만 무슨 장사를 해서 살아 보려고 그러느냐고 장작개비가 냅다 내 이마를 후려 갈기더란 말이야…… 내가 아직도 인테리 소시민 근성을 못 버렸고 이 객관적 썩어 빠진 사회를 다 알지 못한 탓이다. 마땅하지…… 모두가 싸우도록 모두가 일어 나도록 해야지……》

하고 한숨을 휘 쉬는 것을 나는 보았다. 이 때 이 팥죽집에서 그의 작품 《저기압》이 씌여졌다.

고리타분한 인테리 소시민적인 탈을 벗어 버리고 《조선 사람이, 가난한 사람이 살려면 오직 싸움 뿐이다.》라고 웨친 시기도 이러한 생활 감정에서 우러나온 것일 것이다.

끝으로 나는 내가 일곱 살 적에 있은 일을 하나 더 적어 보려 한다.

우리 시골'집 울안에는 커다란 밤나무가 한 그루 서 있었다.

할아버지가 떠다 심은 나무였다. 하루 아침 일어 나니까 포석이 《너 뒤울안에 가 보아라 밤이 떨어졌을 게다, 어제'밤에 ……》 하기에 나는 달려 가 보았다. 그런데 알밤이 수두룩 떨어져 있었다. 나는 한 주머니 주어 왔다.

포석은 밤알이 툭툭 떨어지는 소리에 잠을 못 잤다고 한다.

그 때에는 무심히 여기고 들은 일이지마는 그의 첫 시집이 나왔을 때 그의 시 《경이》(驚異)를 읽고 나서 나는 비로소 그 때 그의 말을 되새기게 되였다. 지금도 간혹 자다가 들은 고향, 집 뒤울안의 밤나무에서 알밤 떨어지는 소리가 쟁쟁히 귀에 들린다.

　　어머니 좀 들어 주셔요
　　손잡고 귀 기울여 주셔요
　　저 담 아래 밤나무에
　　알밤 떨어지는 소리가 들립니다.
　　≪뚝≫ 하고 땅으로 떨어집니다.

　　우주가 새 아들 낳았다고 기별합니다.
　　등'불을 켜 가지고 오셔요
　　새 손님 맞으러 공손히 걸어 가십시다.

　그는 어둠 속에서 새 소리를 듣고 그를 찾아 가려는 지향이 벌써 그 때부터 움트기 시작했었다.
　그는 또한 ≪봄 잔디밭 우에서≫ 몸부림도 쳐 보았고 ≪저기압≫ 속에서 떨쳐도 나왔고 ≪짓밟힌 고려≫에서 비분 감개도 하였다.
　그의 몸은 비록 멀리 가 끝내 돌아 오지 못 하였어도

　　봄마다 봄마다
　　불어 내리는 락동강 물
　　구포'벌에 이르러
　　　넘쳐넘쳐 흐르네
　　……………………
　　……………………
　　천 년을 산, 만 년을 산
　　　락동강! 락동강!
　　하늘'가에 간 들
　　　꿈에나 잊을소냐
　　잊힐소냐—아—하—야
　　　　(≪락동강≫에서)

의 노래를 잊은 적이 없을 것이다.

나는 시를 이렇게 썼다

시초 ≪삼각산이 보인다≫를 중심으로

내가 처음 시를 쓰기 시작할 때에는 시를 어떻게 쓸 것인가 하고 무척 모색했었다. 외국의 시 쓰는 방법이란 책도 읽어 보고 선배들에게 물어도 보았다. 그러나 신통한 대답을 얻지 못 하여 대단히 안타깝게 지냈다.

그러던 중 어느 선배 한 분이 솔직하게 말해주었다. ≪남의 시를 자꾸 읽고 자기도 그렇게 써 보려고 노력해 보라. 그런 방법 이외에는 별도리가 없다≫고.

또 다른 선배 한 분은 ≪우선 느껴라, 느낀 바를 진실하게 적으면 그게 시가 아닌가?≫하면서 ≪자기도 잘 모르겠다≫고 부언하였다.

나는 내 자신이 시 쓰는 묘법을 터득하는 수밖에 없다고 여기고 유명하다는 시는 깡그리 내려 읽었다. 그래도 잘 모르겠기에 다른 선배에게 또 물었더니 역시 같은 뜻의 말을 해 주었다.

그러기에 내가 유명하다는 시는 거의 찾아 읽었노라니까 그 분은 나에게 대뜸 반문하는 것이었다.

≪다 읽었다면 좋다는 시는 몇 편 외워 보시오.≫라는 물음에 나는 꼼짝 못하고 얼굴을 붉히고 말았다. 그 분은 대답을 못 하는 나에게 다시 준준히 일러 주었다. ≪남의 것을 자기 것으로 만들자면 완전히 씹어 먹어도 소화가 될지 말지한데 남이 고심초사하여 쓴 것을 수박 겉 핥기로 읽어서 어찌 남 같이 쓸 수 있겠는가, 다야 못 외우겠지만 적어도 자기가 좋다고 여기는 시 얼마쯤이야 입에서 술술 녹도록 외워야 한다. 그러니 한 번 더 애써 보라.≫는 것이었다.

이렇게 하는 동안에 남의 시의 묘미도 몸에 배어 오고 또 그렇게 되니 나 자신도 그러두하게 써 보고 싶은 의욕도 생겨서 습작을 거듭하는 사이에 저도 모르게 시 쓰는 사람이 된 셈이다.

이상에서 나의 초년 시기의 모색한 과정을 돌이켜 보건대 ≪남의 시를 많이 읽으라≫는 말은 곧 이제까지의 시 문학의 열매를 따 먹으라는 것이요, ≪숙독하라≫는 말은 그 진미를 깊이 터득하라는 뜻이란 것을 깨달았다.

즉 아리스토텔레스의 말 대로 ≪모든 종류의 예술은 대상, 수단, 양식은 달리할 수 있지만 모방적이란 점에서는 일치≫한다.

그래서 나는 지금도 새로 시를 쓰려는 사람에게서 시 쓰는 방법을 가르쳐 달라는 질문을 받았을 때에는 입버릇처럼 내가 어려서 대답 받았던 것과 같은 취지의 말을 하는 수가 많다.

무릇 문학 수업에 있어서 남의 방조란 극히 적은 일부분의 도움에 지나지 않으며 어디까지나 시를 쓰려는 자신 스스로가 터득해야 하는 것이다. 창작이란 그 글'자의 뜻 대로 새 것을 창조해 내는 작업이니 만큼 스스로가 깨달아 터득하고 만들어 내는 수 밖에 다른 도리가 없다.

그것도 천태 만상의 인간 생활의 바다에서 이제까지 남이 이야기하지 않은 새 것을 찾아 변화 무쌍한 인간의 내면 세계를 보여 주어야 하기 때문에 언제나 남의 손을 빌릴 수는 없는 것이다. 그러므로 복잡다단한 생활 세태의 어느 환경, 어느 처지에 림해서라도 능히 그 속에 있는 진을 찾아 내고, 글'자를 통하여 자기가 주장하려는 의지를 남에게 전달함으로써 자기가 느낀 바와 같은 감흥을 일으키게 하는 것이다. 즉 구체적인 형상을 통하여 남에게 감득케 하기에는 그리 수월한 일이 아니다. 이렇게 힘드는 일이요 또 기기묘묘한 수법을 요하는 것인 만큼 자신이 능숙하게 다를 수 있도록 자신의 창작적 수련이 무엇보다도 중요하다.

얼마쯤 런마된 토대 우에서 더 잘 쓰기 위해서는 어떻게 할 것인가. 아마도 내가 다음부터 이야기하고저 하는 단계가 아닐가 한다.

우선 느껴서 썼다

《시는 감정이 피어 남이요, 기백의 넘침이요, 또 시는 제 생각 대로 써야 한다》라고 서거정은 말하였다.

또 리규보는 《시는 사상 감정이 기본이다》라고 하였고 리제현은 《시는 지향의 발현이다》, 정 다산은 《시란 사상의 표현이다》라고 말들을 했다. 그 표현들은 서로 다른 데가 있으나 그 뜻은 거의 같다.

이는 곧 시인의 세계관이 시 쓰기 전에 벌써 뚜렷이 서 있어야 한다는 것을 의미함이다. 정당한 사상 — 혁명적인 세계관이 뚜렷해야 한다. 그런 거울에 사물 현상과 생활 감정이 비치여서 보통 감정 이상의 감흥을 이룰 때, 그를 더 확대하여 주장하려는 의욕에서 시는 산생되는 것이다.

그러므로 이 충격이 없이 시를 쓴다는 것은 어리석은 일이다.

이 느낌이 없이 자기 의지와 지향을 어찌 주장할 수 있을 것인가?

이 느낌의 도가 높으면 높을수록 정열이야말로 우리가 항용 말하는 혁명적 열정이며 기백인 것이다.

느낀다는 것은 시인의 사상 감정을 더 뚜렷이 하고 그를 분출시키는 원동력이다.

긍정은 찬송하게 하고 부정은 상오 타매하게 하는 충격으로 된다.

그런데 우리는 왕왕 이 충격 없이 그저 리지적인 의무에서 어거지로 시 감정을 조작하여 시를 쓰려고 하는 사람이 있는데 이는 생명 없는 조화를 만드는 것과 같다. 미사여구와 격한 언어의 장식으로 그럴 듯 하나 그것을 훌훌 털어 추려 보면 매력 없는 색칠한 종이 쪼각에 불과 하다. 즉 내용 없는 시, 시상의 뜨거움이 없는 시에 불과하다.

정 다산은 ≪시 쓰는 사람이 그 사상을 바르게 가지지 않는다면 오 물' 더미 위에서 샘물을 찾으려는 것과 같아서 한 평생 이를 써도 소득 이 없을 것이다≫라고 말하였다.

이 말에 비추어 볼 때 그 흥분과 감정이 시대적 인민적 욕구에 일치 하는가 아니 하는가를 맥을 짚어 보아야 한다. 이는 축적된 감흥이 혁 명적 정열과 상통됨을 말함이요 따라서 사상과 정서가 일치되였음을 말 하는 것이다.

내가 시초 ≪삼각산이 보인다≫를 쓴 때는 1957년 여름이다. 그 때는 3년 간의 치렬한 조국 해방 전쟁을 거쳤고, 전후 복구 3개년 인민 경제 계획이 성과적으로 완수되였고, 영예로운 제 1차 5개년 인민 경제 계획 이 시작되는 첫 해였다.

이러한 사회적 력사적 환경 속에서 우리의 최고 리념은 조국 통일의 갈망으로 끓고 있었다.

이런 감정은 당신 누구나의 가슴 속에서도 깊이 간직되어 있었다. 나 는 그때 분계선 근접 도시인 개성에 가 있게 되였었다.

나는 개성과 평양 사이를 오르내리는 때마다 조국의 중턱인 개성에서 기차가 머무는 것이 몹시 서운하였다. 한 시간만 더 달리면 서울도 갈 수 있고 7~8시간만 더 달리면 부산이나 려수로도 갈 수 있으나 우리의 비극의 마선 때문에 개성에서 모든 지향은 일단 머무르고 만다.

이 서운한 감정이 어찌 나란 인간만의 감정일가. 그 때나 지금이나 또 누구에게나 느껴지는 공통된 감정일 것이다. 아니다. 사람 뿐이 아니 다. 나를 태우고 쏜살 같이 남으로 달려 오던 기관차도 아쉬워서 김을 빼고 기적을 울려쌌는다.

이런 느낌이 나의 심금을 울렸다. 즉 나란 인간의 심금을 울린 이 느낌은 바로 우리 겨레의 념원과 일치되는 것이 아니겠는가?

내가 이렇게 감득할 때 나란 인간의 가슴 속의 흥분은 곧 우리 겨레의 흥분이며 조국의 흥분이 아닐 수 없었다. 나는 여기서 생각했다. 이런 느낌, 이런 감흥을 어떻게 예술적으로 승화시킬 것인가 하고……

두서너 달을 두고 사색의 과정을 거치며 생각해 보았다. 여러 가지 형태의 시상을 꾸며도 보았다. 주정 토로 형식으로 또는 어떤 일화를 매개물로 한 담시형으로 또는 정론적인 방법으로도 해 보았다. 그러나 나는 모두 마음에 들지 않았다. 나란 인간의 심장에 비친 감흥 그 자체가 벌써 일반화의 령역에 들어 선 것이 아닐가 하고 생각할 때 나는 확신을 얻게 되었다.

내 자신에게 느껴진 그 대로를 소박하고 진실하게 나타내면 되지 않을가 하고 생각했다. 나는 곧 붓을 들어 《서운한 종점》을 썼다. 나와 기관차(의인형으로)의 정형 속에 주정의 뜨거운 입김을 불어 넣었다.

이런 시일수록 수식이 많다든가 론리가 앞을 선다면 지루하고 인위적인 감을 줄 수 있기 때문에 체험한 그대로의 정형과 서정적 주인공의 심정을 별로 가식 없이 아주 쉬운 말로 나타내는 것이 좋게 보였다.

이 느낌, 이 감흥, 이 정열을 어떠한 수단으로, 어떠한 대상을, 어떠한 양식으로 쓰느냐 하는 문제가 나섰다.

나는 여러 달 동안 고심했다. 즉 사색의 제 2단계로 들어 섰다. 곧 《흥이였던 단계에서 그를 전달하는 시의 창조 단계로 옮겨진》(아리스토텔레스) 것이다.

수단은 이상에서 말한 바와 같이 나의 심정 — 즉 서정적 주인공의 주정을 소박하고 간명하게 할 것과, 대상은 더 내닫지 못하여 안타까와 하는 기관차로 할 것과, 양식은 형식에 구애치않는 자유 분방한 형태를 취할 것이 결정 되었다.

미역내 구수히 풍겨 오고 동백꽃 붉게 타는 남쪽 바다'가에 고향을 둔

서정적 주인공은 원한의 마선인 분계선이 가까와 올수록 초조해진다.

헐떡이며 내닫는 것은 너 기관차 뿐이랴, 서정적 주인공도 숨'결이 벅차만진다.

이대로 달리기만 하면 반나절도 못 되어 가닿을 한 조국 땅 안의 내 고향인 것이다. 하지만 강도 미제의 남조선 강점으로 인한 조국 량단의 비극으로 하여 벌씨 십여 년을 돌아 가지 못 하는 서정적 주인공의 안타까움은 같은 심정일 기관차를 붙들고 하소연하는 것이였다.

기관차야!
숨 죽이지 말고
그 대로 가자꾸나

하고 가슴 속에 맺히고 서렸던 망향의 심화를, 즉 조국 통일의 갈망을 미친듯이 내 뿜었던 것이다. 이 겨레의 최대의 념원 앞에 무서운 것이 무엇이랴. ≪그 대로 가자꾸나≫ 이 한마디의 시구는 지극히 평이하고 소박하나 나로서는 많은 것을 내포시켰다.

조국 분렬의 격분과 우리 념원의 정당성에 대한 돌진, 어떠한 장애도 서슴지 않는 당돌성, 가로막고 선 적에 대한 적개심과 홀시감, 기어이 뚫어야 하겠다는 결의를 한꺼번에 이 짧은 시구에서 감득케 하려고 하였다. 이 감정은 통일이 되는 날까지 자나 깨나 우리의 가슴 속에서 끓고 끓을 것이다.

그러나 서정적 주인공은 사리를 따져 마음을 늦춘다. 맹목적일 수 있는 이 격한 심정을 어루만져 오늘의 처지와 래일의 필승의 신념을 안고 마음을 가다듬는다. 그렇다고 그저 휙 돌아 설 수는 없다. 기관차를 붙들고 몸부림 친다.

너도 안타까우냐
들이 울어쌌는 기적 소리
김 빼는 소리

　　여기가 오늘의 종점이란다.
　　꿈에서 깨여 난 사람처럼
　　나는 또 짐을 내려야 하나

　　나는 가슴이 미여질듯 하였다. 고향'길은 또 연기되어야 한다. 우리의
념원은 아직 맺힌 대로 있어야 한다.
　　홈에 돌처럼 우뚝 서서 남쪽 하늘을 바라 보는 서정적 주인공은 입술
을 깨물며 결의를 다진다.

　　내 이곳에서 우선 행장을 펴
　　네 앞길을 닦으며
　　손 꼽아 기다리리니

　　하루 속히 가자꾸나
　　너 나와 약속한
　　남으로 뻗친 지향을 싣고……

　　기어이 가야 할 길, 기어이 뚫어야 할 길, 반드시 이뤄져야 할 통일의
념원은 종점 아닌 이 곳이 결코 종점이 될 수 없다는 것이다. 분렬된 조
국의 비극 우에 놓인 ≪오늘의 종점≫은 ≪종점 아닌 종점≫이며 ≪서
운한 종점≫인 것이다. 종점은 기어이 남해'가로 물러 가야 한다. 반드
시 물러 가고야 말 것이다.
　　나는 나의 졸시 이 ≪서운한 종점≫을 읽어 볼 때마다 통일 렬차를
타고 이 곳을 지나 가며 명상에 잠겨 앉은 나를 생각해 보군 한다.
　　이 명상 속에는 새로운 시 ≪가슴 저렸던 중간역≫이란 가제의 시가 움
트는 것이다. 오늘의 ≪서운한 종점≫ 속에는 이 ≪가슴 저렸던 중간역≫
이란 앞으로 써야 할 시도 얼마쯤 내포되어 있다는 것을 알아야 한다.
　　이렇게 시는 시를 낳으며 그 새로운 시의 싹도 은연중 내포하고 있다
는 데에 또한 시의 원대성이 있으며 그런 광활한 환상의 경지에까지 외
연(外延)되여 가는 데 예술의 위대성이 있는 것이 아니겠는가?

나는 지금 시 ≪서운한 종점≫ 한 편의 시를 이러저러한 각도에로 너무도 장황히 이야기한 것으로 되는데 적어도 짧은 서정시 한 편이라 할지라도 긴 소설 한 책의 이야기를 압축해 담을 수 있다는 데에 시 짓는 사람의 긍지가 있는 것이라고 여긴다.

글은 비록 짧으나 그가 내포한 진리가 진할 때 그 울리는 감정의 격동은 몇 천배의 긴 글보다 더 클 수 있다.

시란 읽는 사람으로 하여금 마음 대로 비약의 날개를 펴고 환상의 세계를 날아 다닐 수 있게 하는 것이다.

이는 곧 최 자의 말마따나 ≪오래 씹을수록 맛을 내≫도록 하여야 할 것이다. 이 리론은 시 쓰는 사람은 누구나 막론하고 다 아는 리치이지만 실로 그렇게 쓰기란 어려운 법이다. 이것이 바로 우리가 보통으로 말하는 시의 여운이라는 것이 아닐가.

이상과 같은 나의 시 창작의 고심은 같은 시초 속에 있는 시 ≪삼각산이 보인다≫와 ≪가로막힌 림진강≫이나 기타 시에서도 거의 같은 공정을 밟았다.

≪삼각산이 보인다≫에서의 시적 계기는 비교적 간단한 것이다. 분계선 너머에는 남반부의 황폐한 산들이 보이며 감회가 깊지만 특히 그보다도 서울의 뒤'산인 삼각산이 보인다는 데서 그 느낌은 일층 심화된다.

그 곳에 부모 처자를 두고 온 사람의 심회―서정적 주인공의 감정은 더 가슴 아픈 것이 아닐 수 없다.

삼각산도 내가 반가운지 창 앞으로 가까이 다가 서는데 하루 이틀도 아닌 10여 년 동안을 돌아 가지 못하는 아픔은 가슴이 미여지는 듯 하다.

그런데 원쑤 미제와 그 주구의 폭압에 짓눌리는 신음과 원한, 울분의 아우성 소리가 그 밑에서 매일 같이 들려 오는 것이다. 나는 삼각산을 의인화해서 이렇게 울부짖었다.

그도 목이메여 차마 말 못 하는데
그 밑에서 숨가쁘게 들려 오누나

삼각산도 ≪목이메여 차마 말 못 하는데≫는 생지옥 남조선의 처참상의 심도를 반사적으로 보여 줌과 동시에 다음에 올 주정 토로의 조약대를 만들어 놓았다. 이 조약대가 없으면 다음의 지나친 과장의 진실감을 안받침할 수 없는 것이다. 산도 말 못할 지경의 참상 앞에서 비통한 분노의 급각한 전환으로 이루어 지는 것이다.

  내 눈엔 때 아닌 먹구름 일어
  억수로 퍼부어지는 설음의 소나기

  눈물 속에서도 분노의 번개는 쳐
  어언중 삼각산도 산산이 부스러지누나

하고 격조는 최고도로 상승시킬 수 있는 것이다. 그러면 비통과 울분만 하고 말 것인가. 아니다. 서정적 주인공은 격한 흥분자만은 아닌 것이다. 이 비통과 울분을 가셔야 할 침착하고도 억센 의지의 집행자이여야 한다. 그것이 곧 혁명하는 사람으로서의 시인일 것이며 부정의에 대하여 격분할 뿐만 아니라 그를 제거하는 투쟁에 나선 침착하고 강인한 전사이기도 하여야 하는 것이다. 또한 그는 원쑤를 증오할 뿐만 아니라 적을 격퇴시켜야 할 전투원이여야 한다. 서정적 주인공은 지그시 입술을 깨물며 창문을 도로 닫고

  5개년 계획의 나의 설계도 편다
  그들에게 곧바로 뚫린 길을 찾아

이렇게 자기의 전투 임무를 찾아 돌진하는데 력명적 열정이 숨어 있는 것이 아닐가.

다음으로 ≪가로막힌 림진강≫에서는 직접 분계선이 되여 있는 림진강'가의 저녁의 한 때를 가슴 아프게 서성거리며 가슴에 죄여 드는 시정을 토로한 것이다.

우리의 허파에 칼을 꽂고 선
국경 아닌 계선이 가로막힌 이 곳

천만 번 부당한 미국의 국경이
어찌 예까지란 말이냐

하고 실로 친만 번 부당한 일로서 조국의 이 반허리에 칼을 꽂고 선 미
국 놈의 파수병에 대한 적개심을 불러 일으키였다. 미국 놈은 당장 물
러 가야 하고 나루'배가 아침 저녁 무시로 드나들던 친근하던 조국의
강 우에 미국 놈으로 하여 삼엄하여진 계선이 없어져야 한다는 조국 통
일의 념원이 시구의 리면에 맥맥히 흐르도록 시도한 것이다.

≪시란 것은 그리기 어려운 정경을 눈앞에 뵈는듯이 묘사하여야 한
다. 이루 다 표현할 수 없는 내용이 시 밖에서 나타나도록 하여야 좋은
작품으로 된다…… 내용을 직접 드러내지 않고 함축성 있는 것이 좋다
……≫고 서 화담은 그의 ≪동인 시화≫에 적었다.

또 ≪시는 목전의 풍경을 그리면서도 뜻은 말밖에 있어 말은 끝나도
그 맛은 끝나지 않는다≫고 리 제현은 ≪력옹 패설≫ 후편에 쓰고 있다.

이런 뜻은 시를 좀 써 본 사람이면 누구나다 긍정하는 리치이지마는
막상 시를 써 놓고 보면 뻔한 리치에 배반되는 수가 많다. 나도 지금 이
≪삼각산이 보인다≫의 시초를 돌이켜 볼 때 아수이 여기는 점이 한두
가지가 아니다.

내딴엔 함축하느라고 애썼고 또 시어 밖에 원광처럼 비쳐 주어야 할
시 밖의 시를 많이 내포시킨 작품으로 만들려고 무진 애도 써 보았으나
그렇게 하지 못 하였다. 더 없애도 무방한 구절도 있으며 격조를 돋굴
대목도 있다. 더우기 오늘의 조국 통일 주제 창작의 높은 개념에서 생
각할 때 남반부 인민들의 항쟁의 목소리가 아닌 울분과 원한의 범위를
벗어 나지 못 한 아쉬움이 나의 얼굴을 붉히게 한다. 이는 곧 나의 혁명
적 열정이 오늘의 높이에 이르지 못 한 채 씌여진 결함인 것이 아닐가?

나의 시 쓰는 버릇

시초 ≪삼각산이 보인다≫를 쓴 계기와 경로와 기타 그에 관련된 이러저러한 창작상 문제들은 대개 이상으로써 어렴풋이나마 그 륜곽을 짐작하리라고 여긴다. 그러므로 나는 이제부터 나의 시초를 포함한 나의 시 창작 전반에 대하여 말하고 싶은바 몇 가지를 두서 없이 첨부해 보려고 한다.

첫째로 말하고 싶은 것은 시 쓰는데 반드시 류의해야 할 ≪욕교반졸≫(浴巧反拙)이란 말이다. 그것은 ≪너무 지나치게 기교를 부리려다가도 도리여 졸렬해진다≫는 뜻이다. 비유해 말하면 화장과 의장을 지나치게 요란스럽게 했을 때에 도리여 천해 뵈는 것과 같다. ≪기교에만 매여 달리지 않고 생각이 우러 나오는 그대로 자연스럽게 진실에서 우러 나오는 것이라야 좋은 시가 된다.≫라고 홍 대용은 ≪대동 풍요 서문≫에서 말하였다.

미사려구와 격조 높은 어구로 암만 호화스럽게 장식한댔자 속 썩은 밤알과 같아서는 무슨 작용이 있겠는가.

시란 직접 시인 자신의 정신 세계, 자기의 성격, 자기의 감정 등을 표현하는 것이다.

때문에 나는 자기의 느낌을 소박하게 나타내라고 주장하고 싶다. 자기의 억양, 자기의 목소리로 자기의 얼굴을 꾸밈 없이 표현함이 진실한 것이 아닐가 생각한다.

다음으로 시를 써서 발표하기 전에 남에게 읽혀 의견을 받는 것이 좋다. 그것도 상대가 시를 짓는 사람이 아니라 보통 사람일 때 더욱 좋다고 여긴다.

솔직히 나의 경우를 예로 든다면 내가 시를 쓴 다음 제일 먼저 읽어 들려 주는 대상은 나의 가족들이다. 그들은 별로 지식도 없다. 그러면서도 어느 때는 기성 시인이 주는 의견보다 더 좋은 방도를 주는 때가 많

다. 특히 어려운 어휘라든지 비비꼬인 어구라든지 시 전체에 흐르는 대
의라든지…… 더우기 좋은 것은 한집안 식구라 간격과 눈치와 허식이
없는 의견에 나 홀로 고소를 금치 못 할 때도 있다.

시 ≪삼각산이 보인다≫에서 초고에는 제 3련 ≪그도 내가 반가운지
창 앞으로 가까이 다가 선다≫라는 한 련은 없었다. 그런데 가족들이 초
고를 듣고 난 다음에 말하기를 ≪우리만 가고 싶겠소. 남에 계신 어머니
는 얼마나 오고 싶으시겠소. 그런 데가 아쉽구먼요.≫하는 데서 암시를
얻어 나는 이 구절을 넣었으며 또 같은 시초의 시 ≪새로운 손’길≫속에
≪처음엔 열적어 나들이 가듯 감추어지던 점심보를, 이제는 도리여 자랑
스러워≫하는 련이 있다. 초고에는 이 련이 전혀 없었다. 그런데 하루는
가족들이 여담 비슷하니 ≪신 해방 지구 녀자들이 공장 가는 일을 부끄
러워해서 처음에는 점심보를 바구니 속에 넣어서 감추어 가지고 갔다고
합디다.≫하는 말에서 암시를 얻었다.

가정에만 파묻혔던 신 해방 지구의 녀성이 사회 진출하는 과정에서
일어 나는 내면 세계의 변화를 형상적으로 나타내기 위한 얼마나 좋은
세부이며 성격 천명의 좋은 례증인가.

세째 번으로 말하고 싶은 것은 어휘선택에 대한 문제이다. 이 문제는
사색 과정과 추고 과정과도 호상 련관되는 문제이다.

우선 나는 시를 발견하여 느끼는 즉시로 달라 붙어서 쓰지 못 하는
버릇이 있다. 속히 쓰지 못 하는 측면으로 보면 결함이요, 시상을 푹 무
르익히는 면에서는 좋은 점일 수도 있다. 그 반면에 사색이 무르익으면
쓰는 시간은 얼마 안 걸린다. 그냥 한달음에 내려 쓰고 만다. 그러나 초
고는 엉클다. 그래서 또한 추고 과정이 자연 길어진다.

제일 먼저 동의이어(同意異語)─즉 같은 뜻의 다른 말을 잘라 낸다. 운
률 조성의 필요 이외의 반복은 되도록 피한다. 같은 뜻의 다른 말이란 같
은 개념 밖에 주지 않으므로 쓸 데 없는 잔소리에 지나지 않는다. 그렇기
때문에 그것은 시의 간명성을 헤살 놓으며 소박성과 함축된 긴장감을 감
소시키는 결과 밖에 가져 오지 않는다. 그러기에 김 시습도 ≪허식적인

말은 되도록 깎아 버려야 한다.≫고 말하였다.

다음으로 말을 골라야 한다. 마야꼽스끼는 한 시어의 금싸라기를 고르기 위하여 수 많은 버력더미를 뒤진다는 뜻의 말을 했고 리 수광은 ≪나는 천 번 다듬어 글'귀를 이루고 백 번 다듬어야 글'자를 이룬다고 말하고 싶다. 그러기에 옛시구에 <다섯 자 글'귀를 이루기 위하여서 일생의 정력을 기울여야 한다.>고 하였으며 또 <한 개의 글'자를 맞게 쓰기 위해 몇 갈래 수염이 닳아서 끊어졌노라>고 말하였다≫고까지 말하였다.

또 외국 작가는 어휘 하나는 석냥개비와 같아 열'기 있는 적당한 자리에 갖다 놓으면 그 본래의 사명인 불이 일고 누진 데 갖다 놓으면 그 본래의 사명을 상실하여 불을 일쿨 수 없다고 말하였다. 례가 적합한지 아니 한지는 잘 모르겠지만 그럴 듯 싶기도 하다. 불이 날 자리를 찾는다는 것은 곧 불 날 자리에 불이 날 수 있는 어휘를 가져 와야 한다는 말이다. 이 얼마나 말하기는 쉽고 실지 찾아 내기는 어려운 일인가.

그러므로 나는 한참 추고하다가 취하면 한 4~5일 내지 1주일 가량씩 집어 넣어 두었다가 머리를 식힌 다음에 끄집어 내여서 다시 추고를 한다. 그만하며 됨직하다고 여기였을 때는 자기가 쓴 시를 눈을 감고 외워 본다. 연달아 외워지지 않는 대목엔 표를 칠러 다시 추고한다. 대개 련결이 아니 되거나 지나치게 비약되였거나 한 대목이다. 감정의 물이 흐르다가 막히는 것이다. 거기에는 반드시 병'집이 있다. 벼랑이 가로막고 있으며 깎아 버려야 하고 돌멩이가 놓였으면 집어 내고 비약이 지나치면 다리를 놓아 주어야 한다. 자기의 시를 저도 외우지 못 하면서 남더러 외워 달라는 것은 시인의 관료주의다.

그러기에 리 규보는 ≪대개 시를 쓴 후에는 보고 다시 보되 자기가 쓴 것이 아닌 것처럼 보아야 하며, 남의 것으로 보되 평생에 매우 미워하는 사람의 시로 생각하고 그 결합을 찾기에 노력하여 결점을 찾을 수 없이 된 후에 발표하여야 한다. 이것은 다만 시에서만 그런 것이 아니라 다른 문장에서도 그러하다.≫라고 ≪시의 미묘함을 론함≫에서 준준히 말하였다. (…하략…)

해설

혼돈과 동경으로부터의 길 찾기

조벽암 시세계의 변모와 현실인식

1.

월북문인들은 이제 더 이상 우리 문학사에서 소외된 집단이 아니다. 해방 전부터 활동한 시인들은 물론이고 해방 이후 등단한 시인들까지 활발한 연구의 대상이 되어 왔다. 그러나 조벽암의 경우는 작품에 대한 연구는 물론이고 작품조차도 잘 알려져 있지 않은 현실이다. 여기에는 여러 원인이 있겠지만 그의 해방 전 작품들이 독자들을 끌어 당기는 힘이 다소 부족하다는 점과 작품의 성격들이 우리들이 피상적으로 알고 있는 좌익 계열의 시인 조벽암과 차이가 있다는 점도 작용했을 것이다. 시집 『지열(地熱)』(1948) 이전의 작품에 나타난 사춘기적 방황과 그 이후의 웅건하고 분명한 사회의식 사이의 거리감은 독자를 무척 당혹스럽게까지 한다. 이런 괴리감은 양 시기의 작품들이 한 시인의 작품이 아닌 것 같은 의심이 들만큼 큰 것이다. 그래서 그의 시세계의 변모를 살펴보는 것은 더욱

흥미롭다.

청년 조벽암이 문학활동을 시작한 1930년대는 전세계적인 경제공황과 정치의 파쇼화 이에 따른 문화위기 의식이 팽배하던 시대였다. 일제는 만주사변(1931) 이후 중일전쟁(1937)을 일으켜 대륙침략을 하고 태평양전쟁(1941)을 통하여 철저한 군국주의 파쇼체제로 바꾸어 갔다. 군사력과 경찰력의 증강을 통하여 식민지 조선의 파쇼체제를 강화한 일본은 더 나아가 이른바 조선사상범보호관찰령(1936.11.2)이란 것을 만들어서 철저한 사상통제를 가하였다. 이런 상황에서 누구도 현실적이고 실제적인 혁명을 생각할 수 없었다 사람들은 침묵하거나 내면으로의 정신적 혁명만을 꿈꿀 수밖에 없었다. 내면으로의 지나친 몰두는 자칫 정신적 유희로 떨어지기 십상이었다. 1935년 카프 해산 후 시의 내면화 경향도 이런 시대적 분위기와 무관하지 않을 것이다.

한편 조벽암의 가정환경도 시인 조벽암의 작품을 이해하는 데 중요한 단서가 된다. 조벽암은 1908년 5월 19일 조태희(趙兌熙)의 아들로 태어났다. 그의 가계는 충북 진천군(鎭川郡) 벽암리(碧巖里)에서 열 두 고을을 장악하며 살았다는 지주이자 그의 증조부가 청주부사와 의정부 좌찬성을 조부가 통훈대부행인동부사(通訓大夫行仁同府使) 겸 대구진영병마 동첨절제사(大邱鎭營兵馬 同僉節制使)를 지낸 선비의 가문이었다. 그의 아버지는 4형제 중 셋째로서 통정대부 육군부관(通政大夫 陸軍副官)을 지낸 무관이었고, 잘 알려진 대로 포석 조명희는 그의 숙부이다. 아들이 없었던 큰아버지 공희(公熙)는 동생 태희(兌熙)의 아들인 중흡(重洽)을 양자로 삼는다. 삼촌 포석은 중흡의 인생과 문학에 큰 영향을 끼친다. 아버지 형제 중 유일하게 신교육을 받은 포석 삼촌은 조카인 벽암의 교육문제, 생활문제로 형들과 자주 대립적인 입장을 취했었다고 하는데 이런 문제가 결국은 구도덕과 신도덕 사이의 충돌로까지 이어졌다고 벽암은 회고하고 있다. 이런 신구의 충돌은 한참 가치관의 형성시기에 있던 예민한 벽암에게 영향을 주어 보통학교 시절 이 주제로 신소설을 흉내낸 작품을 썼다고 한다. 대지주에서 소지주로, 소지주에서 빈농으로 점점 몰락해 가는 집안 형편, 그가 너무도 가까이서 본 문학하는 삼촌의 빈궁함 이런 것들은 청년 벽암에게 이상과 현실간의 엄청난 괴리감을 가지게 했을 것이다. 그의 아버지는 포석과 같이 될라치면 진장에 순사나 면서기라도 하여 호구지책하는 것이 낫다고 나무라곤 하였다 한다.[1]

암울한 시대 분위기와 이런 가정환경은 이상과 현실, 혁명과 안주 사이에서 청년 조중흡을 방황하게 했을 것이다. 이런 갈등은 자신의 존재에 대한 갈등과 거부로까지 이어지고 있음을 그의 초기 작품을 통하여 볼 수 있다 자신의 존재에 대한 갈등과 거부는 동경(憧憬)으로 이어지고 있다. 낭만주의의 정신적 기조인 동경은 수다한 미지의 세계에 직면하여 자신을 '이질적 존재'로, 그러한 세계에 소속되어 있지 않은 '외인(外人)'이라고 자각하는데서 동경심은 대두된다[2]고 말할 수 있다.

> 오— 내가 차라리 공장의 아들였던들
> 나는 벌써 변또끼고 기름옷 입고
> 황혼의 저자를 걸었으리라
> 이 슡직한 지새는 아침에
>
> 내가 차라리 물레방아지기였던들
> 돌고도는 물레방아간
> 쌀 찧기에 머리가 희였으리라
> 보리닦기에 땀이 흘렀으리라
> 이 맑어가는 새힘의 새벽에
>
> 그러나 나는 농부의 아들도
> 그러나 나는 방랑의 나그네도
> 아니다 아니여
> 따뜻한 이불 속에서 등글고 잇는

---

1) 조벽암, 「나의 수업시대—작가의 올챙이 때 이야기」, 『동아일보』, 1937.8.19~21.
2) 지명렬, 「낭만주의와 동경의 문제」, 『문예사조』, 문학과지성사, 1977, 51면.

어리석은 자—

그만치 불쌍한 아들
흡혈귀의 권화(權化)
망상의 기계
나는 너만을 생각하는 순정열자(純熱情者)!
허영의 창조자—

—「妄想」 부분

이 작품은 1931년(10월5일~11일) 조선일보에 「구고를 살으며」라는 부제
가 붙은 연작 10편 중 한 편이다. 지면으로 발표된 시작품으로는 최초의
것들이고, 그만큼 습작기의 수준을 벗어나지 못한 것이기도 하다. 그러나
우리는 이 작품에서 창작활동 초기의 그의 정신적 편린을 엿볼 수 있다.
그는 대대로 흙만 파먹고 살았던 농부의 아들도 노동자의 아들도 아니었
다. 지금은 몰락했지만 양반관료의 자손이자 조선말기의 장교였던 아버
지의 아들이었다. 벽암의 회고에 의하면 그의 아버지는 삼촌 포석과는 달
리 전형적인 소시민적 사고방식을 가졌던 분이었던 것 같다. 몰락한 집안
의 아들에게 흔히 부과되는 집안 부흥의 무거운 사명은 문학청년 중흡에
게 자신의 현존재에 대한 부정과 거부를 낳게 했을 것이다. 자신의 현존
재에 대한 거부는 자신에 대한 성찰과 이상형이 있을 때에만 가능하다.
문학청년 조중흡이 가졌던 삶의 이상은 그의 아버지가 소망했던 건실한
생활인의 길은 아니었을 것이다. 그렇다고 현실의 모순을 온몸으로 거부
할 수 있는 투사가 될 용기도 없었고, 또 그가 그렇게 되게 놓아두는 현
실상황도 아니었다. 이런 상황에서 그의 모든 에너지는 내면으로 향하게
되었다. 내면으로 향한 여정에서 그가 제일 먼저 찾고자 한 것은 자신의
자아였다. 자아를 찾는 것은 고독과 혼돈으로부터 해방될 수 있는 첫 번
째 길이기 때문이다. 그래서 시인은 자신이 차라리 어부의 아들, 공장 노
동자의 아들, 물레방아지기이기를 동경하는 것이다. 어부, 공장노동자 등

의 노동이 '따뜻한 이불 속에서 등굴'면서 어리석은 고민이나 반추하고 있는 자신보다 훨씬 신성하게 느껴졌기 때문이었을 것이다. 그러므로 자신을 '흡혈귀의 권화' '망상의 기계' '허영의 창조자'라고 반성하게 된다. 이러한 반성은 진정한 현실인식을 바탕에 깐 반성은 아니다. 단지 혼돈 속에서 길을 찾으려는 작은 몸부림의 일환에 불과하다.

　현재의 자신에 대한 부정은 타락한 현실과는 다른 세계에 대한 동경을 낳게 된다. 이러한 동경은 정신적 고향으로의 귀향이기도 하다. 조벽암에게 정신적 고향이란 현실과 같이 타락한 곳이 아닌 고단한 정신과 육신을 누일 수 있는 공간이다.

　　해만 저물면 바닷물처럼 짭조름이 저린 여수
　　오늘도 나그네의 외로움을 차창에 맡기고

　　언제든 갓 떨어진 풋송아지 모양으로
　　안타까이 못잊는 향수를 반추하며

　　아늑히 살 어둠 깃드린 안개 마을이면
　　따스한 보금자리 그리워 포드득 날러들고 싶어라

— 「향수」 전문

　식민지 시대 특히 30년대의 시인들은 고향 상실감을 혹독하게 경험하였다. 30년대의 우리나라 현실이 이런 징후를 낳게 했는데, 이들에게 있어 고향은 단순히 그들의 육신이 나고 자란 장소만을 의미하는 것이 아니라 민족 공동체가 허물어지기 이전, 그들 정신 속의 안식처이다. 그러므로 이들 시인에게 있어 고향이란 그들의 정신 속에 숨어 있는 과거의 어느 지점에 대한 그리움인 것이다. 그러나 조벽암에게 고향은 이들과 달리 동경 속의 가상적 공간인 것이다. 백석의 시에 나타난 고향처럼 어린 시절의 유희와 입맛이 생생하게 살아 있는 현실적인 공간이 아니라 현실에 안식할 수 없는 자가 꿈꾸는 상상적 공간인 것이다. 현실에서 조벽암은 '나그네'와 같은 존재이다. 그러므로 그가 느끼는 향수는 나그네의 여수(旅愁)와도 같은 것이다. 그러나 조벽암은 언제까지나 동경의 세계에서만 머무르는 것이 아니라, 차차 식민지 조선의 현실을 직시하기 시작한다.

> 벌거벗은 산모롱이
> 떼 못 입힌 무덤에는
> 굶주림과 헐벗음의
> 도안 같은 세상사가 어지러워
> 봄빛조차 쓸쓸하고
> 어머이마자 묻고 떠난 총각
> 어데메서 젖어 있노
> (…중략…)
>
> 그여히 오고만 봄이어든
> 싹트는 가지만 휘여잡고 흐느낄 것이 아니라
> (…중략…)
> 인애로운 어머니의 사품에 뛰여안겨
> 힘끝 자라지 않으려니
> 굳세게 싸우지 않으려니
>
> — 「봄」 부분

암울한 시대와 갈등할 수밖에 없는 가정환경에서 진정한 자아를 확립하기 위하여 조벽암은 오랜 여정을 거쳐 왔는데, 그 모든 것이 동경과 관념 속에서는 극복될 수 없음을 깨닫게 된다. 현실을 직시하고 현실의 모순을 극복하는 것만이 고독과 혼돈으로부터의 진정한 해방임을 깨닫게 되는 것이다. 그런 깨달음 끝에 바라본 식민지 조선의 봄풍경은 굶주림과 헐벗음, 어버이를 잃은 자식의 흐느낌이 있는 풍경이다. 시인은 바라보는 데서 더 나아가 '눈물 속에서 마음을 가다듬'고 '굳세게 싸워'보기를 권유하고 있다.

　조벽암 초기 시에 나타난 존재에 대한 갈등과 거부, 이에 따른 동경은 현실에 대한 도피가 아니라 자신이 처한 현실에 대해 근본적인 반론을 제기한 것이다. 이런 과정은 현실인식의 한 과정이기도 하다. 이런 여정을 거친 조벽암은 해방 후 사회의식이 분명한 작품을 창작하게 된다.

2.

　해방기는 36년 간의 식민지 억압에서 해방된 기쁨과 독립국가를 수립하려는 민족의 노력이 결국 수포로 돌아간, 희열과 비극이 교차하던 시기였다. 역사가 너무나 가까이 다가올 때 사회 집단 내부에서는 막연한 희망과 이데올로기가 넘쳐 오른다. 이런 사회적 분위기에 힘입어 조벽암의 작품은 일대 변신을 하게 된다. 시집 『향수』가 젊음의 방황과 진정한 자신의 길을 찾기 위한 모색과 동경의 세계였는데 비해 『지열』은 '인민적 진실과 조국적 진실이 한 덩어리가 되어 가는데서' 시의 의미를 찾고자 하고 있다. 『향수』의 작품들을 꼼꼼히 살펴보면 단지 젊음의 방황과 자기중심적 관념만으로 칠해져 있는 것이 아니라 그 내면에는 자신이 처한 현실에 대한 강렬한 반론과 거기로부터의 탈출을 시도하고 있음을 살펴볼 수 있었다. 그러나 그의 이러한 변모가 비록 갑작스러운 것은 아니라 하더라도 그 정신적 추이의 폭은 너무나 큰 것이다. 일본의 강제 점령으로부터의 해방이라는 역사적 사건이 그에게는 그만큼 큰 영향력과 어떤 확신을 가져다 준 것이라 볼 수 있다. 그의 작품을 살펴볼 때, 해방이라는 구체적 역사적 사실이 주어지기 전에는 확실한 역사적 전망을 가진 것 같지는 않다. 『향수』 이후 해방 전에 창작된 몇편의 작품은 여전히 추상적임이 이를 증명해 주는 것이기도 하다. 조벽암은 『지열』 후기에서 이렇게 말하고 있다.

恐怖와 침울의 동굴에서 躍出한 8.15의 아침은 너무도 찬란하였다. 惶忙한 「감격의 과잉」이었기에 외적 세계와 내적 세계의 국경도 撤廢ㅎ지 못한채 경이의 와중에 뛰어든 詩心은 육체적이 아닌 影像的 造花이기도 했다. 그러나 意外로 南朝鮮의 환경은 또 다시 殘宰된 魔影이 침침히 潺動再影하여 더러운 진수렁으로 분노의 지대에서 荊棘의 투쟁을 감행케하고 있다. 시인은 이 不安의 계절에서 예언적인 돌을 던지기도 했고, 이 暴風의 暗夜에서 미망적인 태양을 찾기도 했고, 이 偉大한 前夜에서 용감한 英雄을 부르기도 했으며 때로는 沈靜의 深淵 속에서 울분의 눈물을 머금기도 했다. 이러한 우연적이 아닌 당위에서 內界와 外界는 生理的 融解로서 藝術的 創意를 복돋웠다. 이러한 과정이라서 나의 詩는 아직도 불이 아닌 熱의 密度 속에 있음을 솔직히 고백한다. 이것이 도리어 나의 위치를 속이지 않는 진실일는지도 모른다. 이것을 아는 것이 나에게는 도리어 앞이 환해지기도 한다. 그리하여 인민적 진실과 조국적 진실이 한덩어리가 되어 가는데서 나의 詩的 餘白이 미여져 가고있다.

조벽암은 8·15의 들뜬 감격과 환희를 노래한 시를 "육체적이 아닌 影像的 造花"라고 표현하고 있다. 해방이 우리 스스로 획득한 것이라기보다는 외부로부터 어느날 갑자기 주어진 것이라는 점에서 볼 때 넘치는 감격과 환희는 진정한 기쁨과 환희라기 보다는 실제로 잡을 수 없는 그림자에 불과하고 향기 없는 조화일 따름이다. 그래서 조벽암은 해방기를 '불안의 계절' '폭풍의 암야' '위대한 전야'라고 규정한다. 이런 상황에서 쓰여진 자신의 작품은 아직 '불이 아닌 열의 밀도 속에 있음'을 고백하고 있다. 조벽암에게 '불'이란 지금까지의 관념의 세계, 탐색과 방랑의 세계가 아닌 '인민적 진실과 조국적 진실'이 한덩어리로 육화된 현실의 세계이다. 조벽암은 해방이 되고 나서 조선프롤레타리아문학동맹과 조선문학가동맹에 가입한다. 그리고 1939년 「요동들의 새벽」(『작품』 6월호)이후 6년만에 『해방기념시집』(중앙문화협회, 1945년), 『삼일(三一) 기념시집』(1946년 3월 문학가동맹 시부) 등에 작품을 발표하게 된다.

남로당은 8월 테제에서 조선의 객관적 정세를 부르조아 민주주의 혁명 단계라 규정하였는 바, 문학운동상에서도 부르조아 민주주의 혁명의 내용을 문학 운동상에서 실천하는 것이 요구되었다. 이러한 임무는 인민이 주체가 되어 문학통일전선의 방식으로 수행된다는 점에서 인민성에 기초한 전선적 성격이 조선문학가동맹의 문학론의 핵심이라 볼 수 있다. 인민성의 문학이란 노동계급에 의해 주도되지만 그것이 한갓 노동계급의 문학에 머무르지 않고 농민, 지식인, 도시인민에게 확산될 때 명실상부 민족문학이라 규정될 수 있다는 것이다. 조벽암이 시집『지열』후기에서 말한 '인민적 진실과 조국적 진실'은 문학가 동맹의 이런 노선을 막연하게 반영하고 있는 것이다. 그만큼 그가 해방 전에 비해 현실에 대한 확실한 전망을 가지게 되었음을 뜻한다.

조국해방에 대한 조벽암의 반응은 단지 감격과 환희만이 아닌 그 후에 일어날 여러 문제를 예언하고 있다. 해방 사흘 뒤인 1945년 8월 18일에 쓴「기러기」는 해방정국에 대한 그의 탁월한 현실인식을 보여주고 있다.

붉은 처녀지의
새로운 세계의
젊은 적위대

네가 끼-욱 하고
먼 — 남국의 길을 떠나 올 제
아-니
우다루니크의 대오(隊伍)를 맞출 때

초가을의 밤
왼 남국의 하늘을 엄습할 제
너의 사랑스런 콤미니씀
굳세인 그대들의 거룩한 임무
귀한 우리들의 먼 — 손님
다와라시지 — 오 — 동무여!

그는 이 미적지근한 온대의

참깨같이 짜이고
북어같이 마르는
주검같은 침묵 속에
황소의 울음 소리만이 엄메 — 하고 나는
오! 침체의 고장에
깨우쳐 주는
얼마나 아리따운 선물이냐

그러나
우리에게도
화약보다도 무서운 불평과 불만
의분과 눈물이 있다.

우리에게도
반만년 역사의 오랜 전통과
남부럽지 않은 높은 문화가 있다.

우리에게도
붉은 피를, 아니 빨간 피를
흘릴 수 있는 용기가 있다.

— 「기러기」 부분

소련군은 8월 16일 트루만~스탈린 간에 한반도 분할 점령이 합의된 이후 본격적인 북한 진출을 시작하였다. 북한에 진주한 소련군은 치스차코프(Ivan M. Chistiakov) 장군 휘하의 제25군이었는데, 이 부대의 주임무는 만주침공이었으며, 부차적 임무로서 일본군의 조선 방면과의 연락을 단절시킬 것이 부과되어 있었다. 갑자기 북한 진주군으로 그 임무가 변경된 제 25군 주력은 8월 17일에서 18일에 걸쳐 만주의 전구(戰區)로부터 급거 남진 육해공로를 따라 북한에 잠입하게 된다. 소련군은 「치스차코프 대장의 포고문」과 「붉은 군대는 무슨 목적으로 조선에 왔는가」라는 게시문을 통하여 조선인들은 자유와 독립을 찾았으므로 이제는 모든 것이 조선인의 손에 달려 있고, 붉은 군대들은 역량과 위력은 위대하지만 다른 나라 인민들을 정복함에 이용하지 않을 것임을 선언하였다.[3] 민족분단의 원인을 전적으로 외세의 작용에 의한 것으로 보기는 어렵지만 미소 양국의 한반도 분할 점령이 분단에 큰 책임이 있다 할 때 소련군, 미국군 모두 우리 민족에게는 해방을 가져다 준 고마운 군대, 귀한 손님으로 생각할 수 없는 것이다. 조벽암은 이 작품에서 해방의 감격과 희망을 들뜬 숨결로 노래하고 있지만 이런 외세의 속성을 간파하고 있다.

그에게 소련은 '붉은 처녀지' '새로운 세계' '젊은 적위대'의 나라이다. 소련은 새로운 나라 세우기의 표본이 되는 나라이자 그에게 가장 큰 정신적 영향을 미친 삼촌 포석이 간 나라이기도 하다. 그러므로 그에게 있어 소련은 이념적 이상으로 와닿기 보다는 막연한 그리움의 대상인 '북국의 나라'이다. 이 북국의 나라를 상징하는 것으로 '바이칼'·'볼가-강'·'페치카'·'웍카-'·'마홀카(卷煙)'·'루바시카' 등 이념적이고 정치적인 것이 아닌 단순한 이국적 풍물들만 나열한 것을 보아도 그것을 짐작할 수 있다. 그러나 시인은 단지 소련을 그리움의 나라로 생각하는데 멈추지 않는다. 그들이 멀리서 온 '귀한 손님'이지만 우리 민족에게도 '반만년 역사의 오랜 전통'과 '남부럽지 않은 높은 문화' '용기'가 있음을 천명함으로써 민족의 자존을 높이고, 귀한 손님의 이면에 도사리고 있는 제국주의적 속성에 일침을 가하고 있는 것이다.

구체적인 현실전망을 가지게 된 시인은 그의 시에 이야기를 도입하기 시작한다. 시인의 현실인식이 치열해질수록 모순된 현실을 이야기하고자 하는 욕망은 강해지기 마련이다. 더 나은 세상을 위한 변혁에의 의무를 자신의 정조나 느낌만으로 노래하기는 부족함을 느낀 결과일 것이다. 그래서 지금까지와는 다른 형식적 변모를 하게 되는 데 단편서사시 양식의 차용이 그것이다.

---

3) 정일준, 「해방직후 분단국가 형성과정에 대한 일고찰」, 『해방전후의 민족문제와 사회운동』, 문학과지성사, 1988, 108~110면 참조

그대도 말이 없고
나 역시 말이 없으나
다— 안다
병들어 누운 이 고장을
찾아 와 준 그대의 뜻을……

저녁이나 얻어 먹었느냐—니까
어름 어름 대답 없는 양
도리어 미안하구나
나에게는 지금 그대를 대접할 아무 것도 없다

전등불 마저 꺼진 어둠 속에
빈 화로를 끼고 서로 앉았으면서도
야윘으련마는 그립든 얼굴도 볼 수 없구나
 (…중략…)

눈보라 치는 어둠 속을
서슴지 않고 뛰어 나가는
나 어린 동무의 뒷 모양

때 맞추
산 비탈에 매여 달린
이 도시 변두리 오막살이를
뒤흔들고 지나가는
기관차 소리

무거운 짐을 실고 허덕이는 소리
어둠을 뚫고 달리는 소리
눈보라를 허치고 내닫는 소리

그대의 발자국 소리와 함께
괴로워 누운 이 병든 가슴 위를
연신 지나간다
자꾸 자꾸 지나간다

— 「찾아온 동무」 부분

팔봉은 단편서사시의 요건으로 소재가 사건적 소설적이어야 하고 시어(詩語)는 프롤레타리아의 언어 즉 소박하고 생경하고 '된 그대로의 말'이어야 하며, 리듬은 낭독에 알맞게끔 창조되어야 한다는 것을 들고 있다. 그는 시도 소설과 마찬가지로 새로운 사실주의의 태도로 제작해야 된다고 하며 프롤레타리아의 의식 프롤레타리아의 생활로써 실제 재료를 삼는 것이 최선의 방법이고 그러함에 있어서는 실제적 구체적 사건의 제시 혹은 암시의 방법을 취하라고 부연하고 있다. 팔봉의 대중화론은 볼세비키적 대중화론에 이르서는 임화·안막·권환 등에 의해 다시 종래의 공식주의적 예술이론이 끝내 극복되지 못한 채, 아지프로 서술시가 프로시의 한 줄기를 다시금 잇게 되었다. 이러한 연유로 단편서사시 양식이 임화에 국한된 개인적 양식으로 논의되기도 했는데, 실제로는 30년대의 안용만, 박아지, 박세영을 거쳐 해방기의 시인들도 단편서사시 계열의 작품을 창작하고 있다. 최석두의 「손」(『문학』, 1948.4) 상민의 「여직공」(『옥문이 열리던 날』, 1948), 여상현의 「보리씨를 뿌리며」(『칠면조』, 1947) 김상훈의 「소을이」·「북풍」(『가족』, 1948) 등이 그것이다.

현실주의 시작품에 유독 단편서사시 양식과 같이 서사지향성이 강하게 나타나는 것은 단편서사시가 가지는 내적 구조 때문일 것이다. 단편서사시는 어느 특정한 인물의 입을 통해 표현하는데, 이런 시를 배역시(Rollengedichte)라고 한다. 시인은 시의 심층 속에 숨어서 퍼스나로 하여금 어떤 역할을 하게 하는 것이다. 그러므로 배역시를 읽는 독자는 시인의 말에 종속되는 것이 아니라, 시적 화자로 개성화된 목소리에 귀를 기울이게 된다. 즉 시인의 권위적인 목소리에 의존하지 않고 독자와 정서적인 호흡을 통한 감정의 전이가 이루어지는 것이다. 그러므로 독자는 작품을 읽음으로써 시인이 의도한 현실의 본질적 모습에 다가갈 수 있는 것이다. 또 단편서사시는 팔봉이 '소설적 사건적 소재'라 한 바 있는 사실성을 통하여 집단 속의 구체적 개인의 생활을 형상화함으로써 궁극적으로 독자로 하여금 행동의 유발을 꾀할 수 있게 한다.

엄홍섭이 지적한 바 있듯이[4] 조벽암 초기시의 가장 큰 결함은 작가의
인생체험이 작품에 자연스럽게 용해되어 있지 않고 대개가 관념에 머물
러 독자에게 큰 감동을 주지 못한다는 점이다. 이런 결함은 시인이 아직
자신의 확고한 세계관을 확보하지 못한 데서 생긴 결과라 할 수 있다. 이
렇게 볼 때, 단편서사시 양식의 차용은 단순히 새로운 문학 양식에의 탐
닉이 아니라 그의 정신적 변모 때문이라 볼 수 있다. 다시 말하면, 역사적
격동기에 부여된 지식인의 소명에서 도피하지 않고 현실과 맞섰을 때 생
기는 갈등과 현실의 모순점을 본격적으로 작품에 담아 보려는 내적 충동
때문이라 볼 수 있다.

「찾아온 동무」는 모종의 임무를 띠고 밤에 몰래 찾아온 손님을 초라한
밥상으로나마 대접도 못하고, 불을 끄고 몰래 만나는 입장이므로 그립던
얼굴도 서로 바라볼 수 없는 처지를 노래한 작품이다. 그만큼 그들이 하
는 일은 금기시 된 일이고, 중대한 일이기도 하다. 그러나 비록 불을 끄고
앉아서도 그들 '가슴 속에 피 끓는 소리'는 서로 느낄 수가 있다. 그들의
가슴을 끓게 만드는 것은 새로운 세상의 건설과 관계있는 일일 것이다.
해방기만큼 한 사람의 운명을 이념이 규정시킨 적은 아마 없었을 것이다.
그들 가슴속에 자리잡은 이데올로기가 무엇이든지 간에 그 출발은 새로
운 조국 건설에 대한 희망에서 기인하였고 이 시를 쓴 조벽암도 그러한
심정으로 작품을 썼을 것이다. 그러나 해방된 조국의 현실은 여전히 '눈
보라 치는 어둠 속'이다. 이런 조국을 바라보는 시적 화자의 마음을 '무거
운 짐을 실고 허덕이'며 가고 있는 기관차의 소리에 비유하고 있다. 그러
나 아무리 힘겹더라도 '어둠을 뚫고' '눈보라를 헤치고' 가야 함을 알고
있는 것이다.

구체적 현실을 작품 속에 담기 시작한 조벽암은 좀 더 넓은 화폭에 이
야기를 담고자 하는 욕구가 생긴다. 「가사(家史)」가 그것이다. 제목 그대로

---

4) 엄홍섭, 「조벽암군에게 보냄」, 『신동아』 제44호, 1935.6.

한 가족의 36년 간의 역사를 노래한 작품이다.

아베는 두더지 닮아 / 어느 때는 금점판 / 어느 때는 절간 / 어느 때는 일터로 / 어느 때는 감옥 / 두루 두루 / 돌아 다닌다는 소문

집안은 나날이 파 뿌리 같이 문드러져 / 일가 붙이 하나 돌보지 않고

어메는 적수공권 / 어느 때는 바느질 품 / 어느 때는 바비아치 / 어느 때는 방물장사 / 두루 두루 / 천덕궁이

소박더기라 비웃는 소리 / 못생겼다 꾀우는 소리 / 그러나 / 청실 홍실 늘인 / 붉은 밀초 녹아 나리던 밤 / 새 명주 이불 냄새가 / 여겨워 풍기던 날 밤 / 정이 든듯 만듯 / 한사코 그 밤을 지켜 온 마음

철 없은 적에 / 얻은 듯 / 열적게 낳은 / 도토리 같은 남매 / 기어이 길러 놀 결심
(…중략…)

이렇도록 / 무럭 무럭 커가는 딸 아들 / 탐탁하기 그지 없어 / 아베는 영 영 / 잊어버리고도 살 것만 같았던 때 / 하늘이 무너지고 / 땅이 꺼지는 듯 / 아들은 징병으로 / 딸은 징용으로
뻔질 뻔질 놀고만 있는 / 면장집 딸과 / 술도갓집 아들은 / 고스란히 그대로 두고
(…중략…)

이런 저런 소문이 / 홍수 모양 사뭇 밀려오던 며칠 후 / 딸은 하이얀 얼굴로 돌아왔고 / 또 며칠이 지난 후 / 아들은 우리 군대에 있다는 소문 / 또 며칠 후에는 / 아베는 연해주에 있다는 소문
(…중략…)

이제껏 싫어했던 사람이 친절한 척하고 / 이제껏 무시하던 구장이 다 찾아오고 / 이제껏 푸대접하던 일가가 아른 척하고

— 「家史」 부분

해방과 더불어 새로운 국면을 맞이한 문인들에게 가장 큰 과제로 제기

된 것이 일제시대 자신의 삶에 대한 반성의 문제였다. 이 문제는 일제에 직접적으로 부역을 하고 하지 않고의 문제를 떠나 자신의 내면 깊숙이 자리잡고 있는 양심의 문제와 관련된다. 가령 해방이 되고 등단한 김상훈의 경우 일제 말 친일의 문제에서는 비교적 자유로울 수 있었지만 지주의 아들이라는 사회적 위치가 사회 경제적 모순의 담지자로서의 자리임을 깨닫고 이 점을 통렬히 비판하는데서 그의 시가 출발하고 있다. 이는 이념의 문제를 떠나 도덕적인 것이므로 이 문제는 더욱 중요시되어야 하는 것이다. 그러나 우리의 경우 해방 후 곧 불어닥친 좌우 이데올로기의 문제로 이 점은 간과되고 마는데 해방 후 여러 가지 사회적 부조리들이 여기서부터 싹텄다고 보아도 과언은 아닐 것이다. 조벽암의 경우 30년대 후반부터 해방될 때까지 붓을 꺾은 상태이고 문인으로서 별다른 친일의 자취는 보이지 않는다. 그러나 어떤 식으로든지 간에 일제 36년 간에 대한 정리와 반성의 필요성을 느꼈을 것이다. 그것은 '이제껏 마차 탈 차비도 못 차렸는데' 역사의 '말발굽 소리 점점 가차워'(「지새는 새벽」) 오는데 대한 첫 채비이기도 하다. 「가사(家史)」는 그러한 정리와 반성의 내적 필요성에 의해 지어진 것 같다.

  이 작품에서 통렬한 자기비판은 보이지 않는다. 다만 민족의 한 구성원으로서 36년 간 고통받고 소외당한 이들에 대해 공동의 책임을 느끼고 있는 것이다. 이 시에 나타난 가족의 모습은 폭압적인 일제 식민 통치에 희생된 전형적인 기층 민중의 모습이다. 아비는 어떤 연유에선지 고향에서 가족을 지키지 못하고 사방으로 떠돌아다니고 어미는 온갖 질시와 구박 속에서도 자식을 바라보며 가족을 지키고자 한다. 그러나 일제는 어머니의 이러한 소박한 소망마저 빼앗아 아들은 징병으로 딸은 징용으로 강제 징집하여 간다. 그러나 조벽암의 비판의 화살은 일제의 잔혹성에 있는 것이 아니라 면장집 딸과 술도갓집 아들로 표상되는 친일세력에 있다. 아울러 「가사」의 어머니를 무시하고 푸대접하던 사람들도 결국 일제의 식민통치에 길들여 있었음을 시사하며 일제 잔재의 청산을 주장하고 있다.

'파뿌리 같이 문드러져' 버린 한 가족의 비극에 우리 민족 전체가 책임을 느끼고 반성을 해야 된다는 것이다. 이점이 조벽암이 「가사」에서 노래하고자 하는 것이므로 이 작품은 여기에서 끝나 버린다 그러나 어느 시인이 노래했듯이 해방은 '벅찬 가슴에 칼자욱만'(임학수, 「다시 8·15에」, 『한성일보』, 1947.8.15) 남기게 된다. 이런 역사의 희생자들이 결국은 해방된 조국에서도 희생자로만 남게 될 수밖에 없었던 것이다 이 문제에까지는 그의 반성의 깊이가 이르지 못하고 있다.

조벽암은 1949년 6월 북행한다. 해방 전 그의 삶은 화신산업 전무, 동아직물 사장 등 겉으로는 건실하고 평탄한 생활을 해 온 것처럼 보인다. 몰락한 집안의 장자 역할을 충실히 수행한 셈이다. 그러나 그의 내면은 초기 작품에서 나타나고 있듯이 현실에 대해 강렬하고 근본적인 반론을 제기하고 있으며 현실에 안주하기보다는 민족의 미래를 고민하며 살아간 격동기의 지식인이었다. 1939년 6월 이후부터 해방될 때까지의 절필은 이점을 뒷받침해 주고 있다. 해방후 건설출판사 등을 설립하고 〈조선프롤레타리아 문학동맹〉〈조선 문학가 동맹〉 등에 가입하면서 내면에 머물고 있던 현실에 대한 비판의식이 본격적으로 표출된다. 그의 북행은 이런 연장선상에서 이루어졌을 것이다.

3.

1949년 월북 후 조벽암은 어떤 월북작가보다도 활발한 작품활동을 펼친다. 북한 문학작품 연구에 대한 여러 가지 제한된 조건 속에서도 1957년 출간한 『벽암시선』과 『조선문학』 등 북한 일간지 월간지를 통해 100편에 가까운 작품들을 확인할 수 있었다. 『조선문학』, 『문학신문』 주필

평양문학대학 학장, 제2차 작가대회(1956.10) 이후 조선작가동맹 중앙위원회 상무위원으로 활동한 점으로 미루어 보아, 벽암은 1985년 사망할 때까지 비교적 순탄한 삶을 살았던 것으로 짐작이 된다.

북한 문학작품은 당의 문예정책의 테두리 속에서 이루어진다. 북한의 문예정책은 각 시기마다 차이를 보여주고 있지만 주로 남조선 해방과 조국통일의 투쟁과 관련된 것, 사회주의 확립을 위한 계급의식의 고취, 김일성과 그 가계의 영웅화 및 항일투쟁의 전통을 그 내용으로 하고 있다. 조벽암의 작품도 이러한 당 정책의 테두리 속에 있는 데, 그중 남조선 해방과 조국통일의 투쟁에 관한 내용5)이 수적으로도 제일 많을 뿐만 아니라 작품의 성취도에 있어서도 단연 돋보인다. 이 계열의 작품들은 남한과 북한의 문학을 바라보는 시각 차를 고려하지 않고서도 대체로 공감할 수 있는 내용이기도 하다. 이 주제가 수적으로 많은 까닭은 조벽암 자신이 남쪽에 고향을 둔 월북시인일 뿐만 아니라 북한의 문예정책과 시인의 자율성 사이에서 대립과 긴장이 제일 적게 일어나는 부분이기도 하여서 일 것이다.

> 헐떡이며 내닫는 것은 너 뿐이랴
> 가까이 다가 올수록에
> 벅차만 지는 나의 숨결,
>
> 미역내 구수히 풍겨 오고
> 동백꽃 붉게 타는
> 남쪽 바닷가
>
> 그리운 내 고향은 이 길 따라

---

5) 이 계열의 작품에는 다음의 것들이 있다.
「서운한 종점」·「삼각산이 보인다」·「가로막힌 림진강」·「확성기 소리 울려 가는 남녘 마을」·「분계선 I」·「분계선 II」·「고향생각」·「압록의 기슭에서」·「어머니 만나기 돌격대」·「원한의 패말」·「고향이 지척인 곳에서」·「그리움을 두고」·「어머니를 생각하며」·「어머니께 웃음드릴……」·「불'덩이 불'덩이 되였는데」·「누구의 아들이냐」.

부산으로도 가지
려수로도 가지

기관차야!
숨죽이지 말고
그대로 가자꾸나.

덜커덩 선 다음
왜 꿈쩍도 않느냐
달려 오던 그 기세 어따 두고,

너도 안타까우냐
들이 울어쌋는 기적소리
김 빼는 소리,

여기가 오늘의 종점이란다
꿈에서 깨여난 사람처럼
나는 또 짐을 내려야 하나,

—「서운한 종점」 부분

이 작품은 벽암이 북한에서 쓴 작품 중 대표작이자 그의 시적 기량이 가장 원숙한 경지에 이른 작품이다. 시인이 개성과 평양을 오르내릴 때마다 개성에서 기차가 머무는 것을 몹시 서운하게 생각하여 이 작품을 구상하게 되었다고 한다.[6]

시적 화자의 진술처럼 '헐떡이며 내닫는 것은' 기차뿐만 아니라 우리 근대사 자체라 할 수 있을 것이다. 특히 일제 강점기와 해방기를 거쳐 분단시대를 살아온 벽암 같은 지식인의 삶은 그야말로 '헐떡이며' 내달려온 삶이라 해도 과언이 아닐 듯 싶다. 조벽암 초기 작품에 나타나고 있는 막연한 동경과 그리움은 해방기를 거치면서 구체적 현실 곧 새로운 나라 세우기로 이어지고, 새로운 나라 세우기의 일환으로 월북이 이루어졌을

---

6) 조벽암, 「나는 시를 이렇게 썼다」, 『청년문학』, 1965.9.

것이다. 그의 월북이 과연 그의 믿음과 이상을 만족시켜 주는 후회 없는 선택이었는가 하는 것은 우리로서는 섣불리 판단할 수 없는 일이지만 그의 선택을 단지 좌·우라는 이데올로기적 잣대로만 판단해서는 곤란할 것이다.

고향과 가족을 남에 두고 단신 월북한 시인으로서는 통일에 대한 열망이 남달랐을 것이다. 기차를 타면 단지 몇 시간이면 닿을 수 있는 지척에 고향을 두고 있지만 갈 수 없는 이산의 한을 시적 화자는 마치 '꿈에서 깨여난 사람처럼 나는 또 짐을 내려야 하나'라며 절규하고 있다. 그러나 이산의 한에 머물지 않고 '이곳에서 우선 행장을 펴 네 앞길을 닦으며 손 꼽아 기다리'겠다고 다짐하고 있다.

누구를 부르는 듯
밤이 이슥토록 울리는 손풍금 소리
숙영차 앞 마당엔
금시에 춤판이 벌어질 듯
곡조도 멋들어진데
어쩐 일이냐
마당은 휑뎅그레하고
숙영차 안도 텡 비였으니,

진종일 전주를 세우고
철'길을 다지며
허공중에 전선을 늘인 몸
저녁이면 의례껏 한참씩
춤판으로 피로를 펴기로 했건만
이 밤에도 또 허사인가
손풍금 타던 손 멈추니
와글 끓어 오르는 개구리 소리
온 들판을 뒤흔드누나.

손풍금수 손풍금 걸머 메고

총총히 철'길 따라 걸어 간다.
땀에 흠씬 젖어 닿은 일터에선
와 터지는 동무들의 웃음소리
춤판에 못 나가 미안쩍다는듯이
용히도 찾아 왔노라 반기는듯이,

이런 밤에는 저 혼자만 따 돌리는 것 같아
섭섭도 하건만 또한 어쩌랴
애써 휴식을 권하는 당의 뜻이나
몰래 일'손 다그치는 동무들의 마음이나
모두다 한 가닥 뜨거운 정성의 강물인데야.

—「손풍금수의 경우」부분

앞에서 언급한 바 있듯이 문학의 대중화의 한 방편으로 주창된 단편서사시 양식은 일제 강점기와 해방기를 거쳐 남북한 시에 중요한 영향을 미친다. 남한의 경우 현실참여적 작품에서 단편서사시 양식을 쉽게 찾아 볼 수 있듯이, 단편서사시 양식은 주로 현실의 모순이나 현실과의 갈등을 표현할 때 즉 시의 리얼리즘 획득을 위한 방편으로 많이 차용되어 왔다.

『조선문학』 등을 통해 본 북한 시작품들 중에서도 단편서사시를 상당수 발견할 수 있었다. 8·15 직후 북한문단의 중심적인 역할을 했던 사람들이 대부분 과거 카프 출신의 문인이라는 점, 또 이 시기 북한 문학이 프로문학의 비판적 계승을 문학 유산으로 하고 있다[7]는 점으로 미루어 볼 때 1967년 주체문예론이 대두되기 전까지 카프문학이 북한문학에 끼친 영향은 상당한 것이라 볼 수 있다. 이런 점에서 북한 시에서 단편서사시 양식이 많다는 것은 당연한 귀결이라 할 수 있다. 그러나 북한의 단편서사시는 김일성 우상화 같은 일종의 영웅서사시 형식이나 사회주의 건설에 이바지하는 긍정적 인물들을 주로 노래하고 있다. 이처럼 카프에서 비롯된 단편서사시 양식은 체제에 따라 전통의 수용양식이 달라짐을 보

---

7) 김재용, 『북한문학의 역사적 이해』, 문학과지성사, 1994, 130~133면.

여주고 있다.

해방 이후부터 벽암의 작품은 서사지향적인 경향을 보이고 있다. 벽암의 경우도 남한에서의 서사지향적인 작품들이 현실의 모순을 노래하는데 집중되고 있는 반면 북한에서의 서사지향적인 작품은 사회주의 건설에 이바지하는 긍정적 인물의 형상화에 집중되고 있다. 1959년 이후 공산주의의 전망이 북한사회에 공표되면서 문학에 있어서도 공산주의자의 전형을 창조하는 과제가 주어졌다. 공산주의 전망에 입각해서 작품이 이루어지기 때문에 작품에 표현되는 인물들에게 현실의 갈등이라든지 문제점은 관심의 대상이 되지 않는다.[8] 1964년『조선문학』에 발표된 위의 인용작품도 이와 같은 북한문학의 역사적 전개 위에 있다.

이 작품의 주인공은 전기철도 공사장의 노동자로서, 낮에는 전기철도 건설에 전념하고 밤으로는 손풍금을 켜서 노동에 지친 동료들의 피로를 풀어주는 인물이다. 동료들은 밤낮으로 애쓴 그를 쉬게 하기 위해 그 몰래 야간작업을 하고 주인공은 조국건설에 박차를 가하겠다는 맹세를 새롭게 다진다는 이야기이다. 고된 노동에서 오는 피곤함이나 개인과 개인, 사회와 개인 사이에서의 어떤 갈등도 내비치지 않고 있다. 자아와 세계와의 균열이 일어나지 않은 자아와 세계의 합일을 노래하고 있는 것이다.

루카치에 의하면 서사시는 외면과 내면, 주체와 객체, 현상과 본질 사이에 간극이 없었던 고대 그리스 사회에서나 가능한 문학양식이다. 현대적 삶은 세계를 무한히 확장시킴과 동시에 서사시의 시대에는 존재하지 않았던 자아와 세계 사이의 간극을 만들어 냈기 때문에 서사시는 가능하지 않다고 보았다.[9] 신동엽의「금강」과 같은 남한의 서사시 작품이나 서사지향적인 작품에는 세계와의 합일을 노래하기 보다 역사와의 관련 속에서 개인과 집단, 주체와 객체를 총체적으로 인식하고자 하는 서사정신이 들어 있다. 여기에 비해 북한의 서사지향적인 작품들은 세계와 자아,

---

8) 김재용,『북한문학의 역사적 이해』, 문학과지성사, 1994, 26∼27면 참조
9) 루카치, 반성완 역,『소설의 이론』, 심설당, 1985 참조

좀더 축소해서 이야기하자면 사회와 개인, 개인과 체제 사이에 어떤 갈등도 내비치지 않는다. 전근대적인 그리스적 서사시의 세계가 작품 속에 펼쳐지고 있다. 근대의 시간 속에 전근대적인 인식을 하고 있는 것이다.

그런데 작품 외면상으로는 자아와 세계 사이의 간극이 없는 듯 보이지만 작품의 내적 구조를 살펴보면 하나의 특징을 발견할 수 있다. 카프 이래로 단편서사시 양식은 주로 배역시인데 비해 벽암이 북한에서 창작한 단편서사시의 서술자는 주로 흐뭇한 미담을 소개하는 전지적 인물이다. 이점은 시적 대상의 찬양에 시인 자신도 내면적으로 완전히 동화되지 못한 결과일 것이다. 북한 문학작품의 숨겨진 얼굴인 셈이다. 위에 인용된 작품도 사실 작품의 기량면에서는 상당히 원숙한 경지의 작품이지만 문학의 진정성이 보이지 않는 것은 필자가 남한 체제에 순응적이어서 만은 아닐 것이다.

초기시에서부터 80년대 작품에 이르기까지 벽암의 작품을 통해 확인할 수 있었던 것은 현실에 안주하기보다는 끊임없이 부조리한 현실과 싸우는 성실함과 치열함이었다. 조벽암은 빛나는 감성으로 시를 쓴 시인이라기보다는 노력하는 시인이었다. 이는 그의 부지런한 창작생활과 해방 이후의 작품들 중에서 돋보이는 작품이 많다는 점이 이를 입증해 주고 있다.

조벽암은 이산의 한을 안고 세상을 떠났지만 남은 그의 작품은 지금 이 자리가 '서운한 종점'이 아니기를 기원하고 있을 것이다.

1908년(1세) 5월 19일 충청북도 진천군 벽암리 수암부락에서 아버지 태희(兌熙)와 어머니 평산 신(申)씨의 2남 3녀 중 장남으로 태어났으나 아들이 없는 백부 공희(公熙)의 양자로 감. 본명은 중흡(重洽). 벽암(碧岩)은 필명. 벽암의 할아버지는 통훈대부행인동부사(通訓大夫行仁同府使)로 진천의 유력한 사대부 집안이었지만 그후 가세가 기욺. 생부는 구한말 무관 벼슬(水原府軍衛部 副官)을 하였고 큰아버지는 괴당이란 아호로 한시집을 냈던 한학자였음 포석(抱石) 조명희(趙明熙)는 그의 숙부임.

1914년(7세) 서울 명륜동에서 살다가 큰아버지 댁이 있는 진천에서 살게 됨.

1916년(8세) 진천공립보통학교 입학.

1921년(14세) 경성 제2고보(現 경복고) 입학. 시인의 회고에 의하면 고보 3학년 재학 시 김영건 등 5인이 모여 문학동인회를 조직하고 동인시집 「풀버레의 노래」를 발간했다 함.

1922년(15세) 김진숙(金鎭淑)과 결혼.

1927년(20세) 제2고보 졸업(3.7).

1928년(21세) 장남 재호(在鎬) 출생. 경성제대 예과 입학.

1929년(22세) 경성제대 본과 법문학부 진학.

1931년(24세) 소설 「건식(健植)의 길」(『조선일보』, 8.1~21) 발표. 시 「수향」 등(『조선일보』, 10.5~11) 발표.

1933년(26세) 2월 이무영 등과 『문학 타임즈』 발간. 3월 31일 경성제대 법문학부 졸업. 졸업 후 화신백화점 등에서 근무.

1934년(27세) 2월 구인회에 입회. 1935년 2월 이무영과 함께 탈퇴.

1938년(31세) 시집 『향수』 출간(이문당 서점).

1940~1945년 1939년 6월 이후부터 해방 때까지 절필.

1945년(38세) <조선프롤레타리아문학동맹>의 25명의 중앙집행위원에 시부위원 맡음. 건설출판사 설립. 주보 『건설』 발행.

1946년(39세) <조선문학가동맹>의 집행위원 맡음. 이때도 시 부분에 소속되어 있는 것으로 보아 소설보다는 시에 더욱 큰 비중을 두고 있었던 것으로 보임.

1948년(41세) 시집 『지열』 출간(아문각).

1949년(42세) 6월 월북.

1949~1953년 문예총 기관지 편집.

1955~1956년 강선 제강소 현지 파견.

1957년(50세) 『벽암시선』 출간(조선작가동맹출판사). 1956년 10월 조선작가동맹 제2차 작가대회 이후 조선작가동맹 중앙위원회 상무위원, 『조선문학』 주필로 활동. 평양문학대학 학장, 『문학신문』 주필 등 역임.

1985년(78세) 11월 24일 별세.

시

발표연대	제목	발표지	비고
1931.10.5~11	「愁鄕」	『조선일보』	「구고를 살으며」 연작
〃	「밤」	〃	
〃	「暗夜」	〃	
〃	「굴속! 굴속! 굴속 갓구나!」	〃	
〃	「四時」	〃	
〃	「낙조」	〃	『鄕愁』 재수록
〃	「벗아! 동무야!」	〃	
〃	「어부의 쌀」	〃	
〃	「鏡」	〃	
〃	「秋─夜」	〃	
〃	「忘想」	〃	
1932.6	「市街─그는 떨고 있노라」	『비판』	
1932.7	「低氣壓아 오너라」	〃	
1932.8	「試金石」	〃	『鄕愁』 재수록
1932.9	「樵夫의 안해」	〃	
1933.1.17	「어둠아 가거라」	『조선중앙일보』	『鄕愁』 재수록
1933.1	「弔悼曲」	『전선』	
1933.2.18	「봄의 서곡」	『조선일보』	
1933.2.22	「차라리 나는」	〃	
1933.2	「금일의 분노」	『전선』	작품 미확인
〃	「이월의 상해」	〃	〃
1933.3	「갈비 굿는 내」	〃	〃
〃	「눈」	〃	〃
1933.6	「우울한 심정」	『문학타임즈』	『鄕愁』 재수록
1933.6.11	「墓標의 건설」	『조선일보』	
1933.8	「八月의 黃昏街」	『신동아』	『鄕愁』 재수록
1933.8.3	「港口의 밤」	『조선중앙일보』	
1933.9.13	「荒城의 가을」	『동아일보』	『鄕愁』, 『현대조선문학전집』, 『현대서정시선』 재수록
1933.9	「해녀」	『신동아』	
1933.10	「黎光을 차자 오르라」	『조선문학』	

발표연대	제목	발표지	비고
1933.10.29~31	「맨드라미」	『조선일보』	『鄕愁』 재수록
〃	「메뚜기」	〃	『鄕愁』, 『현대조선문학전집』에 재수록
〃	「메물밭」	〃	『鄕愁』 재수록
1933.11.7	「물에 걸친 가을」	『동아일보』	『鄕愁』 재수록
1933.12.6~7	「소」	〃	
〃	「허수아비」	〃	『鄕愁』 재수록
〃	「빈집」	〃	『鄕愁』, 『한국유민시선집』 재수록
〃	「철둑」	〃	『鄕愁』 재수록
1933.12	「都下의 沈默者」	『신동아』	『鄕愁』 재수록
1934.1	「새아침」	〃	『鄕愁』 재수록
1934.1	「고민」	『중앙』	『鄕愁』 재수록
1934.2.3	「병든 胎母」	『동아일보』	
1934.2.6	「산 마르택이로」	〃	
1934.2.10	「새 設計圖」	〃	『鄕愁』 재수록
1934.2	「봄」	『신동아』	『鄕愁』 재수록
1934.5	「麥苗」	『중앙』	
1934.6	「땅을 깊이」	『신동아』	
1934.7	「초생달」	『중앙』	『鄕愁』 재수록
1934.9	「斷想」	〃	『鄕愁』 재수록
1934.11	「晩秋의 哀想」	『신동아』	『鄕愁』 재수록
1935.2	「북원」	〃	
1935.2	「沈愁」	『조선문단』	『鄕愁』 재수록
1935.5	「斷章」	『신동아』	
1935.9.5	「연해선」	『동아일보』	「南浦의 三情」 연작으로 『鄕愁』 재수록
1935.9.10	「바다로 향하는 창」	〃	〃
〃	「마도로스」	〃	〃
1935.11.8	「秋索」	『동아일보』	『鄕愁』 재수록
1935.12	「넌추리」	『신동아』	『鄕愁』 재수록
1936.1.22~24	「夕暮」	『동아일보』	『鄕愁』 재수록 시 「모혼」으로 제목바꿈 『현대조선문학전집』에 재수록

발표연대	제목	발표지	비고
1936.1.22~24	「瓦片」	『동아일보』	『鄕愁』 재수록
〃	「古墳」	〃	『鄕愁』 재수록
1936.3	「옛마을」	『신동아』	
1936.3.10	「失題」	『동아일보』	「斷想三折」 연작시로 『鄕愁』 재수록
〃	「꽃이거든」	〃	〃
〃	「墓上草」	〃	〃
1936.3.5	「씀바귀」	『조선문학』	
1936.8	「安東 茶寮」	『조선문학(7·8월호 합본)』	『鄕愁』, 『현대조선문학전집』, 『현대서정시선』 재수록
1936.12	「秋情」	『풍림』	
1937.1	「旅愁」	『조선문학』	『鄕愁』 재수록시 「鄕愁」로 제목바꿈. 『현대조선문학전집』, 『현대서정시선』 재수록
1937.3	「除夜」	『풍림』	『鄕愁』 재수록
1937.4	「安州 城跡」	『풍림』	『鄕愁』 재수록
1937.4.29	「焦燥」	『조선중앙일보』	「憂愁三題」 연작시로 『鄕愁』, 『현대조선문학전집』 재수록
〃	「失策」	〃	『鄕愁』 재수록
〃	「無題」	〃	『鄕愁』 재수록
1937.6.26	「夕宴」	『동아일보』	『鄕愁』, 『현대조선문학전집』 재수록
1937.7.31	「춘정거장」	『동아일보』	『鄕愁』 재수록
1937.11.10	「좀먹은 듬벙」	『동아일보』	
1938.1.3	「年頭吟」	『동아일보』	
1938.1	「슬픈모습」	『시인춘추』	
1938.3	「동경은」	시집 『鄕愁』	이문당 서점 (시집 발간 이전 신문·잡지에 게재된 것은 목록에서 제외)
〃	「담배」	〃	
〃	「秋索」	〃	
〃	「봄비」	〃	
〃	「바닷가」	〃	

발표연대	제목	발표지	비고
1938.3	「靑春」	시집 『鄕愁』	
〃	「나는 돌이 아니여」	〃	
〃	「春照」	〃	
〃	「南海의 記憶」	〃	
〃	「거울」	〃	
〃	「童春」	〃	
〃	「소」	〃	
〃	「落照」	〃	
〃	「旅路」	〃	
〃	「새벽點景」	〃	
〃	「초가을」	〃	
〃	「半月山城 1」	〃	
〃	「半月山城 2」	〃	
〃	「松花江上의 哀愁」	〃	
〃	「無題」	〃	
〃	「여름風景」	〃	
〃	「孤獨」	〃	
〃	「放浪의 노래」	〃	
〃	「絕望의 노래」	〃	
〃	「어느날 저녁」	〃	
〃	「無題」	〃	
〃	「소녀」	〃	
〃	「悲戀」	〃	
〃	「그리움」	〃	
〃	「잊어버린 별」	〃	
〃	「하늘이 되곺아」	〃	
〃	「새벽」	〃	
〃	「한 感景」	〃	
〃	「失戀曲」	〃	
1939.1.22	「希 望」	『동아일보』	『지열』 재수록시 제목을 「失望」으로 바꿈
1939.3	「憂鬱한 墓穴」	『조선문학』	
1939.6	「요동들의 새벽」	『작품』	
1945.11	「故土」	『건설』	『지열』 재수록

발표연대	제목	발표지	비고
1945.12	「礎石」	『예술운동』	『지열』 재수록
1945.12	「歡喜의 날」	『인민』	『지열』, 『횃불』 재수록
1946.2	「해방의 정」	『춘추』	
1946.2	「기러기」	『우리문학』	『지열』 재수록
1946.3	「家史」	〃	『지열』, 『횃불』, 『지금 너 어디 있느냐』 재수록
1946.3	「族史의 斷想」	3·1 기념시집 『횃불』	『지열』 재수록
1946.3	「피는 엉키어 때는 익도다」	『학병』	「頌歌」로 제목 바꾸어 『협동』(47.4) 재수록
1946.3	「沈滯」	『신세대』	
1946.7	「비바람 성긴 밤」	『예술문화』	『지열』 재수록
1946.11	「어둠」	『문학』	『지열』 재수록
1947.3	「추상―삼일절을 맞으면서」	『협동』	
1947.6	「스크람을 짜고」	『문학비평』	「깍지를 끼고」로 제목 바꿔 『지열』 재수록
1947.11.29	「거리」	『서울신문』	『지열』 재수록
1948.1	「눈 나리는 밤」	『민고』	『지열』 재수록
1948.2.22	「촌길」	『신민일보』	『지열』 재수록
1948.	「바다의 여인」	『신편 중등국어』	
1948.7	「지열」	시집 『지열』	아문각 발행 (시집 발간 이전 신문·잡지에 게재된 것은 목록에서 제외)
〃	「沈靜」	〃	
〃	「낯설은 청년」	〃	
〃	「새아침」	〃	
〃	「불」	〃	
〃	「골목은」	〃	
〃	「고개 넘어」	〃	
〃	「기다림」	〃	
〃	「깍지를 끼고」	〃	
〃	「지새는 새벽」	〃	
〃	「江을 건느며」	〃	
〃	「커가는 太陽」	〃	
〃	「三月이 오네」	〃	
〃	「靈車는 가다」	〃	

발표연대	제목	발표지	비고
1948.7	「움벙」	시집 『지열』	
〃	「돌아올줄 몰러」	〃	
〃	「悲憤의 行列」	〃	
〃	「失望」	〃	
〃	「찾아온 동무」	〃	

소설

발표연대	제목	발표지	비고
1931.8.1~21	「建植의 길」	『조선일보』	
1932.1.	「결혼전후」	『신동아』	
1932.3	「실직과 강아지」	『형상』	
1932.7	「僻村」	『동방평론』	
1933.3	「農群」	『비판』	
1933.10	「구직과 고양이」	『신동아』	
1933.11	「처녀촌」	『조선문학』	
1934.1	「결혼전야」	『신가정』	
〃	「獸心苦」	『조선문학』	
1934.6	「風車」	『신가정』	
1934.10.24	「불멸의 노래」	『조선일보』	
1934.1~12월	「수심고」	『신가정』	
1935.7	「破鐘」	『신동아』	
1936.4	「破鏡」	『신가정』	조벽암 외 연작 6부
1936.5	「老僧」	『조선문학』	
1936.7	「跛行記」	『신동아』	
1936.11	「호박꽃」	『조선문학』	
1937.2.15~23	「流轉譜」	『동아일보』	
1937.3	「취직과 羊」	『조광』	
1937.5	「새 윤리의 一節」	『조선문학』	

평론 · 수필 · 기타

발표연대	제목	발표지	비고
1932.4.8~12	「봄! 추억」	『조선중앙일보』	수필
1932.6	「여름과 그의 안해」	『비판』	수필
1933.1.5~8	「새 내용 새 형식」	『조선중앙일보』	평론(특집 : 문예인의 새해선언)
1933.1.12~15	「김안서시의 정형시론에 대하여(1~4회)」	『조선일보』	평론
1933.10.7~11	「탄식하는 詩神」	『조선중앙일보』	평론
1933.11	「殘菊」	『신동아』	수필

발표연대	제목	발표지	비고
1934.1	「무서운 주막집 개」	『신동아』	수필
〃	「1934년을 臨하야 문단에 대한 희망」	『형상』	설문
1934.4.3	「나의 아호, 나의 異名」	『동아일보』	수필
1934.7.30	「旅愁」	『조선중앙일보』	수필
1935.7.14	「대담한 奈巴崙의 칼」	『조선중앙일보』	평론
1935.8	「嚴興燮君에게 드림」	『신동아』	수필(답신)
1936.5	「독백—작가생활 노트에서」	『조선문학』	수필
1936.6	「미의 도시 평양소묘」	『신동아』	수필
1937.8.19~21	「나의 修業時代—作家의 올챙이 때 이야기」(1~3회)	『동아일보』	수필
1937.8.31	「林學洙 詩集『石榴』를 읽고」	『동아일보』	서평
1937.9.15~17	「鳳姬 行狀記」	『동아일보』	수필
1938.4	「쇼오윈드」	『삼천리문화』	수필
1939.5.25~27	「문단의 腐敗性과 孤獨性」	『동아일보』	평론
1946.11.24	「회의와 자아탐구의 고독한 방랑시인 헷세」	『경향신문』	평론
1947.1.8	「전위시인집」	『독립신보』	서평
1947.4	「思索의 深淵인 抱石」	『新潮』(창간호)	수필
1948.9.15	「行動의 정화—崔石斗 시집 『새벽길』을 읽고」	『조선예술일보』	서평

월북 후 작품

발표연대	제목	발표지
1948	「진격의 길」	인민유격대원들의 영웅적 투쟁의 찬양과 미제와 리승만 도당들의 만행을 폭로(작품 미확인)
1953	「영원한 형제」	조·중 양국 인민의 굳은 친선 단결(작품 미확인)
1953.9.15	「광장에서」	8.15해방8주년기념시집『위대한 승리』, 문예총출판사
1953.11	「승리의 十월」	『조선문학』
1954.3	「소성로에 불은 지폈다」	『조선문학』
1957.7.30	「서운한 종점」	시집『벽암시선』, 조선작가동맹출판사
〃	「삼각산이 보인다」	『조선문학』(1956.12)에도 수록되어 있음.
〃	「가로막힌 림진강」	
〃	「확성기 소리 울려 가는 남녘 마을」	
〃	「새로운 손길」	이 시집은 4부로 구성되어 있는데, 4부의 작품들은 월북하기 전 남한에서 발표된 작품들임 (작품목록에서 제외)
〃	「분계선 Ⅰ」	
〃	「분계선 Ⅱ」	
〃	「이 귀한 한 표를」	시집『벽암시선』, 조선작가동맹출판사
〃	「나는 행복하노라」	〃
〃	「뜻은 래일에 두고」	〃
〃	「파철더미를 넘어」	〃
〃	「제대 압연공」	〃
〃	「불ㅅ길」	〃
〃	「뜨거운 마음으로」	〃
〃	「그립던 소리」	〃
〃	「백양나무 한 그루」	〃
〃	「보람찬 날에」	〃
〃	「가슴을 짚고」	〃
〃	「별 하나」	〃
〃	「노래소리」	〃
〃	「영광스러운 우리조국」	〃
〃	「거울 하나씩을 걸라」	〃
〃	「입대의 아침」	〃
〃	「증오」	〃
〃	「자갈을 깔면서」	〃
〃	「한대렬에 서서」	〃

발표연대	제목	발표지
1957.7.30	「고요한 밤에」	시집 『벽암시선』, 조선작가동맹출판사
〃	「고향 생각」	〃
〃	「압강의 달」	〃
〃	「기적소리」	〃
1957.12	「로 차장」	『조선문학』 제124호
〃	「초원의 아침」	〃
〃	「동상 앞에서」	〃
〃	「반기는 눈'동자들」	〃
〃	「봉선화」	〃
1958	「발자국 소리」	『아침은 빛나라』, 조선작가동맹출판사
1958	「석별의 정」	『전우에게 영광을』, 조선작가동맹출판사
1958.7	「어머니 만나기 돌격대」	『조선문학』 제131호
〃	「고목 선 강둑 풍경」	〃
1958.9	「진달래 I」	『조선문학』 제133호
〃	「진달래 II」	〃
〃	「불멸의 여운」	〃
〃	「숭엄한 흔적」	〃
〃	「뜨거운 글'발」	〃
〃	「까치가 우던 밤의 이야기」	〃
〃	「삼지연 파도 소리」	〃
1958.10	「따뜻한 해볕」(수필)	『조선문학』 제134호
1958.12	「친선 저수지」	『조선문학』 제136호
〃	「배낭을 받아지고」	〃
1959.2	「다함없는 영광을」	『조선문학』 제138호
1959.11	「원한의 패말」	『조선문학』 제147호
〃	「고향이 지척인 곳에서」	〃
〃	「그리움을 두고」	〃
〃	「어머니를 생각하며」	〃
1960.1	「즐거운 아침」(수필)	『조선문학』 제149호
1960.10.1	「나는 생각해 봅니다」	『당이 부르는 길로』(조선로동당 창건 15주년 기념시집), 조선작가동맹출판사
1960	「잊지 못 할 그 날」	8·15해방15주년기념시집 『8월의 태양』, 조선작가동맹출판사
1961.1	「어머니께 웃음 드릴……」	『조선문학』 제161호
〃	「불'덩이 불'덩이 되였는데」	〃

발표연대	제목	발표지
1961.9	「나의 행복」(1)	『조선문학』 제169호
1961	「내가 당을 생각할 때는」	『당에 영광을』, 조선작가동맹출판사
1962.5	「나의 행복」(2)	『조선문학』 제177호
1962.7	「그에 대한 일화 몇가지」(수필)	『조선문학』 제179호
1963.12	「나의 길」	『조선문학』 제196호
〃	「첫기쁨」	〃
1964.4	「원흉 미제를 몰아내자」(수필)	『조선문학』 제200호
1964.9	「보이누나 평양이」	『조선문학』 제205호
〃	「나무를 심으며」	〃
〃	「갈 비단의 한 끝을 잡고」	〃
1964	「발자국」	『천리마 나라』, 조선문학예술총동맹
1964.12	「손풍금수의 경우」	『조선문학』 제208호
1965.6	「누구의 아들이냐」	『조선문학』 제214호
1965.9	「나는 이렇게 시를 썼다」(창작경험)	『청년문학』
1965.10	「한 피줄」(수필)	『조선문학』 제218호
1966.3.18	「압록강 기슭에서」	『문학신문』
〃	「곽산에서」	〃
〃	「가는 정 오는 넋이」	〃
1966.3.18	「백마산성에 올라」	『문학신문』
〃	「춤추는 심정」	〃
〃	「해야 할 일이어든」	〃
1966.3	「아예 눈물은 보이지 말라」	『조선문학』 제223호
1966.9.13	「가래골 물소리」	『문학신문』
1967.4.18	「기어이 복수하리라」	『문학신문』
1967.12	「만년 풍년을 불러」	『조선문학』 제244호
1968.5	「눈 내리는 날에」	『조선문학』 제249호
1968.8.3	「한치 땅의 값은 높아」	『조선문학』 제252호
1970.1	「련락을 간다」	『조선문학』
1970.8	「생활은 그대로 시와 노래」(수필)	『조선문학』
1971.3	「행복에 겨울수록」	『조선문학』 제283호
1971.4	「어버이 수령님의 가르침 따라」(가사)	『조선문학』 제284호
1971	「대를 이어 피맺힌 원한으로」	『당의기치따라』, 조선문학예술총동맹
1972	「위대한 구상을 안으시고」	『인민의 렴원』, 조선문학예술총동맹
1972.5	「알뜰한 창성」	『조선문학』
1972.5	「벽동골의 새 전설」	〃

발표연대	제목	발표지
1973.7	「아침에 있은 일」	『조선문학』
1973.9	「농장의 새 딸 순희」	〃
1974.9	「충성의 대답」	〃
1981.3	「여울목에서」	〃
〃	「중골나루터 물소리」	〃
〃	「좌골객사에서」	〃
〃	「통군정에 올라」	〃

김안서, 「誤謬의 誤謬―趙碧巖氏에게」, 『조선일보』, 1933.1.25~27.

김용직, 『해방기 한국시문학사』, 민음사, 1989.

______, 『현대 경향시 해석·비판』, 느티나무, 1991.

김윤식, 『해방공간의 문학사론』, 서울대 출판부, 1989.

엄홍섭, 「조벽암군에게 보냄」, 『신동아』, 1935.6.

______, 「11월 創作評」, 『조선일보』, 1936.11.10~11.17.

______, 「作品상의 現代的 雰圍氣―五月創作評」, 『조선일보』, 1937.5.12.

윤곤강, 「詩와 現實의 超點」, 『조선문학』, 1937.8.

이 맥, 「≪벽암시선≫을 읽고」, 『조선문학』, 1958.4.

임 화, 「趙碧巖의 詩集『鄕愁』를 읽고」, 『동아일보』, 1938.3.24.

정태용, 「조벽암 시집 「地熱」을 읽고」, 『새한민보』, 1949.2.

조성호, 「조벽암의 생애」, 『뒷목문학』, 1996.11.

채수영, 「불안의 정신지리, 조벽암론」, 『해금시인의 정신지리』, 느티나무, 1991.

ㄱ

가르타 : 가르다.

가사(家史) : 가족의 역사.

가스론 : 언저리로는.

가질없는 : 의미불명.

가차운내기 : 가까운 데서 온 사람.

가찹다 : 가깝다.

갈대푸섶 : 갈대 풀섶.

갈미봉(葛美峰) : 산봉우리의 흔한 이름.

감탕 : 물에 풀어져 아주 곤죽처럼 된 진흙.

강대 : 낙엽송의 어린 나무가지와 뿌리를 잘라 버린 밋밋한 나무.

강보 : 포대기. 강보(襁褓).

개굿한 : 개구장이의 행동처럼 동작이 짓궂은.

객심(客心) : 객지에서 느끼는 마음.

갈강갈강한 : 갈강갈강하다. 얼굴과 몸이 단단하고, 여윈 듯하면서도 탄탄하고 부드럽다.

거러지 : 거지.

거먹치마 : 검은 색의 치마.

거시럭이 : 가시랭이. 초목의 가시의 부스러기.

겄저지 : 일을 그르치는 방해. 저지레.

게느리게 : 동작이 완만하고 속도가 느리게.

고로(苦勞) : 고통스러운 노동.

고삿길 : 고샅길. 촌락의 좁은 골목길.

고수히 : 고수(孤愁). 홀로 시름에 잠겨서.

고욤 : 고욤나무의 열매. 소시(小柿).

고저(庫底) : 창고의 밑바닥.

고추짱이 : 고추잠자리.

골삭다 : 곰삭다. 젓갈 따위가 오래 되어 푹 삭다.

곰트다 : 다시 피다.

관념종파(觀念宗派) : 관념론을 주장하는 무리들.

관수(灌水) : 관개(灌漑). 논밭의 경작에 필요한 물을 댐.

광운(狂雲) : 미친 구름. 이리저리 떠돌아 다니는 구름.

교회(狡獪) : 교활함.

구녁 : 구멍.

구르몽(1858~1915) : 프랑스 시인, 소설가, 극작가, 철학자. 프랑스 상
    징주의 운동기의 지성적인 비평가.

구메 구메 : 남모르게 틈틈이. 새새틈틈.

구물(具物) : 연장. 물건.

구미 구미 : 구메 구메의 방언.

구장(區長) : 통장(統長)의 구칭.

군소리 : 하지 않아도 좋을, 쓸데 없는 말.

굼실으는 : 굼실거리는. 느릿느릿 자꾸 움직이다.

굿다 : 굳다. 응고하다.

궁구(窮嶇)재 : 험한 산 고개.

궁방(穹房) : 하늘.

권연(卷煙) : 궐련. 말아서 피우는 담배.

규시(窺視) : 엿봄.

그지없다 : 끝이 없다.

금슬(琴瑟)한 : 거문고와 비파의 음 같은 분위기가 나다. 또는 금실지락
    (琴瑟之樂)의 준말로 금실좋은 부부와 같은 화락한 분위기가 나다.

금으러라 : 퍼저라.

금점판 : 금광의 일터.

긍감스런 : 자랑할 만한. 긍지를 가질 만한.

까소링선(船) : 가솔린(gasoline)선(船). 연료를 휘발유로 쓰는 배.

깔촉없다 : 깔축없다. 조금도 축남이 없다.

깨끼 : 사(紗) 종류로 안팎 솔기를 곱솔로 박아 옷을 짓는 일.

꺽정이 : 쭉정이. 껍질만 있고 속 알맹이가 없는 곡식의 열매.

꼬매다 : 꿰매다.

꽃다지 : 겨자과의 이년생 풀. 잎과 줄기에 짧은 털이 많고 봄에 노란 꽃이 핌.

꾀우다 : 싫어하다.

남지(南枝) : '越鳥巢南枝'에서 인용. 월나라는 남쪽나라, 남쪽에서 온 새는 언제나 고향에 가까운 가지에 앉아 있다는 뜻으로 고향을 그리는 마음을 비유한 말.

내화 벽돌공 : 불에 잘 견디는 벽돌을 만드는 기술자.

너윗바람 : 느릿느릿 가볍게 부는 바람.

넌추리 : 원추리의 사투리.

넙적과자 : 넙적한 모양의 과자.

노가지 나무 : 노가주 나무. 향나무과의 상록 교목으로 각 지방 산야에 남. 열매는 두송실(杜松實)이라 하여 한약재 식용 향료로 씀.

노들강상 : 갈대가 있는 강.

농익다 : 깊이 익다.

뇌장(腦漿) : 뇌 속의 액체.

는실 난실 : 춤을 추는 듯이 움직이는 동작을 일컫는 시늉말.

다랑배미 : 산비탈에 위치한 매우 좁고 작은 논배미. 다랑논.

다비(茶毘) : 화장(火葬).

다샤 : 러시아식 여자 이름.

다와다시지 : 따와라시지. 동무.

단자복(緞子服) : 광택있고 두꺼운, 무늬 있는 견직물로 만든 옷.

담가채 : 들 것.

대거리 : 밤낮으로 일하는 작업에서 일꾼이 교대함을 일컫는 말.

더풀대던 : 더펄거리다. 짧은 머리털 같은 것이 날려서 흔들거리다.

데파트 : 디파트(depart). 조벽암의 시에서는 부문을 지칭하는 디파트먼트
(department) 또는 백화점(department store)을 이르는 듯.

동아바 : 동아줄의 방언.

동아배암 : 도마뱀.

동자가 : 동자개를 말하는 듯함. 동자개는 동자개과의 민물고기.

되뇍이다 : 되뇌다. 한말을 거듭 되풀이 하다.

됨박 : 뒤웅박. 반으로 쪼개지 않고 둥근 채로 속을 파낸 박.

두둔 : 두둔. 두덩. 밭과 밭 사이의 경계를 이루는 두두룩하게 된 언덕,
또는 작물을 심기 위하여 논이나 밭을 갈아서 골을 켠 것의 우
뚝한 바닥.

둠벙 : 웅덩이의 방언.

드멧내기 : 두메사람.

든적스럽게 : 든직하게. 사람됨이 묵중하다.

등말생이 : 산이나 언덕 따위의 두두룩하게 높은 곳. 등마루.

등커럭 : 등걸. 나무를 베어낸 그루터기.

따짜구리 : 딱다구리의 방언.

땅크 : 탱크.

땟국 : 때를 씻어낸 물. 땟물.

떼올 : 두루마기 같은 몽골의 겉옷.

또아리 : 머리 위의 짐을 괴는 고리모양의 물건.

뜨락또르 : 트랙터.

라,아시,소,미미(テ,アツ,ソ,ミミ) : 계명을 이르는 듯함.

레포 : 사회주의자들이 비밀스럽게 주고받던 메모의 다른 말.

로 : 용광로.

루바쉬카 : 러시아식 외투.

루태 : 이끼가 여러 겹 낀(累苔).

릭크삭크 : 류색(Rucksack).

린회석(燐灰石) : 인산 석회에 불순물이 섞인 흰 빛 또는 회갈색의 돌. 척추동물의 뼈·배설물이 쌓여 된 것으로 인조 비료의 원료임.

마야코프스키 : 러시아 혁명과 소비에트 초기의 지도적 시인.

마흘카 : 러시아 식 궐련. 담배의 일종.

만가(挽歌) : 상여를 메고 갈 때 부르는 노래. 죽은 사람을 애도하는 노래.

말씨없다 : 말이없다.

말초증(末稍症) : 말초신경의 이상으로 팔이나 다리의 운동이 부자연한 증상. 말초신경외상.

매댁질 : 매대기. 진흙 똥같이 질벅질벅한 것을 함부로 아무데나 뒤바름. 정신을 잃고 마구 되는대로 몸짓을 하다. 「좀먹은 둠벙」에 서는 후자의 뜻으로 쓰인 듯.

매무즐다 : 열매를 맺다.

매키하다 : 매캐하다. 연기냄새나 곰팡내가 나다.

맥묘(麥苗) : 보리 싹.

먼데내기 : 먼 데서 온 사람.

멋갈 없이 : 멋이 없이.

메물 : 메밀. 여뀌과의 일년생 재배 식물.

메물대 : 메밀 줄기.

메트로폴리스(metropolis) : 대도시. 중심지. 수도(首都).

모다귀 : 못[釘].

모대기다 : 모이다.

모슬 : 모서리.

모치래기 : 메추라기의 방언.

모혼(暮昏) : 저물녘의 이둠.

목도 : 무거운 물건이나 돌덩이를 밧줄로 얽어 어깨에 메고 옮기는 일.
　　　　또, 그 일에 쓰는 둥근 나무 몽둥이.

목쇄(木鎖) : 나무로 만든 자물쇠.

몰감기다 : 모두 감기다.

몰러 : 몰라.

뫼 : 묘(墓)

묘망(渺茫) : 넓고 멀어서 까마득함.

무푸레 : 물푸레. 목서과(木犀科)의 교목. 각지의 산야에 남. 들메나무와
　　　　비슷하나 잎은 폭이 넓음.

문들레 : 민들레.

물꼬 : 벼논에서 물이 넘어 들어 가거나 흘러 나가게 한 목.

뭇거리 : 온갖 짓거리.

뭇싹 : 많은 싹.

뭇잎 : 많은 잎.

민사(民史) : 민중의 역사.

민숭하다 : 산에 풀이나 나무가 없어 민둥하다.

바디 : 베틀에 딸린 기구의 하나. 대오리로 만들어 베실을 낱낱이 꿰어
　　　　짜는 구실을 함.

바락스런 : 기를 쓰는 모양.

바름 바름 : 느린 속도로 천천히 움직이는 모양.

바비아치 : 방물장사처럼 마을마다 돌아 다니며 상업에 종사하던 신분
　　　　으로 추정되나 그 뜻이 확실치 않음.

반지빠른 : 교만스러워 얄밉다. 어중간하여 쓰기에 거북하다.

발칙스럽다 : 하는 짓이 몹시 괘씸하다. 아주 버릇 없다.

발효모(醱酵母) : 발효시키기 위한 효모균.

방물장사 : 여자에게 소용되는 화장품 바느질 기구 패물 따위를 팔러
　　　　다니는 떠돌이 상인.

백상루(百祥樓) : 평안남도 안주읍에 있는 누각. 관서팔경(關西八景)의
　　　　하나로 청천강을 바라보는 위치에 자리잡고 있다.

백양나무 : 버들과의 낙엽 활엽 교목.

번즐하다 : 번질거리다.

범주(帆柱) : 돛단배의 기둥.

베니 : 립스틱.

벽파리(碧玻璃) : 푸른 유리.

변또 : 도시락.

보루(堡壘) : 적의 접근이나 포화에서 아군을 보호하기 위하여 돌·흙
　　　　콘크리트 등으로 튼튼하게 쌓은 구축물.

보리닦기 : 보리탈곡.

보습 : 땅을 갈아서 흙덩이를 일으키는 일을 하는 농기구.

복다기다 : 복대기다.

볼가강 : 모스크바 북서쪽에 있는 발타이 구릉지대에서 발원하여 남쪽
　　　　으로 3,530km를 흐른 뒤 카스피해로 흘러 들어가는 유럽에서
　　　　제일 긴 강.

볼따구니 : 볼때기. 볼의 속어.

부지푸르 : 쁘띠 부르조아(petit bourgeois). 소시민.

북 : 베틀에 딸린 기구의 하나. 날의 틈으로 왔다 갔다 하게 하여 씨를
　　　　풀어 주며 피륙을 짬.

분계선 : 서로 나누인 두 땅의 경계선. 조벽암의 시에서는 휴전선을 지

칭하는 것임.

분류(奔流) : 세차게 흐르는 물결.

빠 은령(銀鈴) : 은령이라는 이름의 술집.

뻣내다 : 뻣뻣하다. 뻐기다.

뼈물다 : 무슨 일을 하려고 자꾸 벼르다.

뿌스 : 허리띠를 이르는 몽골어.

사폭(史幅) : 역사라는 의미로 쓰였음.

사품 : 어떠한 일 따위가 진행되는 겨를이나 기회. 「봄」에서는 품의 의
미로 쓰였음.

삭시 : 낚시.

산등말생이 : 산등성마루. 산마루. 산등성이의 가장 높은 곳.

산마르택이 : 산마루터기. 산마루의 두드러진 턱.

산비달기 : 산비둘기.

살수(薩水) : 지금의 청천강. 을지문덕이 수양제(隋煬帝)의 침공을 격퇴
하고 대승리를 거둔 곳.

삽품 : 사품. 가슴.

상구납다 : 사납다.

상장(喪章) : 상복 대신 또는 조의(弔意)를 표시하기 위하여 다는 표.

상판대기 : 얼굴의 속어.

생철(生鐵) : 주석을 도금한 엷은 철판. 함석.

서리 병아리 : 이른 가을에 깬 병아리. 힘없이 추레한 것의 비유.

서릿바람 : 서리 내린 아침의 쌀쌀한 바람.

서캐 : 이의 알.

석척(蜥蜴) : 도마뱀과에 속하는 파충. 네 발과 꼬리가 있고 금속성 광
택이 나며, 풀사이·담·벽 등에 서식함. 도마뱀.

섬섬(纖纖)이 : 가느다랗고 연약한 모양.

성상(星霜) : 일 년 동안의 세월.

성수나다 : 어떤 일을 끝까지 다 해내고자 하는 마음이 생기다.

성영(城影) : 성 그림자.

성적(城跡) : 성의 자취.

세굿차다 : 세차고 굳세게.

세우 : 세차게, 자주.

소면(沼面) : 못의 표면.

소박댁 : 남편에게 소박맞은 여자.

소상(塑像) : 목골(木骨)을 안에 넣어서 만든 찰흙의 상. 또는 점토(粘土),
　　　　석고로 만든 상.

소캐 : 솜.

솔매 : 소매.

쇠길 : 철둑.

쇠잡(釗雜)한 : 자질구레한 데에 힘쓰는.

쇼쇼 만만디 : '좀더 천천히'라는 뜻의 중국어.

수랑(水郎) : 바다에서 죽은 낭군.

수물거리다 : 스멀거리다. 살갗에 작은 벌레가 가는 것같이 근질거리다.

수얼찮이 : 수월찮이. 업신여길 수 없다. 까다롭고 힘이 들다.

수제(愁祭) : 근심스러운 제사.

수직(守直)군네 : 맡아서 지키는 사람.

숙보이다 : 얕보이다.

숙영차(宿營車) : 숙박이 가능하도록 만든 차.

순검 : 옛 경무청의 경찰. 지금의 순경과 같음.

술도가 : 술을 만들어 도매하는 집. 양조장(釀造場).

숭업다 : 흉업다의 방언.

숭터 : 흉터.

숯등걸 : 나무 뿌리나 등걸로 만든 숯.

슳직한 : 조벽암의 시에 흔히 사용되는 용어이며, '쓸쓸하고 슬픈 느낌

이 들다'라는 의미로 사용되고 있음.

시들버들 : 시들시들.

시초(詩抄) : 시를 뽑아 적음.

시포(猜怖) : 시기하고 두려워 함.

시화조(時花調) : 시조를 창조(唱調)로 부르는 가락.

실금하다 : 의미불명.

심장(深藏) : 깊이 간직함.

써레질 : 써레로 논바닥을 고르거나 흙덩이를 깨는 일. 써레는 논의 바
닥을 고르거나 흙덩이를 잘게 하는 데 쓰는 농기구.

쓰레하다 : 곧 쓰러질 듯이 한 쪽으로 기울어져 있다.

씨나리오네트 : 악기의 한 종류로 여겨지나 불명확함.

씨오쟁이 : 씨를 넣어두기 위해 짚으로 엮어서 만든 그릇.

아드모스피아 : 애트머스피어(atmosphere). 대기(大氣)라는 뜻으로 쓰였음.

아상(我相)스럽다 : 자기의 처지를 자랑하고 남을 업신여기다.

아아(峨峨)하다 : 산이나 큰 바위가 우뚝 솟은 모양.

이우작 이우작 : 아기작 아기작. 자꾸 씹는 모양.

악화(惡華) : 악이 번성함.

안남(安南) : 인도차이나의 동부지방.

알호슨 : 귀고리의 중국말. '耳環'.

암중 : 비구니.

압연공 : 회전하는 압연기의 롤(roll) 속에 금속을 넣어 막대 또는 판자
모양으로 만드는 일을 하는 기술자.

앙가슴 : 두 젖 사이의 가슴.

앙토라지다 : 앵토라지다.

애삭하다 : 창자가 삭는 듯한 아픔. 괴로움.

애서(哀緒) : 슬픔의 실마리.

애회(愛懷) : 사랑을 마음 속에 품고 있음.

양주(楊州) : 경기도에 위치한 한 지역.

어루누르다 : 손으로 어루만져 누르다.

어언중 : 알지 못하는 사이에 어느덧.

얼마다 : 정도에 넘치거나 모자라지 아니하다. 알맞다.

얼먹다 : 똑똑하지 못하고 덜되다.

엉거름 : 엉그름. 진흙 바닥이 갈라져 벌어진 틈.

에도는 : 에돌다. 곧바로 나가지 않고 멀리 피하여 돌아가다.

여뀌풀 : 마디풀과의 일년생 풀. 잎은 선상으로 버들잎과 비슷함. 7~8
　　　　월에 연분홍의 잔꽃이 핌.

여령(轝鈴) : 상여가 나갈 때 흔드는 방울.

여몽(黎夢) : 희망의 꿈.

여탑(黎塔) : 희망의 탑의 의미로 쓴 듯.

연착(淵着) : 깊이 붙어 있음.

연해선(沿海船) : 육지에서 가까운 바다를 다니는 배.

연해주 : 프리모르스키 지구. 러시아 연방의 행정지구로 동해와 둥베이
　　　　（옛 지명은 만주)지구 사이에 있으며, 한국에서는 연해주(沿海州)
　　　　라고 부른다.

열적은 : '열없다'의 방언. 좀 부끄럽고 계면쩍다.

영차(靈車) : 영구차(靈柩車).

오소소한 : 잔물건이 소복하게 쏟아지는 모양. 조벽암의 시에서는 추워
　　　　하는 모양을 나타내는 뜻으로 쓰인 듯함.

오월제 : 오월에 지내는 제(祭)로서 삼한시대부터 그 전통이 이어져 내
　　　　려옴.

오장(汚欌) : 더러운 장롱. 더러운 것을 간직한 곳이라는 의미로 쓰였음.

오죽지 않다 : 오죽잖다. 보통 정도도 못되다.

오포(午砲) : 오정포(午正砲). 낮 열 두 시를 알리는 대포.

옥다한(玉茶汗) : 옥다는 녹다(綠茶)의 일종으로 편평하고 둥글게 만든

차. 옥다한은 옥다같이 생긴 땀.

올곧한 : 마음이 정직하다. 줄이 바르고 곧다.

왜(倭) 기와집 : 일본식 기와집.

요요(嫋嫋)하다 : 바람이 솔솔 부는 모양. 날씬하게 아름답고 긴 모양.
　　　소리가 끊기지 않고 가늘고 길게 울리는 모양.

용안육(龍眼肉) : 용안(龍眼) 열매의 살. 맛이 달고 자양분이 많으므로 완
　　　화자양제(緩和滋養劑)로 쓰임.

우다루니크 : 위격대(衛擊隊).

우련히 : 보일 듯 말 듯 희미하게.

우장(雨裝) : 비를 맞지 않도록 차린 복장.

울첩(鬱疊) : 매우 답답함.

움집굴 : 굴같이 움을 파고 지은 집. 토막(土幕).

웅등그려져 : 웅크리다.

웅어리는 : 웅얼거리는. 입속말로 혼자 자꾸 지껄이다.

웍카 : 보드카(Vodka). 러시아산 화주(火酒).

원령(寃靈) : 원한을 품고 죽은 사람의 혼령.

원수 : 북한 작품에서 원수(元首)는 국가원수 즉 김일성을 지칭. 원한이
　　　있는 상대자는 '원쑤'라고 하여 구분함.

월조(越鳥) : 남지(南枝) 참조

유향(乳香) : 젖냄새.

육전대(陸戰隊) : 해병대. 전 일본 해군의 특수 지상 전투 부대.

의장 : 마땅히.

의전 : 의당(宜當), 마땅히.

이깔나무 : 전나무과에 속하는 낙엽 교목.

이야까시 : 아카시아.

일가붙이 : 한 집안이 되는 겨레붙이.

일용(溢湧) : 넘쳐 솟아남.

임금(林檎) : 능금.

잔사설 : 쓸데없이 늘어놓는 말.

잔조롭다 : 잔조(殘照)롭다. 저녁놀이 깔린 풍경을 묘사하는 말인 듯.

잘기잘기 : 잘근잘근.

잠항(潛航) : 몰래 항해함. 물 속으로 잠복하여 다님.

장근(將近) : 늘. 때가 가깝게 되었음을 표하는 말. 조벽암의 시에서는 전자의 뜻으로 쓰였음.

잦다 : 여러 차례로 거듭하다.

재롱딩이 : 재롱둥이.

재재바르다 : 재빠르다의 의미로 쓰인 듯.

쟈멘우드 : 중몽골 국경 역.

저류(底流) : 바다와 강의 바닥의 흐름.

적료(寂廖) : 적적하고 쓸쓸함. 고요함.

적수공권(赤手空拳) : 맨손과 맨주먹.

적위대(赤衛隊) : 붉은 군대. 즉 소련 군대를 지칭함.

전식등(電飾燈) : 전기 장치가 된 장식등.

접저고리 : 겹저고리.

정돈(整頓) : 침체하여 나아가지 않음.

정혼(精魂) : 정령(精靈). 죽은 자의 영혼.

제관공 : 보일러를 제작하는 기술자.

조바이게 : 조바심나게.

조박성(粗朴性) : 거칠고 순박한 성격.

준예서리(儁銳犀利) : 날카롭고 문세(文勢)가 강렬함.

줌 : 주먹의 준말.

즌덕어리 : 진펄. 물기가 있어서 질퍽한 구덩이.

지분거리는 : 남을 짓궂게 건드려서 괴롭게 하는.

지심(地心) : 지구의 중심.

진람(眞藍) : 진짜 쪽빛.

진자(振子) : 줄 끝에 매달려서 좌우로 오락가락하는 물건. 흔들이.

질기다 : 즐기다.

질박(質朴)하다 : 꾸밈새 없이 순박함.

짓것 : 온갖 것

짬 : 물건끼리 서로 맞붙은 틈. 한 일을 마치고 다른 일에 손대려는 겨를.

짭조름하다 : 짭잘하다. 감칠맛 있게 조금 짜다.

쪽달 : 쪼개진 모양의 달. 둥근달이 아닌 것.

쭝긋이 : 짐승 따위가 귀를 빳빳하게 치켜 세우다.

찌푸지지 : 날씨가 음산하게 흐리다.

차돌백이 : 차돌이 많이 박힌 곳.

착고 : 차꼬. 죄수를 가두어 둘 때 쓰던 옛 형구의 한가지. 기다란 두
　　　개의 토막나무 사이에 구멍을 파서 죄인의 두 발목을 그 구멍
　　　에 넣고 자물쇠로 채우게 되어 있음.

착살맞다 : 하는 짓이 얄밉게 잘고 다랍다.

착종저졸(錯綜低拙) : 어긋나고 수준이 낮고 졸렬함.

찬벌 : 찬 별.

창생력(創生力) : 창조력(創造力).

책말(責末) : 채무의 변제기간이 다 됨.

처렁코도 : 처량하고도.

천덕구리 : 천대를 받는 사람. 천덕꾸러기.

천덕궁이 : 천대를 받는 사람.

천성(天性) : 본래부터 타고난 성질.

천애(天涯) : 이 세상에 살아있는 부모나 혈육이 없음. 하늘의 끝. 아득
　　　히 먼곳의 비유.

철마구리 : 기차.

체녜 : 처녀.

초려(焦慮) : 초사(焦思). 마음이 타도록 애씀. 마음을 괴롭힘.

초부(樵夫) : 나무하는 사내.

초피열매 : 산초나무의 열매.

초허(焦虛) : 초조하고 헛됨.

촉루(髑髏) : 해골.

촉새 : 참새과의 새. 머리, 뒷머리, 목은 회록색임.

촛농 : 초가 녹아서 흘러 엉기는 것.

치운 낮 : 추운 낮.

치차(齒車) : 톱니바퀴.

칠불사(七佛寺) : 평안남도 안주군 안주면 칠불산(七佛山)에 있는 절. 을
지문덕이 수양제의 대군을 살수에서 격멸할 때 7명의 중이 옷
을 입은 채 강을 쉽게 건너 감을 보고 수의 군사가 얕은 줄 알
고 건너 가다가 모두 물에 빠져 죽었다. 그 후 이곳에 절을 짓
고 이들 7불을 모셨다고 전함.

칠칠하다 : 하는 일이 거침새 없이 민첩하다. 주접이 들지 않고 깨끗하다.

침륜(沈淪) : 침몰.

콤소몰(Komsomol) : 14~28세의 청년으로 구성되며, 공산주의 교육의 확
산과 미래의 공산당원 양성을 위해 만들어진 소련의 정치조직.

타래꽃 : 타래붓꽃.

태모(胎母) : 임신한 여자.

탱기다 : 퉁기다.

토막(土幕) : 움집.

통발 : 가는 댓조각을 엮어서 통같이 만든 고기잡이 제구의 하나.

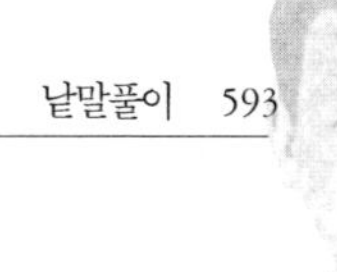

통절경발(痛切勁拔) : 절실하고 굳세고 뛰어남.

틉틉하게 : 텁텁하게. 입맛이 깨끗하지 못하다.

파철 : 헌 쇠. 깨어진 쇠붙이 조각.

판장 : 목판장(木板墻) 준말.

편하다 : 편편하고 아득하게 너르다.

페치카 : 벽난로.

편모자(片慕者) : 짝사랑을 하고 있는 사람.

포도독 : 작은 날짐승이나 물고기가 날개나 꼬리를 가볍게 치는 소리.

포전(圃田) : 집 근처에 있는 채소를 심는 밭.

풀방구리 : 둥글고 오목하게 풀이 우거진 곳.

풋송아지 : 태어난 지 얼마되지 않는 송아지.

풍터(幕) : 장군이 군무(軍務)를 보는 군막(軍幕).

피편(皮鞭) : 가죽 채찍.

하수강 : 하수(下水)가 흐르는 더러운 강.

학병(學兵) : 학도병(學徒兵). 학생으로 조직된 군대 또는 그 군인.

한등(寒燈) : 차갑게 느껴지는 쓸쓸한 등불.

한몽(寒夢) : 차가운 꿈.

해오라지 : 해오라기의 전남 방언. 백로과에 속하는 새.

행낭 : 행랑(行廊). 대문의 양쪽에 있는 방.

행티 : 심술을 부려 남을 해치는 버릇.

향락철리(享樂哲理) : 향락주의. 조벽암의 시에서는 민중의 생활과 격리
    된 관념철학을 가리키는 듯함.

허수무레하다 : 희미하다.

허폐(墟廢) : 폐허(廢墟).

헌질하다 : 헌칠하다. 넓이와 키가 어울리다.

혈타(血唾) : 피가 섞인 침.

혈훈(血訓) : 목숨을 바쳐서 남긴 가르침. 귀중한 가르침.

호궁(胡弓) : 동양에서 널리 쓰이는 궁현악기(弓弦樂器)의 총칭. 몸뚱이
　　　　에 짐승 가죽을 입히고 긴 대를 세워 둘 또는 넷의 줄을 얹어,
　　　　말의 꼬리 털을 맨 활로 연주함.

호로마차 : 만주지방의 마차.

호마 : '胡馬依北風 越鳥巢南枝'에서 인용. 남지(南枝) 참조.

호박(琥珀) : 식물의 송진이 땅속에 묻히어 굳어진 것. 황색 투명체로
　　　　지방 광택을 가지는 광물.

호정거리다 : 어지럽히다.

혼냥(紅娘) : 아가씨.

화방(華舫) : 중국 배.

화톳불 : 장작을 한군데 모으고 질러 놓는 불.

확청(廓淸) : 부정·악습·부패 등 더러운 것을 없애어 깨끗하게 함.

환세(歡世) : 세월을 즐김.

황천문(黃泉門) : 죽으면 간다는 저승의 문.

홰창 : 싸리 갈대 노가주나무 등을 묶어서 불을 켜거나 제사 지낼 때
　　　　화톳불을 놓는 물건.

효광(曉光) : 새벽 빛.

후줄하다 : 후줄근하다. 종이나 피륙 따위가 약간 젖어서 풀기가 없어
　　　　지다.

휘안제 : 약혼녀.

흐리터분하다 : 일이 흐리고 어지러워 똑똑하지 못하다.

흐정거리다 : 어지럽히다. 휘젓다.

흑각(黑角) 비녀 : 물소의 뿔로 만든 검은 색의 비녀.

흔달 : 보름달에서 달이 기우는 모양을 지칭하는 듯 함.

흔연(欣然)히 : 마음에 기쁘다.

흡반(吸盤) : 다른 물건에 달라붙거나 빨아먹는 데 필요한 육질의 종지
　　　모양의 기관. 빨판.

희연(囍欪煙) : '희연'이란 이름의 잎담배.

흰두레 : 흰 떡(白餅).